CYRILL WYRSCH

DAS DUNKLE TOR

Eine Geschichte von Leid,
ungeheuerlichem Willen und
düsteren Geheimnissen!

novum ▲ pro

Dieses Buch ist auch als
e-book
erhältlich.

www.novumverlag.com

Bibliografische Information
der Deutschen Nationalbibliothek:

Die Deutsche Nationalbibliothek
verzeichnet diese Publikation in
der Deutschen Nationalbibliografie.
Detaillierte bibliografische Daten
sind im Internet über
http://www.d-nb.de abrufbar.

Gedruckt in der Europäischen Union
auf umweltfreundlichem, chlor- und
säurefrei gebleichtem Papier.

© 2023 novum Verlag

ISBN 978-3-99146-171-5
Lektorat: Maria Hentschel
Umschlagfotos: Iwona Suchomska,
Gunnar Helgason I Dreamstime.com
Umschlaggestaltung, Layout & Satz:
novum Verlag
Autorenfoto: Cyrill Wyrsch

www.novumverlag.com

Climate neutral
Print product
ClimatePartner.com/16547-2201-1002

Eine unheimliche Stille legte sich über das Land. Eis und Schnee herrschten über Berge und Täler. Flüsse, Bäche, Moore und Teiche erstarrten in der klirrenden Kälte des sternenreichen Nachthimmels. Nur den tosenden Wasserfällen konnte die frostige Luft keinen Einhalt gebieten. Schwere Wassermassen donnerten in die Tiefen, wo sich der feuchte Dunst über annähernd zugefrorene Seen ausbreitete und sich in den Weiten der Wildnis verlor. Mächtige Eiszapfen hingen von Felswänden, immergrünes Moos wuchs auf kaltem Gestein zwischen graugelben Flechten und glitzernden Kristallen. Hier und da fiel lautlos der Schnee von den Tannen.

Der Vollmond hüllte die wilde Landschaft in ein blasses Licht, welches die Natur in ihrer reinsten Schönheit erscheinen ließ, während aber die Schatten der Bäume sogleich eine düstere Umgebung schufen – vieles lag darin verborgen, was sich nicht zeigen wollte. Ein stilles Kratzen hier und ein gedämpftes Fauchen dort, derweil eine feine Brise auffrischte und sich durch kahles Buschwerk schlängelte. An den östlichen und westlichen Berghängen des Finstertals krallten sich letzte Nebelschwaden, als die Stille der Nacht plötzlich unterbrochen wurde.

Ein heiseres Röcheln verließ Thordirs Kehle, als er im hohen Schnee bis zu den Hüften einsank. Völlig entkräftet blieb er stecken und verharrte einen Moment, während sich tiefe Trauer in seinen Augen widerspiegelte. Tränen rannen über die kalten Wangen, als er versuchte, sich mit grabenden Handbewegungen zu befreien, sich jedoch kraftlos gegen die weiße Masse stemmte. Die eisige Oberfläche schnitt dem jungen Mann immer mehr die Hände auf, was ihn aber nicht kümmerte, denn ohnehin spürte er Arme und Beine nicht mehr. Keuchend und völlig außer Atem zog sich Thordir schließlich aus dem Loch, kroch auf allen vieren weiter und begann dabei, ruckartig zu husten. Rotgelber Schleim schoss aus dem Mund – seine Lungen schmerzten grauenhaft. Das zu Eis gefrorene Leder an den Beinen knirschte bei jeder Bewegung und in seiner verzweifelten Lage merkte er nicht einmal, dass stoßweise Blut aus der sichelförmigen Wunde an seiner rechten Brust herausquoll und den Schnee hinter ihm in eine grässliche Spur verwandelte. Von seinem Nachthemd waren nur noch Fetzen übrig, die nun im eisigen Wind wehten, genauso wie sein schulterlanges, schwarzes Haar. Unter größter Anstrengung zwang sich der Jäger auf die Knie, wobei sich seine zittrigen Hände auf festerem Eis abstützten. Er schnappte nach Luft, als er sodann versuchte, auf die Beine zu kommen, um schneller vorwärts zu gelangen. In jener Situation war ihm nicht bewusst, wohin er sich bewegte, was aber auch gleichgültig war, denn bis weit in die Ferne erstreckte sich so oder so eine lebensfeindliche Winterlandschaft.

Sobald sich der Schwarzhaarige gerade so auf wackeligen Beinen halten konnte, knackten seine durchgefrorenen Knochen, welche sich nun wie brüchiger Schiefer anfühlten. Er schrie auf und sackte auf allen vieren in den Schnee zurück. Mit schmerzverzerrtem Gesicht jammerte er kläglich in die Nacht hinaus, wobei weitere heftige Hustenanfälle seinen Brustkorb schüttelten. Nach einem angestrengten Würgen rann warmes Blut aus seinem Mund über die bläulichen Lippen, indessen die Erschöpfung stetig zunahm. Den Tod immer klarer vor Augen, schleppte sich Thordir krächzend und schluchzend vor Schmerzen und Trauer Elle um Elle nach vorne. Seine Haut verblasste allmählich. Er kroch und kroch, derweil seine nackten Füße vom übrigen Körper wie totes Fleisch hinterhergeschleift wurden.

»Grooahh!« Ein ohrenbetäubendes Röhren hallte durch das Finstertal. Adrenalin schoss durch Thordirs Leib, als er seinen Verfolger hörte. Es war ein Klang, der wie ein Blitz durch Mark und Bein zuckte und einem Menschen das Blut in den Adern gefrieren ließ. Der Laut drang in Ohren und Verstand wie tausend Nadeln, welche selbst stärkstes Donnergrollen in seiner rauen

Gewalt entmachtete – von einer uralten Kreatur geschaffen, die, so die Legenden, gar aus der Hölle verbannt worden war.

Der widerstandsfähige junge Mann war nun völlig entkräftet. Mit aufgerissenen Augen wagte er einen Blick über seine Schultern und folgte seinen rot gefärbten Spuren im Schnee, bis sie sich in nicht allzu weiter Ferne im dichten Tannenwald verloren.

»Grooahh!«

Thordir erschrak – sein Herz raste. Voller Todesangst drehte er sich hastig wieder nach vorne und versuchte eilig, die durchgefrorenen Gelenke in Bewegung zu bringen. Dabei setzte aber ein unerträglicher Schmerz ein, bei dem er lautlos aufschrie, die Augenlider zusammenpresste und die Zähne knirschend zusammenbiss. Die Knochen fühlten sich an wie morsche Zweige, welche bei geringster Belastung zu brechen drohten. Elle um Elle schob er seinen unterkühlten Körper durch das weiße Nichts.

Dann drang plötzlich das Geräusch von brechendem Gehölz zu ihm herüber. Nicht leises Knacken von dünnen Zweigen, sondern von dicken Ästen. Sie zerbarsten regelrecht und wurde hörbar zur Seite geschoben. Eiskalter Schauder lief ihm über den Rücken. Bereits die Vorstellung von diesem Wesen ließ ihn erstarren. Ruckartig drehte sich Thordir auf allen vieren um, hockte sich mühsam an einen nahgelegenen Gesteinsbrocken und wartete schwer atmend auf das Bevorstehende. Das warme Blut floss währenddessen unaufhaltsam von seiner aufgeschlitzten Brust über den Bauch in den weichen Schnee – doch der Anblick störte ihn nicht. Nur schemenhaft nahm er seine klaffende Wunde wahr. Sie tat auch nicht weh. In diesen Augenblicken störte ihn nichts mehr. Allmählich verließen ihn jegliche Gefühle. Furcht und Trauer verschwanden – sein Atem wurde ruhiger und die Zeit schien stillzustehen. Das Einzige, was er noch zu bewegen vermochte, waren seine smaragdgrünen Augen, die im Mondschein sanft leuchteten. Mit schleppenden Bewegungen seines Hauptes suchte er den schwarzen Wald einen Steinwurf entfernt ab. Vorerst war nichts zu sehen. Aber dann stieg im Schatten einer Baumgruppe Dunst auf, welcher sich beim genaueren Betrachten als die emporsteigende warme Atemluft des Geschöpfes herausstellte. Und zwischen dunklen Tannenzweigen erkannte Thordir schließlich die überwältigenden Umrisse der massigen Kreatur. Unheimlich regungslos stand sie da und schnaubte leise vor sich hin, während düstere Augen den Schwarzhaarigen beobachteten.

Beim Betrachten des Ungeheuers geschah dann etwas Seltsames. Wie Öl in Feuer gekippt, begannen des Jägers Gefühle aufzuflammen. Wohltuende Wärme durchzog ihn von innen, unerklärliche Kräfte regten sich aus seinem Verstand heraus und Gleichgültigkeit wich Wut und Hass. Die aussichtslosen Umstände erzeugten eine wütende Verzweiflung in ihm, die derart kraftvoll wirkte, dass sie zu einer Unerschrockenheit heranwuchs. Schlagartig dachte er an seine Eltern, wobei dutzende Erinnerungsbruchstücke aus vergangenen Tagen eine überaus tiefe Trauer auslösten. Thordirs Augen wurden wässrig, bis die Tränen seinen Blick trübten.

Durch seine verschwommene Sicht nahm er wahr, wie es schließlich aus der Dunkelheit in das fahle Licht des Mondes trat. Beinahe tonlos stapfte es durch den hohen Schnee dem Schwarzhaarigen entgegen.

Hektisch bemühte er sich, seinen geschundenen Leib noch aufzurichten, was ihm aber nicht gelang. Aus unerklärlichen Gründen überkam ihn das Verlangen, dem Biest aufrechtstehend die Stirn zu bieten. Also blieb er ernüchtert sitzen, holte voller Feindseligkeit tief Luft, füllte damit seine Lungen und schrie aus Leibeskräften: »Verdammte Brut der Hölle!« Die Halsvenen blähten sich aufs Äußerste und schienen fast zu platzen, während seine blasse Gesichtsfarbe rötlich verfärbter Haut wich. Doch kaum hallten seine Schreie vom nahgelegenen Felsen zurück, sperrte der Riese sein Maul in die Weite und brüllte um ein Vielfaches lauter, sodass dem Schwarzhaarigen die Ohren pfiffen. Schlagartig verlor Thordir den Mut – abgrundtiefe Furcht schoss in ihm hoch. Aus dem Schlund der grässlichen Kreatur schossen Speichel- und Fleischreste heraus und von der flachen Nase beugte sich durch den Atemstoß schleimiger Rotz nach vorne. Fletschende Zähne blitzten. Blutrotes Zahnfleisch glänzte.

Das haarige Wesen schlug noch während des Gebrülls seine gewaltigen Fäuste auf das verschneite Erdreich, packte wutentbrannt eine Baumwurzel und riss sie mühelos in Stücke. Thordirs Schädel dröhnte. Eine tiefe Müdigkeit überfiel ihn und seine Lider schlossen sich.

- 2 -

Knisternde Zweige und der herrliche Duft von verbrannten Nadeln weckten den Schwarzhaarigen aus dem Schlaf. Eine angenehme Wärme durchzog seinen Körper.

Gähnend öffnete er die verklebten Augen und spähte noch müde und erschöpft zu einer Feuerstelle, die bald zu erlöschen drohte. Unter glühenden Ästen lag eine große Menge Asche. Daneben stapelte sich gehauenes Tannenholz bis knapp unter die niedrige Decke des kleinen Raumes.

Thordir stützte sich schlaftrunken auf den linken Ellenbogen, um sich genauer umsehen zu können, doch da schoss ihm ein stechender Schmerz in die Brust. Er schrie auf und ließ sich auf den Rücken fallen. Da zuckten jene bösen Erinnerungen wie Blitze durch seinen Kopf: Die furchterregende Kreatur, die weißschwarze Umgebung und der blutgetränkte Schnee. Gleichzeitig fühlte er das schreckliche Ereignis, als würde es gerade eben geschehen. Dabei roch er den grausigen Duft seines eigenen Blutes in der Nase, hörte, wie das ohrenbetäubende Brüllen in seine Ohren drang und am Verstand zehrte, und er spürte im Hier und Jetzt, wie die eisige Luft seine Lungen quälte. Des Schwarzhaarigen Gemüt wurde immer unruhiger, je mehr er sich den Geschehnissen hingab – sein Herz raste und er begann, zu schwitzen. Erst jetzt, nun hellwach, begriff er vollends, dass er überlebt haben musste und sich in einer fremden Hütte befand.

»Was zum Teufel … was ist geschehen?!« Restlos überwältigt davon versuchte er, sich zu besinnen, was passiert war. Aber es half nichts. Denn das Letzte, an das er sich erinnern konnte, war dieser dunkler werdende Schleier, welcher zunehmend enger wurde und am Ende die Sicht gänzlich schwärzte.

»Ist jemand da?«, rief Thordir mit heiserer Stimme, während ihm unbehaglich zumute war. Niemand antwortete. Und als er in aller Stille horchte, waren auch keine Geräusche zu vernehmen – außer dem leisen Zischen und Knacken der Glut, eine Armlänge neben ihm. Völlig fassungslos starrte er zur Decke, als ihm nochmals bewusst wurde, was mit ihm geschehen sein musste, dass er nun hier lag.

»Ich war tot! Und das Ungeheuer – vom Erdboden verschluckt?!«, murmelte er aufgelöst vor sich hin, derweil sein Gesichtsausdruck nicht grimmiger hätte sein können. In diesem Augenblick wusste er selbst nicht, ob er froh darüber war, überlebt zu haben, oder doch lieber gestorben wäre. Denn im Jenseits hätte er seine Eltern wiedergesehen, so glaubte er. Trauernd, mit feuchten Augen, blieb Thordir noch eine Weile regungslos liegen, bis er sich gezwungenermaßen seiner Wunde widmete, von der immer heftiger werdende Schmerzen ausgingen.

Hellbraunes Fell eines Bären wärmte ihn. Vorsichtig legte er es etwas zur Seite, um seine Brust zu untersuchen. Ein großes, getrocknetes Lindenblatt überdeckte die Wunde, verklebt mit einer gelblichen Substanz, die an seiner Haut haftete. Es tat weh, als er das grüne Blatt etwas anhob, um darunter zu blicken. Also schloss er es wieder und war sogleich erstaunt über die klebrige Masse, die er nicht kannte. So wurde der Schwarzhaarige immer neugieriger darauf, wer der mysteriöse Fremde war, in dessen Bett er lag – »Ein Heiler, ein Waldläufer oder gar ein Hexer?«

Nervös warf Thordir das schwere Fell zur Seite und vergaß, an seine Verletzung zu denken – was er sofort bereute. Mit zusammengebissenen Zähnen fluchte er lautstark in die Kammer hinein. Nach einer kurzen Atempause hob er dann den Kopf vom weichen Federkissen, drehte sich langsam zur Linken ab und hob geduldig die Beine aus dem schmalen Bett. Wie durch ein Wunder hatte er keine Erfrierungen oder ernsthaften Hautschäden davongetragen, wovon er eigentlich überzeugt war. Dessen sichtlich erleichtert, begann der Sitzende nun, die Zehen auf und ab zu bewegen, da sie sich etwas taub anfühlten. Dabei fiel ihm ein zuvor verborgenes Büchergestell auf, welches in eine Nische eingebaut war. Darin stapelten und reihten sich dutzende Bücher in allen erdenklichen Größen und Farben. Und wieder staunte er. So viele Schriften an einem Ort hatte er noch nie gesehen. »Ein Gelehrter«, dachte er hochachtungsvoll. Der Menge nach zu urteilen, hätte der Fremde ebenfalls ein Büchermacher sein können, was aber zu den anderen Gegebenheiten nicht passte.

Davor stand ein uralter Schreibtisch. Stark abgenutzte Kanten, zerkratzte Flächen mit winzigen Löchern, Furchen von Holzwürmern und fleckigen Stellen. All dies zeugte vom häufigen Gebrauch der Schreibablage. In der einen Ecke des Tisches lagen zwei mit Deckeln verschlossene Gefäße aus brauner Tonerde, ein Holzbecher, aus dem einige Gänsefedern herausragten und eine in sich geschmolzene Kerze. Der dazugehörige Stuhl sah mit den eingekerbten Verzierungen an der Rückenlehne und den feinen Schriftzeichen darüber, die Thordir nicht lesen konnte, noch urtümlicher aus. Auf der Sitzfläche hatte der Unbekannte seine Hose und andere Kleidungsstücke säuberlich gestapelt, die er soeben mit kurzen, schleppenden Schritten ansteuerte. Die Gelenke taten beim Gehen etwas weh – er fühlte sich wie ein Greis.

Nebst einem neuen Hemd lagen da noch hohe, robuste Stiefel, ein dicker Umhang aus Schafswolle mit angenähter Kapuze, gefütterte Handschuhe und zwei Lederbeutel. Während der eine für Trinkwasser gedacht war, steckte im anderen ein gebackener Laib Brot. Des Weiteren lagen da noch zwei Taschen. In einer befanden sich Materialien zum Feuermachen und in der anderen steckten verschiedenste Dinge für die Wundversorgung. Der Schwarzhaarige traute seinen Augen nicht, als er all diese Sachen sah, die offensichtlich für ihn bereitgestellt worden waren. Die kleine Axt bemerkte er erst später, als er sich bereits eingekleidet hatte.

Nun widmete er sich gespannt der aufgehängten Kuhhaut, welche das Schlafgemach vom nächsten Raum trennte.

»Ist jemand da?« Umsichtig schob er die Gardine zur Seite und streckte erwartungsvoll den Kopf durch die Öffnung. Überrascht schaute er an einer wuchtigen Tanne hinauf, welche durch Boden und Decke ragte. Regungslos und ungläubig zugleich beäugte er den dicken Stamm, während seine Stirn in groben Falten lag. Er verstand nicht, weshalb sich jemand die Mühe machen sollte, eine Hütte um einen Baum herumzubauen – er sah darin keinen Sinn. Sogar einige Äste ließ der Erbauer durch den Raum wachsen. Drei davon traten gar aus den Wänden nach draußen, deren Öffnungen als Lichtquelle dienten und mit Holzläden versehen waren. Dadurch wurde die dunkle, aber freundliche Hütte nur schemenhaft erhellt.

Um die Rottanne herum erstreckte sich eine geräumige, vollgestopfte Kochstube mit allerlei aufgehängten Kräutern und Pflanzen an den Ästen und Zweigen des Baumes. Unzählige Gefäße reihten sich in schiefen Regalen aneinander. Eiserne Töpfe und Pfannen verschiedensten Ausmaßes stapelten sich auf Ablagebrettern, geflochtene Körbe lagen herum, verstaubte Kisten hier und prall gefüllte Jutesäcke dort. Vor einem verrußten Steinofen stand ein ovaler Tisch mit einem Schemel darunter, auf dem weitere Tonschalen und andere Kleinigkeiten herumlagen. Am anderen Ende der Kochstube, hinter dem Nadelbaum verborgen, erkannte Thordir eine Tür, die so aussah, als würde sie nach draußen führen. Doch vorerst wollte er sich noch die Bücher genauer anschauen, welche im Schlafgemach wie ein Schatz offen dalagen.

Schriften existierten nicht zuhauf im Land der Armaren – sie galten als sehr wertvolle Schmuckstücke. Jene Menschen, die solche ihr Eigen nennen konnten, waren angesehene Adels- oder Kaufleute, Heilige, Mediziner oder Hexer. Papier, ein äußerst kostbares Gut, wurde auf den Märkten zu Wucherpreisen gehandelt. Und es zu beschriften, verlangte eine Fähigkeit, die mühselig über unzählige Monde zu erlernen und nur Wenigen vorbehalten war.

Lesen faszinierte ihn. Sein Vater hatte es ihm beigebracht, als er ein kleiner Junge war, und das, obwohl er nur aus einer Jägersfamilie stammte. Grom hatte seinem Sohn nie verraten wollen, wie er das Lesen und Schreiben einst erlernt hatte, auch wenn der kleine Knirps mit aufgesperrten Augen vor ihm stand, schmollte oder bettelte. Dies blieb eines seiner Geheimnisse, welche er in sein Grab mitnahm.

Mit gesenktem Haupt und schwerfälligen Atemzügen erinnerte sich Thordir an jene Momente, als Grom die kräftigen Hände auf seine kindlichen Schultern legte, sich zu ihm hinabkniete und mit ruhigen Worten sprach: »Mein Sohn ... deine Mutter und ich sind stolz auf dich. Du erkennst die Buchstaben bereits sehr gut – du wirst mir noch ein echter Gelehrter.« Sein raues, von den unbändigen Stürmen der Berge, frostigen Wintern und heissen Sonnentagen gezeichnetes Gesicht, begann dabei wie immer zu strahlen, derweil ihm ein sanftes Lächeln über die Lippen glitt. Nach einem Augenblick der Freude glätteten sich Groms Hautfalten allmählich, der Mund formte sich zu einem geraden Schlitz zurück und seine Augen wurden wieder runder. Mit ernster Miene fuhr er dann fort: »Es existieren viele Geheimnisse auf dieser Welt, Thordir. Sie zu kennen, kann von unschätzbarem Wert sein, aber auch gefährlich – hörst du? Denn Wissen ist Macht und Macht verführt viele Menschen zu Gier.« Vaters strenger Ausdruck jagte dem Schwarzhaarigen jedes Mal einen Schrecken ein. Grom hob oft drohend den Zeigefinger: »Gier, mein Sohn, führt letzten Endes zu Elend und Krieg! So nutze dein Wissen weise. Setze es ein, um Gutes zu tun, und vertraue nur den Auserwählten deine Geheimnisse an.«

»Aber Vater ... wie erkenne ich die Auserwählten?«

Groms Stimme wurde dann wieder sanftmütiger. »Wenn du dich an einen schönen Ort begibst, den du liebst und der dir Kraft schenkt, dann schließe deine Augen und gehe in dich – atme tief und gleichmäßig. Erst, wenn deine Gedanken friedlich geordnet, dein Verstand konzentriert und dein Körper entspannt ist, denke an den Menschen, dem du etwas von hoher Bedeutsamkeit anvertrauen möchtest, und höre auf dein Herz.«

»Verstehe, Vater.«

»Ich weiß, dass du das verstehst, kleiner Mann. Und außerdem bist du ein guter Jäger geworden – geschickt und tapfer!« Bei diesen Worten zeigte Grom stets an die Schläfe des Jungen, worauf der Kleine bereits begann, leise vor sich hin zu kichern, da er wusste, was nun folgen würde. Und wie erwartet packte ihn Grom mit beiden Händen an den Oberarmen und schüttelte ihn, bis seine langen Haare zerzaust in alle Richtungen ragten und er sich immer mehr vor Lachen krümmte. Als das Schütteln dann endete und sich der Knirps allmählich beruhigt hatte, wusste auch Grom, was nun folgen würde.

»Vater ... hmpf ... ich denke, ich bin geschickter und tapferer als du – du jagst wie ein alter Greis.«

»Ach, ist das so?« Grom löste schließlich seinen festen Griff, stand auf und stemmte, zu seinem Sohn herabschauend, die Arme in die Hüfte.

»Ja Vater, so ist es«, antwortete der Kleine stets selbstbewusst. Doch alsbald platzte das Lachen aus ihm heraus, worauf ihn Grom packte, sich über die Schulter warf und Alaya mit stolzer Stimme zurief: »Weib!«

»Ja, mein geschickter und tapferer Jäger, hast du Beute gemacht?«, ertönte eine liebe Stimme aus der gegenüberliegenden Kochstube. Thordir kicherte.

»Nun, etwas Seltsames lief mir heute im Wald über den Weg! Weißt du, was das ist?« Als er mit weiten Schritten in den herrlich duftenden Raum bog, legte die Mutter gerade den langen Kochlöffel beiseite, schaute in das Gesicht des Jungen und rümpfte die Nase.

»Ich habe so etwas Sonderbares noch nie gesehen. Es sieht eigenartig aus.« Dann schnüffelte sie jedes Mal an ihrem Sohn herum, worauf der Knirps in ein schallendes Gelächter ausbrach.

»Denkst du, es passt zu meinem Eintopf?«

»Sicherlich, aber ich denke, es ist zäh wie Leder.«

Thordir wischte sich die Tränen von den Wangen und trat ans Regal. Das dickste Buch am Rande fiel ihm als Erstes auf. Gespannt nahm er es heraus und legte es auf den Schreibtisch.

»Künste der Heilung« stand mit geschwungener Schrift auf dem braunen Einband. Vorsichtig begann er, zu blättern und las die Inhaltsangabe: »Krankheiten, Pflanzen, Kräuter und Wurzeln, Zecken und Läuse, Kräfte der Sonne, Kräfte des Mondes, Ruhe und Arbeit.«

Interessiert, aber nicht zum längeren Lesen angeregt, klappte er das schwere Buch wieder zu und schob es in die Lücke zurück. Dann sah er das Größte in der obersten Reihe. Auf dem Buchrücken stand mit roter Tinte geschrieben: »Armarien.«

Sein Blick wanderte weiter nach unten: »Schwert und Axt.«

Daneben stapelten sich einige angerissene und brüchige Schriften oder teils einzelne Blätter, die wohl einst herausgefallen waren, weshalb er sie nicht berührte. Ebenfalls in diesem Bereich ruhte ein vergilbtes Buch, bei dem der Einband fehlte. Es wirkte, als wäre es lange Zeit dem Wetter ausgesetzt gewesen. Mit Mühe las er darauf: »Die dunkle Bedr...« Die letzten Buchstaben waren unlesbar, aber er ahnte, was es hieß. So nahm er es behutsam vom Regal, legte es auf den Schreibtisch und öffnete es. Feuchtigkeit sowie Schweiß hinterließen ihre deutlichen Spuren auf dem Papier und machten viele Stellen unlesbar oder schwierig zu entschlüsseln. Zwischen den Zeilen konnten einzelne Wörter klar sichtbar sein und danach wiederum ganze Sätze fehlen. Überall gab es bräunliche, vereinzelt auch schwarze Spuren, die vom Erdreich und von Ruß hätten stammen können. Ebenfalls fehlten Seiten darin. Die einen waren herausgerissen und andere mit einem scharfen Gegenstand säuberlich weggeschnitten worden. Einige Stellen waren in einer schönen Schrift geschrieben, andere mit zittriger Hand oder gar schief. Thordir blätterte und begann jene Zeilen zu lesen, welche verständlich waren: »... in der Ferne vier seltsam anmutende ... folgte ... einen Irrgarten aus Gängen und ... tiefer als gedacht ... warme Luft ... Werkzeuge und ... aber nicht alleine ... unbekannte Laute drangen unterhalb der ... über viele Monde oder ... verletzte, jedoch keine ... hier raus ... Verstand trübte, suchte ich vergeb...«

Der Schwarzhaarige wusste nicht, ob es sich um eine Geschichte oder ein Tagebuch handelte, weshalb er es wieder zurückstellte. Die unterste Ablage war völlig verstaubt und das erste Buch, welches er dort unten sah, nahm er in die Hand.

Beim Bücken schoss ihm der Schmerz in die Brust. Jammernd hielt er kurz inne.

Es war ein kleines, in schwarzes Leder gefasstes Buch, welches mit einer Schnur umwickelt war. Er löste die Schlaufe und schlug wahllos eine Seite auf, da es keine Überschrift besaß. Halblaut las er vor sich hin: »Das menschenähnliche Wesen wanderte nachts durch die Wälder und ernährte sich von Fleisch und Knochen. Der unbändige Hunger trieb es an – immer weiter und weiter, bis es eines Tages auf eine Siedlung stieß.«

Erzählungen über unbekannte Wesen, die Gebeine von Menschen verspeist haben sollten, gab es zuhauf. Doch der Schwarzhaarige verhielt sich solchen Geschichten gegenüber stets misstrauisch. Sofort hörte er die Stimme seines Vaters sagen: »Lausche den Worten der Leute, Sohn – höre ihnen gut zu! Doch nimmst du gedankenlos an, was sie erzählen, dann bist du nicht schlauer als die meisten. Versuche stets, zwischen Wahrheit und Lüge zu unterscheiden. Erfrage die Quelle ihres Wissens und spüre die Urteilsfähigkeit deines Gegenübers. Die Weisheit, Thordir, liegt darin, im Geiste frei zu bleiben.«

Dies galt auch für Schriften und Bücher, wusste er. Nun aber war der Hunger zu groß geworden, um noch weiter nach spannenden Dingen zu suchen. Sein Bauch knurrte hörbar laut und er merkte, dass sein Magen so leer war wie noch nie zuvor.

Es war ihm mittlerweile etwas übel und schwindlig geworden, als er in die Kochstube trat. Vor allem aber sehnte er sich nach Wasser. Sein Hals fühlte sich ausgetrocknet an. Da fragte er sich, wie lange er wohl schon in dieser Hütte gelegen hatte.

In der Nähe tröpfelte Wasser in ein hüfthohes Fass, welches von einer Eisenrinne rann. Sie drang durch die Holzdielen nach draußen. Eilig tauchte er einen nahestehenden Krug in das dunkle Regenwasser und ließ das eiskalte Nass gierig seinen Rachen hinabfließen – die schmerzlichen Schlucke ignorierend. Erfrischt schob er den Fensterladen hinter sich auf, um Licht in den finsteren Raum zu lassen. Mit zusammengekniffenen Lidern blickte der Jäger nach draußen und traute seinen Augen nicht. Der verschneite Erdboden war erst weit unter ihm zu sehen, demnach mussten mehrere Stockwerke existieren. So streckte er den Kopf durch die kleine Öffnung zwischen Ast und Sims und schaute nach unten. Erschrocken wich er zurück und blieb regungslos stehen, während er unsicher auf seine Stiefel starrte.

»Welcher Wahnsinn hat diesen Menschen dazu getrieben, die Hütte auf einem Baum zu bauen?!«, rief Thordir fassungslos. »Wie ist das überhaupt möglich?« Am Haupt kratzend überlegte er, was er von diesem Fremden halten sollte. »Entweder ist der Unbekannte verrückt oder sehr weise – oder beides zusammen.«

Als er sich jedoch nochmals, dieses Mal behutsamer, über den Sims lehnte und die verschneite Tanne sah, deren immergrüne Äste wie ein verschlossener Fächer bis weit unter den Hüttenboden ragten, wurde ihm klar, weshalb der Fremde hier oben hauste: »Das Heim ist von außerhalb vermutlich schwierig zu erkennen, es bietet mehr Schutz vor eisigen Winden und gefährlichen Biestern«, dachte er sichtlich beeindruckt.

»Wer ist er?« Ehrfürchtig wanderte sein Haupt zur Tür – sein Herz begann schneller zu schlagen. Thordir schluckte die angesammelte Spucke herunter und trat näher an die schattige Pforte, in deren rechtem Stützbalken ein Messer steckte. Daran hing ein Stück Papier:

»Wandere nach Westen über die felsigen Ebenen von Gadunsch und durch den weißen Wald. Halte stets die Höhe. Überquere dann die Schneise. Dahinter verbirgt sich eine Ruine. Dort werde ich auf dich warten. Beeile dich, Thordir!«

Dass der Unbekannte seinen Namen kannte, überraschte ihn nicht sonderlich, denn dafür war bereits zu viel Sonderbares geschehen. Doch weshalb er ihn jenseits des weißen Waldes treffen sollte, zwei Tagesmärsche von der Hütte seiner Eltern entfernt, verstand er nicht. Das Einzige, was der Schwarzhaarige tun wollte, mehr als alles andere, war, nach Grom und Alaya zu sehen.

In wirre Gedanken versunken schlenderte er zur Kochstelle zurück, geduckt unter hängenden Zwiebelgestecken, getrockneten Maiskolben, essbaren Weidefarnen, vorbei an prall gefüllten Kartoffelsäcken, bis zu den Holztruhen. Schwindlig vor Hunger öffnete er eilig den Deckel, worauf es sein Gemüt erheiterte, die rotgelben Äpfel zu sehen. Eifrig nahm er sich einen und biss herzhaft hinein – es knackte, während saftig süßer Geschmack seinen Gaumen erfreute. Daraufhin packte er drei weitere in den Lederbeutel, in dem auch der Laib Brot steckte, und sah sich schmatzend um. Sein Blick fiel auf die beschrifteten Gefäße auf den Regalen. »Zwiebelsaat, Schlangenminze, Bärenklee, Taugenichtse, Moorzypressensaft, Heimlichrot.« Viele andere Gefäße reihten sich noch daran, doch er sah sich nach anderen Nahrungsmitteln um. Aus einem zugedeckten Topf roch er Knoblauch heraus und daneben lag ein oranger Kürbis, eingepackt in ein Leinentuch. Eigentlich suchte er nach etwas Bestimmtem – Nüsse. Auf einem Ablagebrett lagen getrocknete Stachelkastanien, in einer Birkenschale haufenweise Wurzelenden und in einem hohen, runden Tongefäß stapelten sich faustgroße Düsterpilze. Letztere wuchsen in rauen Mengen hier in den umliegenden Höhlen der weißen Berge, wusste Thordir.

Als Meister der Jagd kannte er sich nicht nur mit dem Erlegen und Zubereiten von Tieren aus, sondern wusste zwischen essbaren und giftigen Pflanzen durchaus zu unterscheiden. Doch fehlte es ihm in der schier endlos wirkenden Welt der Botanik an tieferem Wissen über Arzneien. Geringfügige Schnitt- oder Brandwunden behandeln, Fieber und Schmerzen senken – dies beherrschte er, aber nicht mehr.

Schließlich fiel ihm ein verschnürter Lederbeutel auf. Er ging darauf zu und spähte in die schmale Öffnung. Zu seiner Freude lagen darin dutzende Haselnüsse, die er sich mit einem weiteren Beutel getrockneter Körner in die Tasche legte. Dann zog er unter knarrenden Lauten den Holzladen zu, woraufhin sich die Kochstube sofort wieder verdunkelte. Für einen Augenblick hielt Thordir inne, atmete tief und gleichmäßig und schloss die Augen.

Die Entscheidung, nach Westen zu reisen, war bald gefallen. Doch darüber bestürzt, ballte er zornig die Faust, schlug sie mit voller Wucht auf den Tisch und schrie aus voller Kehle wüste

Flüche hinaus. Mit verzweifelten Gedanken schritt er zur Tür und schob sie quietschend auf. Erneut blieb er wie angewurzelt stehen. Entgegen seinen Erwartungen blickte er nicht in das weiße Kleid des Winters, sondern in das schwarze Kleid unter Tage – vor ihm lag ein Höhlendurchgang. Ein kühler Luftzug wehte ihm sogleich ins Gesicht. Neben der Türschwelle stand eine Kerze in einer metallenen Schale, welche mit ausgetrocknetem Wachs beinahe überdeckt war. Geschwind nahm er den Lederbeutel zur Hand, in dem sich die Materialien zum Feuermachen befanden. Aus einem kleinen Fläschchen aus gebrannter Tonerde roch er Öl, von dem er einen Tropfen über den Docht träufelte. Als Nächstes scheuerte er einem beigelegten Eisenstäbchen mit energischen Handbewegungen Späne ab, die sich durch die Reibungskräfte entzündeten und in Berührung mit dem Öl aufflammten. Rasch nahm er den Teller in die Hand und schloss die Tür hinter sich.

Die Flamme flackerte im stockdunklen Gewölbe leicht vor sich her und erhellte knapp zwei Zollstöcke des schwarzen Gesteins vor ihm. Außer den Wassertropfen, die hie und da von der Decke in kleine Pfützen fielen und den eigenen Schritten, welche von den Wänden widerhallten, war nichts zu hören. Schmale Rinnsale liefen von den nackten Felsen herab und versickerten im teils sandigen Untergrund. An manchen Stellen zierten grüne oder weiße Bartflechten den feuchten Stein, an denen Spinnenläufer oder Asseln knabberten. Der Höhlengang verlief nebst leichten Biegungen ziemlich geradeaus, aber spürbar abwärts. Nur die Höhe der Decke veränderte sich stetig – von mannshoch bis zu einer Höhe, bei der er das obere Ende durch das schwache Licht nicht sehen konnte. Wenn Thordir die Kerze über seinen Kopf streckte, sah er manchmal einen Schatten vorbeifliegen.

Schon bald wurde es heller und heller, bis sich die ersten Sonnenstrahlen sichtbar durch eine Öffnung hindurchzwängten, welche beim Näherkommen immer größer wurde. Steiniger Boden wich nun brauner Erde und ein Geflecht aus Büschen verdeckte den Eingang wie eine natürliche Pforte. Behutsam schob er die verschneiten Zweige zur Seite und zwängte sich hindurch, ohne das Holz zu brechen. Weiße Sonnenstrahlen wärmten sein Gesicht, als er auf der anderen Seite herauskroch. Sie stand bereits hoch oben, inmitten eines malerischen blauen Himmels. Die smaragdgrünen Augen des Schwarzhaarigen mussten sich zuerst an das grelle Licht gewöhnen, zumal es zusätzlich vom Schnee reflektiert wurde – rasch hielt er sich schützend die Hand über die Stirn. Thordir betrachtete die atemberaubende Winterlandschaft zumindest mit einem Hauch Zufriedenheit. Eine Weite aus funkelnden Eiskristallen erstreckte sich vor ihm bis in die Ferne.

Verschneite Tannen, mächtige und gedrungene, allesamt in weiße Mäntel gehüllt, warfen Schatten, welche den Schwarzhaarigen an jene Nacht erinnerten – sofort blieb er stehen und hielt den Atem an. Trotz der freundlich wirkenden Landschaft verspürte er nun eine grausame Angst. Mit wachsamen Augen suchte er die offene Umgebung ab. Keine Spuren jener Kreatur weit und breit. Keine Geräusche ertönten. So friedvoll es auch aussah – dies hatte nichts zu bedeuten, erinnerte er sich doch klar und deutlich an die dunkelsten Momente seines Lebens.

Denn die Ruhe vor dem Sturm war es gewesen, die ihn und seine Eltern nicht erahnen hatte lassen, was im nächsten Augenblick geschehen würde. Es war etwas passiert, das man in Albträumen durchlebt, um schreiend, zitternd und schwitzend im eigenen Bett aufzuschrecken, aber sogleich durchatmen kann, da einem klar wird, dass es nur ein böser Traum war. Doch sie hatten nicht geschlafen.

Abgrundtiefe Furcht strömte durch Thordirs Körper. Wie ein Feuer breitete sich die Hitze in ihm aus und ließ ihn erschaudern. Er wusste ja nicht einmal, ob das Ungeheuer noch lebte oder es noch mehr von ihnen gab. Wie verhielt es sich am Tage? Streifte es nur nachts umher? Mied es das Licht? Unternahmen die Soldaten Armariens etwas gegen diese Brut der Hölle? Viele Fragen quälten den Jäger.

»Was habe ich schon zu verlieren?«, dachte er, um sich Mut zuzusprechen. »Immerhin ist jemand aus Fleisch und Blut wie ich diesem Ungeheuer in der Dunkelheit entgegengetreten und hat sein Leben riskiert, um meines, das eines Unbekannten, zu retten.«

Der Schwarzhaarige spürte, wie in ihm die Ehrfurcht gegenüber seinem Retter stetig wuchs. So machte er den ersten

Schritt in den knietiefen Schnee, den zweiten, den dritten und bald schon stapfte er zügig durch die wilde Landschaft, versuchte aber stets, sich an die glücklichen Momente des Winters zu erinnern. Manchmal sah er seinen Vater vor sich, wie er einen Weg bahnte, um es für ihn, als er noch ein kleiner Junge war, einfacher zu machen. Oder er sah, wie Grom sich plötzlich zu ihm umdrehte, dabei in die Hocke ging und den Zeigefinger an den Mund legte – er sollte still sein, da er Wild gesichtet hatte.

Als Thordir einen Steinwurf vom Höhleneingang entfernt war, blickte er über die Schulter zurück und bemerkte seine verräterischen Spuren im Schnee, die direkt zu den Sträuchern führten. Jetzt überkam ihn ein schlechtes Gewissen, sie so deutlich zu hinterlassen, da der Unbekannte offensichtlich im Verborgenen leben wollte. Verwischen half nur wenig, wusste er. Außerdem fiel in dieser Gegend oft Schnee und in all den Wintern, die er hier oben verbracht hatte, war ihm keine einzige Seele begegnet.

Über dem versteckten Eingang zur Höhle thronte ein mächtiger Felsen, der sich nach Norden bergauf hinzog. Im Süden fiel er alsbald steil in die Tiefe. Vergeblich suchte er nach der hohen Tanne, die sich wohl hinter dem Massiv befand. Neugierig sah er sich nach einem anderen Zugang um. Auf der anderen Seite des Berges lag das ausgedehnte Finstertal und von dort war ihm nie etwas Sonderbares aufgefallen – keine Öffnungen im Stein, kein möglicher Aufstieg in höher gelegene Ebenen oder dergleichen.

»Die Hütte des Fremden müsste sich in einem Bergkegel befinden, wie einem winzigen, verborgenen Tal.« Erstaunt darüber stapfte er eilends bergauf in nördlicher Richtung, um sich die niedrigste Stelle des Massivs näher anzuschauen. Doch seine Schritte stockten bald, als die Wunde mit zunehmender Anstrengung zu schmerzen begann und auch die Müdigkeit in seinen Beinen sich durch Schwächeanfälle bemerkbar machte. Nichtsdestotrotz machte sich Thordir die Mühe, bergauf zu gehen. Und bald schon entdeckte er die emporragende Spitze einer Tanne. Sie ragte nur knapp hinter dem steilen Felsen empor, welcher zwar nicht sehr hoch, aber trotzdem unüberwindbar schien. Nur zu gerne hätte er in den versteckten Talkessel gesehen.

So wanderte der Schwarzhaarige nach Westen – die Höhe haltend, wie es der mysteriöse Retter in der Nachricht beschrieben hatte. Und nach einzelnen Bäumen auf einem offenen Plateau tauchte allmählich die felsige Ebene von Gadunsch mit ihren unzähligen Gesteinsbrocken auf. Spitze, mannshohe Felssplitter wechselten sich ab mit rundlichen und eckigen Steinriesen – manche so gewaltig wie Festungsmauern. Ruhig und friedlich lagen sie nun da, verteilt auf weiter Ebene. Doch dies war nicht immer so gewesen. Denn vor nicht allzu langer Zeit, da hatte die Erde plötzlich gebebt. Ohrenbetäubendes Grollen erfüllte die Luft, als sie sich vom himmelshohen Gebirge gelöst und drohend zu Tale gedonnert waren. Einige waren bis ins flache Tiefland Armariens hinuntergestürzt und hatten alles auf ihrem Weg zertrümmert, bis auch sie regungslos liegen blieben.

Saftige Gräser, flaumige Moose, grüne Kletterpflanzen, farbige Blumen, ja sogar niedrigwüchsige Bäume eroberten sich seither Stück für Stück des eingefallenen Gesteins zurück. So war innerhalb dutzender Monde eine atemberaubende, zugleich mystisch anmutende Landschaft entstanden – zu jeder der vier Jahreszeiten.

In der Frühlingswärme, wenn die Eiskristalle zu Wasser schmolzen und sich die Welt der Pflanzen aus den Klauen der Kälte befreite, Farben und Gerüche sich über Bergen und Tälern entfalteten und Tiere vorsichtig aus ihren Verstecken krochen, um mit ihren Lauten die karge Stille zu durchbrechen.

Im Sommer, wenn sich das Leben in jedem Gebüsch, unter jedem Stein und hinter jeder Tanne regte, Wolfsrudel umherstreiften, Eichhörnchen in den Baumkronen an Nüssen knabberten, Rehe sich sattfraßen auf Wiesen im feuchten Tau des Morgens, Bienen und Hummeln summend von Nektar zu Nektar flogen.

Wenn sich grüne Wälder langsam in goldrote Gewänder legten, Regenschauer sich mehrte, Nebel das Land in ein sanf-

tes Grau hüllte, kühle Brisen die feuchte Luft auffrischte und
Bären sich an Fischen und Beeren satt frassen, dann war der
Herbst gekommen.

Und in diesen Tagen, beinahe vergessen, was einst geschah, ruhten die Felsblöcke nun unter dicken Schneeschichten begraben,
darauf wartend, dass die Wärme der Frühlingssonne die Natur
zu neuem Leben erwachen ließ.

Vor der Dämmerung musste Thordir unbedingt den weißen Wald erreicht haben und es war bereits später Nachmittag
geworden, als er sich eilends nach Westen kämpfte. Die Schatten der Felsen wurden immer länger und das helle Pulver immer härter. Manchmal hielt es sein Gewicht auf der Oberfläche
und manchmal brach er knietief ein. Dieses unbeständige Gehen war schmerzlich mühsam und kostete ihn viel Kraft. Die
Wunde fühlte sich an, als wäre sie aufgerissen – doch er kümmerte sich nicht darum. Und damit traf der Schwarzhaarige
eine überlebenswichtige Entscheidung. Denn die Sonne drohte schon bald hinter fernen Bergen zu verschwinden, worauf es
schlagartig kälter werden würde und wenn das Pech ihn verfolgte, brächten auffrischende Winde zusätzliche Kälte mit sich.
Seine Kleidung würde dagegen nicht lange genug Schutz bieten
können. Seine Körperwärme würde stetig sinken und in seinem Leib würde folglich ein Überlebensmechanismus in Gang
gesetzt werden, worauf sich der Organismus auf die Erhaltung
der lebenswichtigen Organe konzentrierte und die Wärme von
den Gliedmaßen weg in die Körpermitte leitete. In dieser Phase
würde es nicht mehr möglich sein, ein Feuer zu entfachen – die
Finger zu steif, um jegliche Bewegungen auszuführen. Die ersten
Erfrierungen wären nur eine Frage der Zeit und fänden zuerst
an Zehen, Fingern, Ohren und Nase statt. Stirne, Wangen und
Kinn würden folgen. Hätte die Haut eine gewisse dunkle Farbe
erreicht, käme für sie jede Hilfe zu spät. Eine grausame Ampu-
tation wäre dann unabwendbar. Hätte die Haut aber bei einer
unwahrscheinlichen Rettung eine noch genügende Durchblu-
tung, könnte sie aufgewärmt werden, was jedoch unausaprech-

lich schmerzhaft wäre. Und wenn man dem Schlaf verfiel, wäre die Wahrscheinlichkeit groß, nie mehr aufzuwachen.

Keuchend versuchte Thordir dicht an den überhängenden Felsen vorbeizulaufen, wo weniger Schnee lag und die Füße festeren Stand bekamen. Er vergaß alles um sich herum, da sich seine Augen vollends darauf konzentrierten, den einfachsten und somit schnellsten Pfad zu finden.

Doch plötzlich wurde es dunkler. Sofort schnellte sein sorgsamer Blick nach vorne in die Höhe. Die Sonne war bereits zur Hälfte hinter dem Horizont verschwunden. Nun erhellten die letzten Lichtstrahlen den Weg nach Westen – wie eine drohende Warnung, alsbald für eine Nacht zu verschwinden.

Vor ihm tat sich schließlich ein schwarzer Streifen auf – »Der Wald«, freute sich der Jäger verhalten. Trotz seiner erschöpften Beine kam er nun auf der stabileren Oberfläche schneller voran. Noch einen Steinwurf von den schützenden Bäumen entfernt, suchte er bereits nach geeigneten Schlafplätzen. Ein schattiger Fleck in Bodennähe zog seine Aufmerksamkeit auf sich, den er sogleich ansteuerte. Er stellte sich als eine umgeknickte Fichte heraus, deren dichtes Astwerk sich wie schützende Wände in drei Richtungen als Nachtlager hervorragend anbot. Der Schwarzhaarige zückte, ohne zu zögern, die Axt und begann geschickt, an einer benachbarten Tanne einen Ast nach dem anderen zu schlagen, und warf sie in die Nähe seines Unterschlupfes. Danach hackte er ein großes Stück Birkenrinde ab, brach dutzende trockene Zweige und stopfte sie allesamt in den Beutel. Als er genug gesammelt hatte, legte er einen flachen Stein in den Zugang seines Biwaks ins feuchte Gras. Darauf kam die Rinde. Nun holte der Jäger aus der kleinsten seiner Taschen getrocknete Brennnessel- und Hanffasern hervor, legte sie mit den Zweigen zusammen auf die vorbereitete Fläche und begann, mit dem Eisenstäbchen Funken zu schlagen. Als der Zunder glühte, hielt er eilig die flache Hand hinter den qualmenden Haufen, während er vorsichtig hineinpustete. Nur einen Augenblick später flammte es bereits in die Höhe. Das geschlagene Holz legte er als Vorrat neben das knisternde Feuer. Kleinere Öffnungen rund um die umgeknickte Fichte stopfte er mit allerlei Geäst zu und verdichtete es zusätzlich mit Schnee. Danach kroch er hinein, verschloss mit den schwersten und dichtesten Nadelästen geübt den brusthohen Eingang und legte mit dem Rest mehrere Schichten auf dem gefrorenen Boden aus.

Thordir rückte möglichst nahe ans Feuer, um seine kalten Hände daran zu wärmen. Erst jetzt, als er zur Ruhe kam, bemerkte er das unangenehme Pochen in der rechten Brust – die Wunde fühlte sich grausig an, so, als könnte jede weitere Bewegung die frische, dünne Haut aufreißen. Daher versuchte er, sich nicht zu rühren, und lenkte sich stattdessen mit einem Mahl aus Brot und Nüssen ab.

Ihm wurde klar, dass er mit dieser Wanderung durch die winterlichen Berge ein hohes Risiko einging, so allein, verwundet und erschöpft. An diesem Tag war Thordir bei Weitem nicht so zügig unterwegs gewesen wie sonst immer. Er hatte seine Kraft und Ausdauer nach der vermutlich tagelangen Bettruhe überschätzt. Doch irgendwie fühlte er, dass es trotzdem die richtige Entscheidung gewesen war, aufzubrechen – obwohl es ihm alles andere als wohl zumute war.

- 4 -

Ein seltsames Geräusch riss ihn aus dem Schlaf – sein Puls raste. Thordirs Augen starrten an die alte Holzdecke, während Schweißperlen seine Schläfe hinabbrannten. Noch verwirrt, richtete er sich schwer atmend auf und spähte durch den dunklen Raum – alles war still.

Erleichtert darüber, dass er nur geträumt hatte, setzte er sich hellwach auf den Bettrand. Sein Blick schweifte zu einem Fellhaufen vor ihm. Nur die sichtbaren langen Haare am Kopfende verrieten, dass sich Alaya darunter befand. Sie schien friedlich zu schlafen. Doch der Platz neben ihr war leer. Grom war nicht da.

»Quii!«

Thordir zuckte erschrocken zusammen und sah sofort in jene Richtung, aus der das ungewöhnliche Geräusch gekommen war. Dasselbe Quietschen hatte ihn ebenfalls aus dem Schlaf geholt, bemerkte er sogleich, und trat eilends zum nahgelegenen Fensterladen. Der Schwarzhaarige war sich nicht sicher, was es war, aber es klang für ihn wie ein Stück Eisen, welches sich verbog. Doch augenblicklich schoss es ihm durch den Kopf – »Die Mastschweine aus der Stallung!« Rasch öffnete er den Fensterladen, da knarrte es hinter ihm. Eine dunkle Gestalt stand im Türrahmen.

»Vater?«

Merkwürdigerweise bekam er keine Antwort – irgendwie unheimlich. Doch er war sich sicher, dass es Grom war, der da regungslos im Schatten ruhte.

»Wandelst du im Schlaf?«

Dann bemerkte er die Axt in der Hand. Thordir schluckte.

»Was ist los?!«, fragte er mit erhobener Stimme, sichtlich angespannt.

»Quii – iiii!«

28

»Wölfe fressen unsere Schweine!«, brüllte der Schwarzhaarige und rannte in Richtung Tür. In diesem Moment stürzte Alaya panisch aus dem Bett und fiel neben ihm hart zu Boden. Und als er stoppte, um seiner Mutter aufzuhelfen, packte ihn Vaters Hand am Kragen und zerrte ihn unsanft nach unten.

»Pssst!«

Völlig verdattert blickte Thordir in Groms entsetztes Gesicht. Leblose Augen starrten ihn an, als hätten böse Dämonen von ihm Besitz ergriffen. Zitternd warf er sich ein zweites Mal den Zeigefinger an den Mund: »Pssst!«

Plötzlich spürte der Jäger, wie Alaya verzweifelt zu strampeln begann. Zuerst wusste er nicht, was das soll. Doch alsbald bemerkte er Groms kräftige Hand, welche seiner Mutter den Mund zudrückte. Erschrocken löste er den festen Griff seines Vaters, packte seinen alten Herrn an den Schultern und stieß ihn weg. Alaya kroch panisch in eine Ecke. Noch sichtlich schlaftrunken, begriff sie nicht, was da gerade passierte. Auf dem Boden kauernd stotterte Grom: »Ee...es ist d...draußen.«

»Ja, rasch, sonst werden alle sterben – wir werden sie schon verscheuchen! Wieso verhältst du dich so komisch?!«

»Troll.«

In Thordirs Körper loderte eine gewaltige Hitze auf, während er seinen Vater ungläubig anstarrte. Sein alter Herr verhielt sich wie benommen – wie gebannt. Er befand sich in einem Schockzustand, aus dem er sich nicht befreien konnte. Alaya kauerte noch immer in ihrer Ecke und gab keinen Mucks von sich.

«Hab es gesehen«, flüsterte Grom mit furchtsamer Stimme und wischte sich dabei hastig den Schweiß von der Stirn. Sofort drehte sich Thordir um und eilte in geduckter Haltung zum offenen Fensterladen. Gänsehaut bildete sich auf seinem Leib, als er behutsam den Kopf hob, um über den Sims nach draußen zu spähen. Als Erstes fiel ihm der leuchtende Mond auf, danach der klare Nachthimmel und schließlich das Dach des Schweinestalls. Alles schien ruhig und friedlich. So streckte er den Kopf noch höher und blickte unterhalb des Dachs in eine dunkle Öffnung, an deren Stelle eine geschlossene Tür stehen müsste. Im angrenzenden Gehege waren keine Tiere zu sehen. Auch das Quieken hatte aufgehört. So viel er erkennen konnte, lagen keine Spuren oder Vertiefungen im hohen Schnee. Der Schein des Mondes tauchte die verschneite Stallung mit dem dazugehörigen Vorhof sowie den üppigen Garten vor der Hütte in eine unheimliche Stimmung. Äußerst nervös versuchte er, in den Schatten des winterlichen Waldrandes Bewegungen zu erkennen. Seine Augen wanderten von weißer Tanne zu weißer Tanne, bis eine schwarze auftauchte, auf welche wieder eine weiße folgte. Thordirs Herz raste. Die beinah schneefreie Stelle lag hinter der Stallung, einen kurzen Steinwurf entfernt. Alsbald fiel ihm noch etwas Schauerliches auf. Etwas unterhalb der schwarzen Tanne war die Umzäunung des Geheges zerbrochen – querverlaufende, armdicke Stämme.

In seiner Aufregung vernahm er auf einmal flüsternde Laute, woraufhin er sich vom Fenster abwandte und nach hinten schielte. Und als er sah, wie Vater liebevoll mit Mutter sprach, während sie sich zärtlich umarmten, wurden seine Augen feucht. Auf leisen Sohlen huschte er zu ihnen und fiel seinen Eltern in die Arme. Grom legte sofort die Hand auf seinen Kopf und Alaya küsste weinend dessen Stirn. »Mein Junge«, sprach sie leise, ihre Angst weglächelnd.

»Ist er weg?« Vater schaute ihn hoffnungsvoll an. Doch Thordir schwieg und blickte ins Leere.

»Knack.«

Ganz in der Nähe brach ein Ast. Alle drei erschraken und drückten sich mit dem Rücken eilig an die Wand. Der Schwarzhaarige griff Alayas kühlen Hände, wobei leises Wimmern aus ihrem Mund entwich. Ihre Lippen zitterten. Schwerfällige Schritte näherten sich der Hütte. Und es schien bereits ganz nah zu sein, als die Tritte abrupt verstummten. Nun rührte sich nichts mehr. Totenstille. Nur der stockende Atem seiner Eltern war zu vernehmen.

»Chrrö!«, grunzte es plötzlich aus der Stille heraus. Adrenalin schoss durch ihre Venen. Sie fröstelten am ganzen Leib, begleitet von Alayas kläglichem Jammern. Thordir zerriss es das

Herz, Mutter so zu hören, und er hatte große Sorge, der Troll würde die Laute im Innern der Hütte hören. Keiner wagte auch nur einen Finger zu rühren – die Zeit schien stillzustehen, während quälende Ohnmacht über sie herfiel. Doch lange war es ruhig – zu lange. Bald war sich der Schwarzhaarige der Anwesenheit der Kreatur nicht mehr sicher. Er wusste, dass er es gehört hätte, wenn sie gegangen wäre, aber er konnte das Innehalten des Kolosses nicht begreifen.

»Wieso geht es nicht einfach!«, fluchte er lautlos, völlig verzweifelt. Hass und abgrundtiefe Angst erfüllten den Jäger im selben Moment. Aber dann, als die Ruhe beinahe nicht mehr auszuhalten war, knackte und raschelte es draußen. Es waren leise, gedämpfte Laute. Schnee wurde in den Erdboden gedrückt – es kam näher. Und in dem Augenblick, als Thordir, er kauerte unweit des Fensters, sich irgendwie noch näher an die Wand pressen wollte, wurde der blasse Schein des Mondes, welcher in den Raum drang, von einem Schatten überdeckt. Es stand nun direkt vor der Öffnung.

»Schnief! Schnief!« Unheimliche Laute drangen in das Schlafgemach. Schlagartig erfüllte ein Gestank nach Blut und Verwesung die Luft. Alaya wurde schwarz vor Augen und sie kippte langsam nach hinten. Grom, der hinter ihr saß, konnte sie gerade noch geräuschlos auffangen. Schatten schwärzten den Fensterrahmen, bis die Öffnung komplett dicht war. In der Dunkelheit bemerkte Thordir auf einmal, wie eine große, flache Nase hineinragte.

»Schnief!« Die hässlichen Nüstern weiteten und verkleinerten sich.

»Schnief!« Mächtige Atemzüge durchzogen eine noch mächtigere Gestalt, von der ein schier unerträglicher Gestank ausging. Thordir wurde es elend zumute. Der Geruch drehte ihm den Magen um. Rasch drückte er seine Hand an den Mund und erbrach sich, ohne etwas auszuspucken und ohne einen Mucks. Beißend saure Brühe brannte sogleich in seinem Rachen – furchtsam darauf wartend, dass der Troll endlich fortging. Und das tat er auch. Die Nase verschwand nach draußen und fahles Licht fiel wieder in den Raum. Wie betäubt ließ Thordir das Erbrochene aus seinem Mund laufen.

»Grooahh!«

Ohrenbetäubend drang der Laut herein. Dann ging alles sehr schnell. Die halbe Wand wurde auf einen Schlag zerfetzt. Ganze Bretter und Holzstücke flogen im weiten Bogen davon. Staub wirbelte durch die kalte Luft. Die Sicht wurde trübe. Thordir hustete benommen – sein Schädel dröhnte. Hastig schleppte er sich quer durch den Raum in Richtung Tür. Dabei schaute er sich nach Grom und Alaya um, doch er konnte nichts erkennen. Kurz darauf gab es einen Knall neben ihm. Nur knapp verfehlte ihn der schwere Dachbalken, der von der Decke stürzte und ein klaffendes Loch im Dielenboden hinterließ. Thordir krächzte und rieb sich den Staub aus den Augen. Strohbündel fielen auf ihn herab, während er panisch nach weiteren herabfallenden Trümmern Ausschau hielt, anschliessend angsterfüllt in die neblige Wand vor ihm starrte.

»Thordir!«, schrie sein Vater wie aus dem Nichts.

»Va... huuha ... Vater!« Thordir rappelte sich hustend auf und hastete gebückt über den Balken zur Tür, wo Groms Stimme herkam. Doch als er unterwegs zur Seite blickte, blieb er wie angewurzelt stehen. Entsetzt blickte er in eine dunkle Blutlache, dort, wo zuvor Mutter gehockt hatte. Erschüttert wanderte sein Blick durch die zertrümmerte Wand nach draußen. Da bemerkte er einen leblosen Körper im Schnee. Thordir brach in Tränen aus und fiel hart auf die Knie. Er schrie so laut er konnte in die Nacht hinaus. Da erschien sein Vater, packte unsanft seine Schultern und riss ihn nach hinten durch den Eingang. In diesem Moment fegte eine kaum sichtbare Dornkeule durch den Staub, schlitzte dem Schwarzhaarigen die Brust auf und donnerte ohrenzerreißend in die nächste Wand. Einen Augenblick früher und die mächtige, mit Eisenrohlingen bestückte Waffe hätte ihm den Leib aufgespießt.

Vater und Sohn stolperten nach hinten, durchbrachen das fragile Holzgeländer der Treppe und schlugen im Erdgeschoss auf dem Steinboden auf. Beiden setzte sofort der Atem aus – sie schnappten nach Luft.

»Grooahh – knack – tschak!« Das obere Stockwerk wurde hörbar auseinandergerissen. Wie in einem verheerenden Sturm brach die Decke über ihnen zusammen. Dielen wurden in hunderte Teile zerschlagen, das untere Mauerwerk stürzte teils krachend ineinander. Den fallenden Trümmern wichen sie aus, so gut es ging, oder hielten schützend ihre Unterarme über die Köpfe. Grom setzte sich röchelnd auf, während sich Thordir mühsam aus dem Schutt grub und anschließend zu seinem Vater kroch. Die klaffende Wunde an seiner rechten Brust hatte er noch nicht bemerkt. Als er zu Grom stieß und ihm aufhelfen wollte, bemerkte er dessen blutverschmiertes Gesicht. Aus tiefen Einschnitten an Stirn, Augenbraue und Nase rann Blut und nahm ihm die Sicht. Thordir sah sich verzweifelt nach einem Stück Stoff oder einem Lappen um, doch er fand nichts. Inmitten des Elends fiel ihm plötzlich auf, dass die wutentbrannten Schläge des Trolls aufgehört hatten. Außer noch einzelnen herabfallenden Bruchstücken und dem angestrengten Schnauben der beiden Männer kehrte für einen Moment Stille ein. Dann vernahmen sie stapfende Fußtritte hinter der zerschlagenen Hütte.

»Zur Vordertür – rasch«, befahl der Schwarzhaarige mit heiserer Stimme, legte seinen Arm um den Rücken seines Vaters und stützte ihn während des Aufstehens. Beide stöhnten vor Schmerz.

»Mein Sohn, mir ist ganz komisch zumute. Etwas ist gegen meinen Kopf geschlagen. So ka...n...niff...« Grom verdrehte die Augen und sackte in Thordirs Armen leblos zusammen. Beim Auffangen seines Vaters schoss ihm ein unerträglicher Schmerz in den Brustbereich, worauf er entkräftet zu Boden ging.

»Nein, nein! Vater?!« Verzweifelt blickte er in ein sterbendes Gesicht.

Müde von den Ereignissen senkte er sein Haupt und erstarrte. Schockiert bemerkte er seine scheußliche Verletzung und musste dabei zusehen, wie stoßweise Blut aus der zerteilten Haut quoll. Nun fühlte er auch, wie der warme Saft über seinen Bauch floss. Er würgte und erbrach. Verzweifelt legte er Grom zur Seite und setzte sich auf den kalten Stein. Mit leblosem Blick lauschte er den näherkommenden schwerfälligen Schritten. In diesem Moment verspürte er keine Angst mehr, sondern bot sich zum Sterben stillschweigend an. Wie benommen schloss er mit seinem Leben ab. Alaya war tot. Grom war tot. Im Angesicht des Todes lauteten die letzten Gedanken: »Das Böse kennt keine Gnade.«

Der Schwarzhaarige schloss schläfrig seine Lider, derweil Tränen über die Wangen liefen. Eine tiefe Trauer brach in ihm aus. Er weinte und wimmerte, als die letzte noch intakte Hüttenwand ohrenbetäubend zerschlagen wurde. Es war eine unvorstellbare, gewaltige Zerstörungskraft, welche von dieser Kreatur ausging. Bretter und Steine des Mauerwerks schossen durch die Luft wie Geschosse von Katapulten. Staub wirbelte durch die Hütte. Nur schemenhaft erkannte er die große Bresche, die nun vor ihm klaffte. Zwischendurch sichtete Thordir kurzzeitig die Keule, welche über die Trümmer hinwegfegte und einen Strudel aus Flusen hinterließ, um sogleich wieder zu verschwinden, oder einen Teil des Armes des Ungetüms oder eines der stämmigen Beine. Doch noch bevor die Umgebungsluft aufklarte und er entdeckt worden wäre, machte der Troll kehrt und stapfte langsam zur Vorderseite zurück. Thordir konnte es kaum fassen und schöpfte neue Hoffnung, von diesem Ort doch noch fliehen zu können. Zugleich zerriss es ihm das Herz, seine geliebten Eltern einfach so zurückzulassen. Zum Abschied nahm er Groms warme Hände in die Seinen und legte sie friedvoll auf seinen Bauch. Das nachfolgende Schluchzen erklang so laut, dass er selbst erschrak.

»Grooahh!«

Bestürzt hetzte er über die Trümmer nach draußen. Den Hustenreiz unterdrückend, sprang er in den kalten Schnee. Vor ihm lag der finstere Wald. Hinter ihm entluden sich wuchtige Schläge im Schein des Mondes, begleitet von wütendem Gebrüll. Der Jäger blickte nicht zurück, sondern preschte unter Todesängsten durch Sträucher, unter Tannen hindurch, stolperte über Steine, rutschte Abhänge hinab und wusste dabei nicht, dass der Troll ihm bereits folgte – angelockt durch die Gerüche von Blut und Angst.

Thordir erwachte. Er wusste sofort, dass er eingeschlafen war und geträumt hatte, weshalb er sich wieder beruhigte. Er sah nach vorne zum knisternden Feuer und genoss den Anblick der gelborangenen Farben darin. Sie erheiterten schon immer sein Gemüt in besonderer Weise. Auch die Wärme auf seiner Haut, der Duft von verbranntem Holz, dem Harz oder die Gerüche der Nadeln.

Die Luft im Unterschlupf hatte sich bereits gemütlich erwärmt. Draußen war es aber noch dunkel. Müde schichtete er noch einige Äste auf das Feuer und schlief kurz darauf wieder ein.

Geräusche von ineinanderfallenden Kohlestücken weckten den Schwarzhaarigen. Helles Licht drang durch die Zweige und den aufgeschichteten Schnee, worüber er sich sehr freute – »Gutes Wetter.« Ebenfalls schien kein Wind zu wehen. So nahm er den übrig gebliebenen Laib Brot aus dem Lederbeutel hervor und stopfte einige Haselnüsse und getrocknete Körner in die weichere Mitte. Mit der Axt zerteilte Thordir einen Apfel, so gut es mit der breiten Klinge eben ging, drückte die Schnitze ebenfalls in das Gebäck und biss hungrig hinein. Für ihn schmeckten die in der Wildnis eingenommenen Mahlzeiten immer noch am besten, da die Tage außerhalb der Hütte meist besonders kräftezehrend, der Appetit besonders groß und die Lebensmittel des Öfteren knapp waren.

Eine innere Unruhe ließ ihn beim Kauen nicht los. Es war wohl der Drang nach Antworten. Also beendete er den Schmaus frühzeitig, steckte den Rest in den Beutel zurück, trank durstig das nach Leder schmeckende Wasser und machte sich daran, seinen Wundwickel zu wechseln. In jenem Moment, als er an die Verletzung dachte, begann der pochende Schmerz. Doch er versuchte, seine Gedanken zu verdrängen, und beeilte sich. Alles Nötige lag in der kleinen Tasche, die ihm der Fremde dagelassen hatte. In einem Umschlag aus Birkenrinde fand er weitere getrocknete Lindenblätter und in einem Tongefäß befand sich die klebrige, gelbliche Substanz. Thordir legte den Umhang beiseite und hob das Hemd. Behutsam löste er das grüne Blatt von dem harzähnlichen Substrat, was weh tat, aber auszuhalten war. Die sichelförmige Wunde, die sich über den gesamten rechten Brustmuskel zog, befand sich zu seinem Erstaunen in einer besseren Heilungsphase, als er angenommen hatte. Denn am Vortag hätte er schwören können, dass sie aufgerissen war. Trotzdem wusste er, dass er sich hier draußen keinen Sturz leisten konnte. Unter der Schneeschicht lagen Mulden oder Löcher heimtückisch verborgen, also war Wachsamkeit geboten.

Als der Schwarzhaarige das mittlerweile schrumpelige Lindenblatt komplett wegziehen konnte, warf er es weg und griff sich die Axt mit der linken Hand. Wie bei einer Rasur ließ er die scharfe Klinge über die Haut gleiten und schabte die klebrigen Reste langsam weg. Die Haut an der verletzten Stelle begann sodann zu jucken – »Ein Zeichen der Heilung«, wusste er. Schließlich tauchte er den Zeigefinger in das rundliche Tongefäß und strich die frische Substanz auf die rosafarbene Narbe, legte zum Schluss eines der Lindenblätter darauf und drückte es sanft auf die Wunde.

Etwas später packte Thordir die Sachen zusammen und kroch aus der warmen Behausung nach draußen, wo ihn ein freundlicher Tag mit klarem Himmel und Sonnenschein begrüßte. Es war tatsächlich windstill. »Ein wirklich guter Wandertag«, dachte er sich mit einem zögerlichen Lächeln.

Voller Zuversicht blickte er in den Forst, der nun vor ihm lag, und marschierte alsbald los, um an diesem Tag möglichst viel Strecke gehen zu können. Der weiße Wald zeigte sich offen und lichtdurchflutet. Tannen, Fichten, Lärchen, Birken, Eichen und Buchen säumten ihn, während sich Schwarzdorn, Holunder- und Beerensträucher abwechselten.

Auf seinem Weg hielt er nach einem geraden Ast Ausschau und fand einen geeigneten an einem hohen Busch. Er zückte das Beil, trennte das Holz von der Wurzel und schnitzte schnell einen handlichen, mannshohen Speer – für den Notfall. Denn in harten Wintern wusste man nie, wie ausgehungert Bären, Wölfe oder Luchse waren. Normalerweise blieben sie eher scheu – mieden die Siedlungen der Menschen. Doch gab es immer wieder vereinzelte Fälle, bei denen Jäger, Waldbewohner oder Kräutersammler angegriffen oder gar getötet wurden.

Die Speerspitze beließ er im Rohzustand. Extra ein Feuer zu entfachen, um das Holz zu erhärten, wäre in diesem Moment nur eine Zeitverschwendung. Schließlich stapfte er weiter durch den Schnee und entdeckte ganz in der Nähe einen tellergroßen Zunderpilz, der in Bodennähe horizontal aus einem Rotbuchenstamm wuchs. Er brach einen Teil davon ab und steckte ihn in den Feuerbeutel. Und immer, wenn ihm etwas Essbares begegnete, seien es Brombeerknospen, Nordranken oder andere Leckereien, auf denen er herumkauen konnte, bediente er sich.

Hie und da begleiteten ihn erheiterte Vogellaute von den Baumkronen. Bunte Bienenfresser, Braunkehlchen oder etwa das sanfte Zwitschern von Gebirgsstelzen klangen fröhlich in den Ohren des Wanderers. Auf einer großflächigen Lichtung traf Thordir auf ein halbes Dutzend Rehe und Hirsche, die den Schnee nach Futter durchwühlten. Als sie ihn entdeckten, blieben sie stehen und schauten mit kauenden Maulbewegungen in seine Richtung. Erst als das Alphamännchen einen Laut von sich gab, galoppierten die Huftiere davon, hüpften über niedriges Buschwerk und verschwanden sogleich im Dickicht des Waldes.

Nach der Lichtung stieß er in einer langgezogenen Senke auf einen plätschernden Bergbach und beschloss, dort für einen Augenblick Rast zu machen, etwas zu essen und den Trinkbeutel aufzufüllen. Die Kraft in seinen Beinen kehrte nach der längeren Bettruhe bereits spürbar zurück. Ebenfalls überfiel ihn kein Schwindel mehr wie am Vortag und die vergangene Nacht hatte ihn erholsam schlafen lassen. Die beiden Sonnentage trugen auch dazu bei. Aufgeheitert, die Trauer verdrängend, kauerte er sich an den teils zugefrorenen Bach, tauchte seine kräftigen Hände ins eiskalte Wasser und goss es sich ins Gesicht. Belebt setzte er seine Reise fort.

Plötzlich stellte sich der Jäger die Frage, was er tun würde, wenn er auf Trollspuren stoßen würde. Doch so blitzschnell dieser Gedanke auch durch den Kopf schoss, so geschwind verschwand er auch wieder – er wollte vergessen, was geschehen war. Trotzdem sah er sich ängstlich um und blickte oft suchend in die Ferne.

Als die Sonne den höchsten Stand erreicht hatte, gelangte er an dicht bewachsenes Gesträuch, bis er sich alsbald durch eine Mauer aus Feuerdorn zwängen musste. Allgegenwärtig krallten sich die spitzen Stacheln in seine Kleidung, woraufhin er jede einzelne mühsam vom Umhang lösen musste, um vorwärtszukommen – leise Flüche verließen seine Kehle. Dann kamen ihm kreischende Laute von Greifvögel zu Ohren. Dazu begann eine leichte Brise, wie aus dem Nichts aufzufrischen. Er hatte eine Vorahnung, wo er sich gerade befand, und achtete jetzt besonders sorgsam darauf, wo er seine nächsten Schritte hinsetzte. Und tatsächlich: Nur wenige Schritte nach Westen fiel ein steiler Abhang nach unten. Hätte er sich unbedacht durch die Büsche gedrängt, wäre er gefallen. Wahrscheinlich wäre der Sturz nicht tödlich gewesen, aber sicherlich hätte er sich schwer verletzt.

Ein weißbraunes Geröllfeld, übersät mit Felsbrocken, Schlammmassen und entwurzelten Bäumen, lag vor Thordirs Füßen. Es erstreckte sich vom Fuße der unüberwindbaren Gebirgswände im Norden bis zum Talboden im Süden.

Hier, am Rande der großen Schneise, wehte nun ein eiskalter Wind. Rasch zog Thordir sich den Umhang über den Nacken und beobachtete mit verschränkten Armen die Szenerie aus der erhöhten Stellung. Einige Steinadler kreisten in luftiger Höhe inmitten des zerstörten Landstrichs, während er einen geeigneten Pfad ausfindig machte und den sichersten Abstieg wählte. Den ersten Teil des Weges musste er klettern. So kniete er sich hin, hielt sich an einem Bäumchen fest und suchte mit der Stiefelspitze den Stein unter sich, den er zuvor entdeckt hatte.

Dieser ragte nämlich wie ein solides Trittbrett aus dem weggerissenen, senkrecht emporragenden Erdreich heraus. Und als er festen Halt unter den Sohlen spürte, griff er mit einer Hand nach unten, suchte eine gut verankerte Wurzel, die sein Gewicht tragen konnte, und ließ dann das Bäumchen los. Die Steine, auf die er trat, waren zwar etwas rutschig, doch der gefrorene Waldboden hielt alles wie ein festes Mauerwerk zusammen. Einfacher als gedacht, erreichte er rasch festen Grund und bahnte sich sogleich einen Weg durch den Schnee, vorbei an einem Irrgarten aus hölzernen und steinernen Hindernissen, die sich teils anschaulich in die Luft türmten. Immer wieder kamen durch Schlitze und Löcher im Schnee tief unter aufgestapeltem Gehölz gefrorene Rinnsale oder knöcheltiefe Wasserläufe zum Vorschein, welche sich in den wärmeren Monaten, im Frühjahr, bestimmt zu größeren Wassermassen vereinigen und gefährliche Schlammlawinen auslösen konnten.

Thordirs Pfad verlief geradewegs unter den kreisenden Adlern, weshalb er innehielt und sich nach einem verendeten Tier umschaute. Sofort erblickten seine geschulten Augen ein grauschwarzes Fell, welches knapp hinter einem Felsen emporragte – »der Kadaver?« Doch bevor er sich zu nähern wagte, wollte er sicher sein, dass keine Raubtiere in der Nähe umherstreiften. Aber dann bemerkte er leichte Bewegungen im Fell. »Das muss der Rücken sein«, klärte er für sich und wusste sogleich, um welches Tier es sich handelte – »ein Grauwolf.« Und er fraß. Seine muskulösen Schulterblätter wie auch der Nackenbereich hoben und senkten sich, während er vermutlich Fleischreste aus einem toten Körper zerrte.

Es konnte gefährlich sein, sich einem hungrigen Wolf zu nähern, geschweige denn, zu nahe an dessen Beute heranzugehen. So entschied Thordir sich, einen Bogen zu schlagen. Und als er auf Umwegen endlich das Ende der Schneise erreichte, war er heilfroh darüber und blickte zurück zu jener steilen Böschung, an der er zuvor gestanden hatte. Die Greifvögel kreisten noch immer unter dem Schein der Sonne, die Wärme ausstrahlte, sie jedoch vom eisigen Wind fortgetragen wurde. Ohne sich auszuruhen, begab er sich weiter nach Westen – die Höhe stets haltend. Nach einem lichten Waldstreifen, der den Rand der Schneise säumte, gelangte der Schwarzhaarige auf eine vegetationslose Anhöhe. Der unberührte Schnee auf der großflächigen Kuppel glitzerte wie unzählige Kristalle in den Augen des Abenteurers und die Sicht in die Ferne schien unter dem satten Blau grenzenlos zu sein: »Armarien.« Thordir blieb wehmütig stehen. Sein Blick wanderte von den östlichen Gebirgsgipfeln langsam entlang nach Süden, wo er sich alsbald in der Weite des Dunstes verlor, und geriet schließlich an die westliche Bergkette, welche wie aus dem Nichts, aus Nebelfeldern herausragte. Von hier aus gesehen schienen sie unbedeutende Höhenzüge zu sein, doch er wusste aus Erzählungen, dass sie wie die nahen unbezwingbar waren. So lebensfeindlich und tödlich die Steinriesen auch sein konnten, sie zu betrachten, hatte etwas Beruhigendes. Und zwischen den kahlen Giganten erstreckte sich das ausgedehnte Tal der Armaren bis nach Süden zum Horizont.

- 6 -

Schritt für Schritt bahnte sich Thordir einen Weg durch den weichen Schnee, während ihm allmählich leises Rauschen zu Ohren kam – seine Aufregung stieg. Er schärfte seine Sinne, horchte nun aufmerksamer und beobachtete die vor ihm liegende Landschaft genauer. Geräusche von tosendem Wasser wurden immer lauter und dann öffnete sich auch schon eine flächige Senke unter seinen Augen, in deren Mitte ein seichter Bach eingebettet lag, der zu bläulichem Eis erstarrt war. Rechts davon plätscherte ein gedrungener Wasserfall von einem Hügel hinunter und links stürzte sich das eisige Wasser über steinige Kanten in die Tiefe. Hinter der Senke lag ein weiterer Wald.

Erst auf den zweiten Blick erkannte er die Ruine am anderen Ende der Senke, welche mit dem schwarzen Felsen im Hintergrund verschmolz. Der Schwarzhaarige schluckte und spähte in die Ferne – doch nichts rührte sich. Sie schien bereits vor langer Zeit verlassen. Keine Spuren verrieten die Anwesenheit eines Menschen. Die dunkle, uralte Behausung, wenn man sie denn so nennen konnte, war zerfallen. Immergrüne Kletterpflanzen umschlangen die unregelmäßig verbauten Mauersteine des Hauptturms, drangen in Spalten, um an anderen Stellen wieder hervorzutreten. »Der Turm würde wohl eine hervorragende Sicht auf Berg und Tal bieten«, dachte er. Vom Plateau führte eine schmale, aber steile Treppe in das erste Geschoss.

Die wenigen Fensteröffnungen, die er sehen konnte, glichen eher winzigen Gucklöchern. Thordir vermutete einen weiteren Zugang von der Waldseite her, welcher durch die oberste Etage des Turms führen konnte, da das obere Erdreich und die Turmspitze in etwa dieselbe Höhe besaßen. Jedenfalls war er sich sicher, dass dies der vereinbarte Treffpunkt mit dem Fremden war.

So rutschte er den haushohen Abhang hinab und klopfte sich anschließend den Schnee von der Hose. Und als er aufschaute, erschrak er ein wenig. Denn aus einer der winzigen Öffnungen starrten ihn zwei grimmige Augen an. Er blieb stehen, hob zur Begrüßung die Hand und lächelte verhalten. Doch in diesem Moment verschwand das Gesicht im Schatten des Gemäuers. Mit ungutem Gefühl schritt der Jäger in Richtung des Baches, wobei er den Turm stets im Auge behielt. Nach kurzer Zeit erschien ein Mann in Rüstung an der Pforte. Seltsamerweise sah er ihn weiterhin prüfend an, als wäre er überrascht, Thordir zu sehen. Doch auf einen Schlag glitt sein finsterer Blick weg von ihm, wanderte über die Anhöhe und schließlich wieder zu ihm zurück. So, als hätte er jemand anderes erwartet. Dem Jäger war nicht wohl zumute, doch er hob erneut die flache Hand – dieses Mal, ohne eine Miene zu verziehen. Als der Rüstungsträger daraufhin die Steintreppe hinabschlenderte, suchten dessen starre Augen weiterhin die Umgebung ab. Er betrat bald darauf das Plateau und richtete sich breitbeinig vor Thordir auf. In der einen Hand hielt der Großgewachsene ein Schwert und in der anderen einen Schild, welchen er sich sogleich schützend vor den Rumpf hob.

»Etwas stimmt hier nicht«, schoss es dem Schwarzhaarigen durch den Kopf. Nervös schaute auch er sich um, als würden die Antworten auf seine Fragen in der verschneiten Landschaft liegen. Aber er blieb weiterhin wie angewurzelt stehen und wusste nicht, weshalb der Krieger sich so seltsam verhielt.

Auf einmal schritt ein zweiter Mann aus der Ruine ins Freie. Auch er richtete seinen ernsten Blick in Thordirs Richtung, blieb aber stehen. Wie der andere hielt auch dieser ein Schwert und einen Schild in den Händen. Und als der Großgewachsene sich entschlossen in Bewegung setzte, wurde Thordir panisch und geriet in Todesangst, die ihn lähmte. Seine Muskeln versagten – sein Atem stockte. Wie ein Blitz trafen ihn die grausamen Erinnerungen der vergangenen Zeit. Sein geschnitzter Speer lag nur lasch in der Hand und das Beil am Gürtel vergaß er in der Hektik.

»Ehh…i… ich habe nichts getan – ich bin ein einfacher Jäger«, begann er, sich zitternd zu rechtfertigen. »Bleib stehen!«, schrie er anschließend mit angsterfüllter Stimme und hob drohend den Speer neben seinen Kopf, um anzudeuten, diesen zu werfen. Doch dies schien den Krieger kein bisschen zu kümmern und er setzte weiter einen Schritt nach dem anderen in seine Richtung. Je näher er kam, desto furchteinflößender war der Anblick dieses Mannes. Er hatte ein stark behaartes Gesicht, trug eine schwere metallene Rüstung und wirkte unerschrocken und kaltblütig.

Gerade als der Jäger die Flucht ergreifen wollte, sackte der Mann am Turm zu Boden und stürzte die Treppe herunter. Thordirs verdutztes Gesicht verriet dem Großgewachsenen, dass hinter seinem Rücken etwas nicht stimmte. So drehte er sich abrupt um und ging noch im Schwung in die Knie. Schützend hielt er den Schild vor den Körper. Dann erklang ein dumpfes Geräusch, worauf der Mann in der Hocke zu taumeln begann. Der Schwarzhaarige wusste nicht, was in diesem Moment geschah – alles ging so schnell. Da bemerkte er den Pfeil im ungeschützten Teil des Halses. Röchelnde Laute verließen deßen Kehle, worauf er das Schwert mitsamt Schild in den Schnee fallen ließ. Der Mann tastete nach dem Ding, welches sein Fleisch durchbohrt hatte. Mit beiden Händen umklammerte er den Schaft des Pfeiles und würgte das Blut aus dem Mund. Spuckend und hustend versuchte er, sich irgendwie gegen den langsamen Tod anzukämpfen, was aussichtlos war – das Leben wurde merklich aus seinem Körper gezogen, bis er schließlich kniend in sich zusammenbrach und regungslos verharrte. Verwirrt drehte Thordir seinen Blick nach rechts, von wo der Pfeil abgeschossen worden war. Zuerst sah er sich in den höher gelegenen Ebenen nach dem Schützen um, aber merkte plötzlich, dass sich hinter dem Wasserfall etwas regte. Und in diesem Augenblick sprang ein Mann aus einer verborgenen Felsspalte heraus, der keinen Harnisch oder andere Rüstungsteile wie die anderen trug, sondern nur einen einfachen, langen Mantel, der bis zu den Knien reichte. Eine weite Kapuze war tief in sein Gesicht gezogen. Bogen und Köcher hingen am Rücken.

»Heexeer!«, brüllte eine unheimliche, raue Stimme aus dem Inneren der Ruine. »Du bist tot!« Da erschien eine riesige Gestalt an der Treppe – ein wahrer Muskelberg eines Mannes, der die Größe des getöteten Hünen nochmals deutlich überbot. So einen großen Menschen hatte Thordir zuvor noch nie gesehen. Dicke Narben durchzogen das Gesicht, hässliche Verbrennungen zeichneten sich auf der Glatze bis in den Nacken und abgrundtiefer Hass lag in den brüllenden Lauten dieses Kolosses. Thordir hatte ebenfalls noch nie jemanden gesehen, der so böse und furchteinflössend wirkte. Sofort tat ihm der mysteriöse Schütze leid, der nun alleine gegen dieses Monster kämpfen musste. Denn er selbst konnte sich nicht mehr von der Stelle rühren, konnte nicht zu Hilfe eilen – Angst und Verzweiflung lähmten ihn. Aber auch an Flucht war nicht zu denken, so, als stünde er unter einem Bann, der ihn zu Stein verwandelt hatte.

Für den Jäger war der Zweikampf bereits in diesem Moment entschieden, bevor er überhaupt begonnen hatte. Der Fremde wirkte klein und zerbrechlich im Angesicht seines Feindes. Ein Schlag dieses Unmenschen hätte locker seinen Schädel zertrümmern oder ihm das Haupt von der Schulter schlagen können. Und als der schwere Krieger gemächlich die Stufen herabstieg, fiel ihm der mächtige Schlachthammer in die Augen, an dem noch getrocknetes Blut klebte. Die Zweihandwaffe hielt er ohne Mühe in der einen Hand und einen großen, eckigen Schild in der anderen – »Unmöglich«, dachte sich Thordir verständnislos.

Währenddessen spazierte der mysteriöse Fremde ruhig in die Mitte des Plateaus, stellte sich zwischen den Schwarzhaarigen und die Ruine und bot sich offen für den Kampf an. Ein eiskalter Schauer lief dem Beobachter über den Rücken, als er sah, wie scheinbar unbeeindruckt der Fremde das bevorstehende Duell gegen den Giganten auf sich nahm. Und als sie sich schließlich gegenüberstanden, überragte ihn der Koloss um mindestens zwei Köpfe. Die beiden starrten sich gegenseitig an, ohne mit der Wimper zu zucken.

Doch wie aus dem Nichts brach der Riese in verächtliches Gelächter aus, wobei sein blutrünstiges Aussehen noch grausamer wirkte als zuvor. Höhnische Laute aus kratziger Kehle durchzogen die Stille des Berges und versetzten den Schwarzhaarigen in einen Zustand der Unterwerfung und tiefen Demut. Hätte er an der Stelle des Fremden gestanden, hätte ihn der erste Schlag zermalmt wie einen unbedeutenden Käfer.

Plötzlich wurde der mächtige Schlachthammer in einer Schnelligkeit in die Höhe gehoben, wie es Thordir nie für möglich gehalten hätte. Mit einem geschwinden Ausfallschritt nach vorne ließ der Hüne dann die schwere Waffe nach unten donnern. Sein Gegner hechtete im letzten Augenblick zur Seite weg – der Knall schallte durch die Luft. Nochmals wuchtete der Koloss die Waffe über sein Haupt und stürmte dem Fliehenden hinterher. Ein weiterer Knall ließ den Felsen erzittern und das Gestein unter der Schicht des Eises in tausend Stücke zersplittern. Auch dieses Mal wich der Fremde mit einem Hechtsprung rücklings geschickt aus. Doch wie ein Spielzeug wurde der Riesenhammer sofort wieder vom Boden gehoben und mit einer unglaublichen Leichtigkeit mit zwei blitzschnellen Drehungen im Kreis geschleudert. Durch die Länge des Schaftes und des Arms fegte das Eisen nur knapp am Gesicht des Fremden vorbei – Thordir stockte der Atem. Hilflos musste er mitansehen, wie die beeindruckende Waffe den armen Mann jagte und der Hüne den Kampf dominierte. Mit einem hohen Sprung über den Hammer entging der Schütze jener tödlichen Drehung nur um Haaresbreite.

»Du bist ein Nichts, Hexer!«, brüllte der Koloss wutentbrannt, worauf er den Schild zu Boden warf und den Hammer nun mit beiden Händen umfasste. Mit weiten Schritten fuchtelte er wie verrückt mit seiner Waffe umher. Schläge um Schläge prasselten wie ein Hagelgewitter nieder – doch allesamt verfehlten sie den flinken Gegner. Und erst später bemerkte Thordir, dass die raschen Armbewegungen des Gejagten keine zufälligen waren. Es sah so aus, als würde der Fremde vor jedem Angriff etwas durch die Luft werfen. Mit großem Erstaunen stellte er fest, wie der Riese zunehmend ermüdete, wie sein Atem lauter und schwerfälliger wurde und die Gesichtshaut sich zu röten begann.

Der Zuschauende betrachtete den Kampf auf einmal aus anderer Sicht, da nun der führende Kämpfer der Mantelträger war. Von nun an legte Thordir sein Augenmerk auf diesen besonderen Mann, der trotz der tödlichen Auseinandersetzung eine unglaubliche Ruhe und Entschlossenheit ausstrahlte. Es hatte den Anschein, als wüsste er genau, was er tat.

Dann allmählich senkte der Koloss gar seinen Schlachthammer, verzog schmerzlich das Gesicht und rötliche Gesichtsfarbe wich allmählich bläulicher. Der Jäger traute seinen Augen nicht – »Was passiert da?!«

Eilig rieb sich der Koloss das Gesicht, welches allem Anschein nach sehr stark brannte oder juckte. Der Hexer, wie er genannt wurde, blieb weiterhin gelassen, aber aufmerksam auf Abstand und ließ jenes Teufelszeug wirken, welches sein Gegenüber offensichtlich in die Atemwege bekam. Nur mit Mühe konnte er ab und an die nun geschwollenen Lider öffnen, um zu sehen, wo sich sein Gegner befand. Auch als er die schwere Waffe in den Schnee stürzen ließ und sich mit seinen Pranken hustend die Stirn festhielt, wartete der Fremde ausdruckslos ab. Er zeigte weder Freude am Leid seines Gegners noch Mitleid. Heftigste Hustenanfälle, gepaart mit mehrmaligen Niesattacken ließen selbst einen Muskelberg wie diesen erschüttern. Voller Verzweiflung, mit geschlossenen Augen und mit den Fäusten ins Nichts schlagend schrie er entkräftet: »Waahh!«

Der furchteinflößende Riese mit all den Narben, Verbrennungen und dem teuflischen Gesichtsausdruck wurde plötzlich ganz still und sanft, senkte den Kopf und keuchte langsam vor sich her. Er fiel wie in einen Dämmerschlaf, worauf der Fremde nähertrat und ihn mit einem Fußtritt die Klippe hinabstieß. Wie ein Baum fiel der mächtige Krieger nach hinten und verschwand geräuschlos in der Tiefe.

Ehrfürchtig starrte Thordir nun zum Hexer, der dem Gefallenen kurze Zeit nachschaute, sich aber alsbald umdrehte und in seine Richtung schritt. Wortlos reichte ihm der Fremde die Hand. Zögernd umgriff Thordir dessen Unterarm, wie es zur Begrüßung üblich war. Vertrauenswürdige blaue Augen blickten in die Seinen.

»Folge mir«, befahl der Fremde mit besonnener Stimme. Der Schwarzhaarige brachte keinen Ton heraus und folgte ihm eingeschüchtert in die Ruine, vorbei an den zwei Toten. Im Schädel des Kriegers an der Treppe steckte ein Pfeil.

Sie marschierten die steilen Stufen hoch und gelangten in den ersten Raum, wo sich ein zerfurchter Tisch befand. In der Ecke stand ein verlottertes Gestell, mit nichts weiter darin als Staub und Krümeln.

»Setz dich doch, Thordir.« Mit einer Handbewegung zeigte der Mysteriöse auf einen niedrigen Holzstumpf, welcher nahe am Tisch lag, während er die Kapuze in den Nacken warf. Schweigend setzte sich der Schwarzhaarige hin und betrachtete respektvoll einen Mann mit schulterlangen grauen Haaren, welche er zu einem Pferdeschwanz zusammengebunden hatte. Dazu trug er einen fülligen, grauschwarzen Bart und ebendiese kobaltblauen Augen, die eine verbindliche Vertrauenswürdigkeit ausstrahlten. Außer den abgewetzten Stiefeln und den schmutzigen Kleidern wirkte er äußerst gepflegt. An seinem Gürtel fielen dem Jäger sofort kleinere Taschen und Säckchen in einer Menge auf, die er bei niemandem zuvor je gesehen hatte. Die Erscheinung des Fremden erinnerte ihn eher an einen Geistlichen als an einen Krieger dieser Stärke.

»Man nennt mich Bahl, den Hexer. Ich gehöre einer Bruderschaft an, die den Namen Ordinem libra trägt. Unsere Gemeinschaft studiert seit sehr langer Zeit, bereits über viele Generationen hinweg, das Wesen Mensch. Wir wollen unter anderem lernen, ja verstehen, weshalb unsere Eigenschaften, Triebe oder Verhaltensweisen zu jenen Gräueltaten führen, zu denen wir fähig sind.«

Thordir hörte aufmerksam zu und bestätigte ab und an mit einem sanften Nicken.

»Ebenfalls erforschen wir die Welt der Tiere und Pflanzen, der Erde und des Wassers, der Heilung sowie die Kunst der Verteidigung – einfach alles, was uns umgibt. Und wir vermuten, dass ein Gleichgewicht zwischen allen Bestandteilen des Lebens bestehen muss, damit wir uns nicht mit der Krankheit der Gier oder Missgunst infizieren.«

Der Hexer hielt kurz inne und holte eine schlichte Pfeife aus der Innentasche seines schwarzen Wollmantels hervor. Während er die Brennkammer mit irgendeinem gelben Kraut vollzustopfen begann, fuhr er fort: »Denn sie sind für das Leid der Menschen verantwortlich. Sie sorgen für Kriege und Chaos. Wir befürchten nun, dass sich die Armaren zu weit vom ursprünglichen Sinne des Menschseins entfernt haben und damit das Gleichgewicht des Lebens seit geraumer Zeit stören.«

Der Jäger versuchte zu begreifen, was der Hexer da erzählte, und als er sich in diesem Augenblick äußern wollte, setzte Bahl die Erzählung fort: »Aber unsere Macht ist begrenzt, Thordir aus dem königlichen Hause Armar – leiblicher Sohn des Torn.«

Der Schwarzhaarige saß da und brachte keinen Laut heraus. Er schielte nur stirnrunzelnd zur Seite und konnte keinen klaren Gedanken fassen. Der Hexer entfachte seine Pfeife und ließ das Kraut mit einem tiefen Atemzug aufglimmen. Dann blickte er wieder zu Thordir, während der Rauch aus der Nase in die Höhe stieg.

»Mir ist wohl bewusst, wie du dich fühlst – unbeschreibliches Leid wurde dir angetan und ...«

»Was zum Teufel ist passiert?!«, unterbrach Thordir ihn harsch. In seiner Stimme lag Wut und Trauer zugleich. Bahl sah verständnisvoll zu ihm herüber, legte seine Pfeife in den Schoß und sprach: »Wir vermuten, dass dieser Troll aus dem Inneren des Berges kam, jedoch ...«

»Wie aus dem Nichts taucht einfach so ein Ungeheuer auf?! Und wie zum Teufel wurde ich weggebracht?« Thordir brach bei den Erinnerungen an seine verstorbenen Eltern sogleich in Tränen aus.

»Nun ...«

»U...u...und jetzt berichtest du mir, dass ich der Sohn des Königs sein soll, oder habe ich das missverstanden?« Sein Dasein stand plötzlich kopf, was er mit gestikulierenden Händen und verständnislosem Gesichtsausdruck verdeutlichte, derweil Tränen flossen, aber zugleich ein verrücktes Lächeln seine Kehle verließ. Dann blickte er in die Augen des Hexers und sprach in müdem Tonfall: »Ich sah vor meinen Augen, wie Grom und Alaya starben, und sie wurden nicht einmal begraben – stattdessen verrotten sie in der Sonne oder werden von Wölfen gef…«

»Der Troll ist tot«, fiel ihm Bahl ins Wort, um seine Trauer immerhin etwas zu erleichtern. Von dieser Botschaft verblüfft, sah Thordir schweigend ins Leere. Erst nach einigen Momenten schweiften seine Augen zu seinem Retter. »Was?«

»Ansonsten hätte ich dich nie alleine hierhergebeten.« Die beschützenden und fürsorglichen Worte taten dem Schwarzhaarigen sichtlich gut.

»Unmöglich…« Er schüttelte den Kopf. Doch als der Grauhaarige ihn einschüchternd betrachtete, beließ er es dabei, fügte jedoch schluchzend hinzu: »Sie liegen noch immer dort oben – habe ich Recht?«

»Hör mir jetzt genau zu!« Bahls Stimme wurde streng, worauf der Jäger abrupt schwieg. »Du hast sie auf grausame Weise verloren, wurdest schwer verletzt und hast dein Zuhause verloren – alles auf einen Schlag!« Der Hexer drosch dabei mit der Faust in die offene Hand. »Das Leben kann unbarmherzig sein, ja! Aber wenn wir jetzt nichts unternehmen, wird es bald sehr vielen so ergehen wie dir. Zusammen können wir etwas verändern, aber wir brauchen deine Hilfe. Andernfalls wird die Welt ins Chaos stürzen.«

»Die Welt?« Thordir starrte ihn verwirrt an. »Armarien? Weshalb?«

»Es existieren viele Dinge, die du noch nicht verstehst, Jäger aus dem Norden, und ich werde sie dir allesamt erklären, doch dafür haben wir nun keine Zeit mehr. Wichtig ist nur, dass du verstehst, wer du wirklich bist und welche Aufgaben dir auferlegt wurden. Durch deine Venen fließt königliches Blut – du musst mir vertrauen. Du …« Der Bärtige zeigte mit dem Finger auf sein Gegenüber. »… bist der jüngste Sohn von Torn. Und Thordir ist dein richtiger Geburtsname. Du wurdest als Säugling entführt und gelangtest auf Umwegen zu Grom und Alaya.«

»Auf Umwegen?« Misstrauisch sah er den Hexer an. Trotz allem, was der Fremde bisher für ihn getan hatte, traute er ihm nicht vollends und er wusste, dass Bahl dies spürte.

»Unsere Existenz oder, anders ausgedrückt, unser Dasein dient einer tieferen Bestimmung, als ein Leben auf dem Feld als Bauer oder im Wald zu führen, um Holz zu schlagen. Armarien ist in Gefahr und wenn wir tatenlos zusehen, werden wir mit den Auswirkungen bezahlen müssen.«

»Und weshalb hat man mich als Säugling nicht nach Ehrelon zurückgebracht?«

»Mmhh.« Bahls Gesichtsausdruck verfinsterte sich, worauf Thordir rasch hinzufügte: »Was soll ich tun?«

»Wandere nach Ehrelon – eile dich. Lass dich nicht aufhalten, sprich mit niemandem über deine Absichten, geschweige denn von unserer Zusammenkunft.«

»Du kommst nicht mit?«, fragte der Schwarzhaarige verunsichert. Bahl seufzte und zog an seiner Pfeife. »Diese Reise wirst du alleine bestreiten müssen.«

Dessen Antwort respektierend zeigte Thordir sogleich mit einer Kopfbewegung zur Tür, während er den Hexer mit fragendem Gesicht ansah.

»Kopfgeldjäger«, bestätigte Bahl kühl und sprach ebenso zwanglos: »Unser umfassendes Wissen wird, so scheint es, als Gefahr für die Gesellschaft angesehen.«

Der Schwarzhaarige verschränkte daraufhin die Arme vor dem Bauch und räusperte sich. Eine Flut aus verschiedensten Gefühlen entlud sich in jenem Moment in seinem Körper, doch das stärkste von allen war das der Ehrfurcht. Aber auch ungeheurer Stolz übermannte ihn, einen Mann wie Bahl zu kennen und gar selbige Ziele verfolgen zu dürfen wie er. Demütig betrachtete er Bahls einzigartige Ausstrahlungskraft und bewunderte die Weisheit und Kühnheit dieses Mannes.

»Aber wie ist es dir gelungen ...?«

»Unwichtig. Erinnere dich stets daran, Thordir.« Der Grauhaarige hob mahnend seinen Zeigefinger. »Wissen ist Macht und Macht verführt viele Menschen zu Gier.« Der Schwarzhaarige riss die Augen auf, da er seinen Ohren nicht traute. Der Hexer hatte soeben die Weisheit seines Vaters zitiert. Doch dann wurde ihm schlagartig bewusst, dass es wahrscheinlich umgekehrt war. Bahl schaute unterdessen aufmerksam von seiner Pfeife auf, erhob sich und klopfte Thordir freundschaftlich auf die Schulter.

»Du kanntest Grom – und Alaya?« Keine Antwort folgte. Dafür ein sanftes Lächeln, welches von vielen guten Absichten kündete. Nachfragen wäre falsch gewesen, wusste er nun und so bohrte er nicht weiter mit Fragen nach, sondern stand auf und reichte Bahl die Hand. Der Grauhaarige reichte ihm die Seine, drückte fest zu und sprach in besonnenem Tonfall: »Traue keinem. Höre stets aufmerksam zu. Lerne viel und tue das Richtige.«

»Versprochen. Hab tausend Dank für alles.« Seine Augen füllten sich erneut mit Tränen, worauf Bahl ehrerbietig nickte. Dann steckte er die hölzerne Pfeife in eine der Taschen, machte kehrt und schritt wortlos aus der Tür.

»Wo gehst du hin?«, rief der Jäger zögernd hinterher. Es folgte keine Reaktion. Als er sodann zur Pforte eilte, um nach seinem Retter zu sehen, war dieser bereits verschwunden. Nur die beiden Toten, die im fahlen Abendlicht regungslos im Schnee lagen, zeugten von der einstigen Anwesenheit des Hexers. Und der Duft des gerauchten Krautes, welcher noch in der frostigen Luft verblieb und ein Gemisch aus wohlriechender Honigsüße und nussigem Aroma versprühte.

Als die Sonne beinahe hinter dem Bergkamm verschwunden war, warfen die Bäume bedrohlich lange Schatten. Geräusche verstummten. Nur leise plätscherte das Wasser aus den Wasserfällen zur verlassenen Ruine herüber.

Eine erdrückende Müdigkeit fiel über den Wanderer, worauf er knarrend die Pforte schloss und sich hinlegte.

Hustend erwachte Thordir am frühen Morgen. Er schlotterte am ganzen Leib. Die eisige Nacht hatte ihn kaum schlafen lassen und er verfluchte sich sogleich, kein Feuer angefacht zu haben. Doch er hatte am Vorabend davon abgesehen, da er befürchtete, weiteren Kopfgeldjägern den Weg zu weisen. Denn der Himmel war klar in dieser Nacht und das Licht hätte man von weither gesehen – jedenfalls aus südlicher Richtung. Und dort lag – zwar in weiter Ferne am Talboden – die Siedlung Windheim. Und genau dieses Dorf wollte er an diesem Tag erreichen. Dafür berechnete er aufgrund des Schneevorkommens und des Wetters einen Fußmarsch bis in die Mittagsstunden. Doch so genau wusste der Schwarzhaarige das nicht, da es ihn bisher noch nie in die westlichen Gefilde der weißen Berge verschlagen hatte. Das Jagdgebiet beschränkte sich vorwiegend auf das Finstertal, welches genügend Wild beheimatete, somit gab es keine Gründe, in entferntere Regionen vorzudringen.

Während Thordir auf seinen letzten Vorräten herumkaute, beobachtete er die vorbeiziehenden Nebelfetzen durch die kleine Fensteröffnung und sehnte sogleich den Frühling herbei. Das tat er immer, wenn sich der lange Winter allmählich dem Ende neigte. Dann hoffte er stets auf wärmeres Wetter und freute sich auf die vielen ausgedehnten Sonnentage, die folgen würden, auf die duftenden Blumen oder die umherschwirrenden Bienen.

Angenehme Gefühle wichen aber alsbald jenen der beklagenswerten Wirklichkeit. Er begriff erneut, dass die Erinnerungen an die Heimat, an die vielen durchlebten Sommer mit seinen geliebten Eltern nun der Vergangenheit angehörten – es gab kein Zurück, für immer. Jetzt fielen ihm auch die Worte des Hexers ein:

»Das Leben kann unbarmherzig sein, ja! Aber wenn wir jetzt nichts unternehmen, wird es bald sehr vielen so ergehen wie dir. Zusammen können wir etwas verändern, aber wir brauchen deine Hilfe. Andernfalls wird die Welt ins Chaos stürzen.«

»Wahrscheinlich hat er Recht und es besteht wirklich dringender Handlungsbedarf«, dachte Thordir in Gedanken versunken, obwohl er sich nicht erklären konnte, weshalb Veränderungen geschehen mussten. Jedenfalls schenkte es ihm Mut und Kraft, dass er nun eine derart wichtige Aufgabe zu erfüllen hatte und sie dennoch von einem Mann wie dem Hexer übertragen bekam. Doch die Tatsachen seines Lebens zu akzeptieren, schmerzte so sehr. Er merkte, dass er wohl sehr lange Zeit ein beinahe unbeschwertes Dasein hatte führen dürfen. Keine schwere Krankheit fiel jemals über ihn, Alaya oder Grom. Meistens hatten sie genügend zu essen, ein solides Dach über dem Kopf und ausreichend Feuerholz war mit harter Arbeit vorrätig angelegt worden.

Es fühlte sich für ihn seltsam an, so alleine zu sein. Nun existierte kein Ort mehr, welchen der Jäger sein Zuhause nennen konnte.

Aber zugleich spürte er auch einen unbändigen Trieb, etwas zu bewirken in diesem Land. Es kam ihm so vor, als würden Teile der Fähigkeiten des Hexers wie Mut, Zuversicht und Ansporn auf ihn übertragen. Die ungewisse Zukunft, ja das sich schlagartig verändernde Schicksal, verursachte dem Schwarzhaarigen trotzdem vielerlei sorgende Gefühle. Vielleicht war es ein urtümliches Verlangen, endlich in das ihm fremde Armarien hinauszuschreiten, um mehr zu entdecken – um mehr zu erfahren.

Thordirs alltägliche Aufgaben als Jäger und Selbstversorger gestalteten sich einerlei als vielseitig, aber sie beschränkten sich auf einen begrenzten Lebensraum. Eigentlich lebte er in Freiheit, aber trotzdem war er irgendwie gefangen. Nur bestand der Käfig aus einem Tal. Nur manchmal, wenn es die täglichen Pflichten zuließen, konnte er nach Windheim reisen, jedoch nie darüber hinaus. Selbst die äußerst beeindruckende Hauptstadt Ehrelon hatte er noch nie zu Gesicht bekommen.

Die Kälte ließ ihn alsbald aufbrechen und da er einen Zugang im obersten Stockwerk der Ruine vermutete, schritt er die allzu enge Wendeltreppe nach oben – beinahe auf allen vieren, so niedrig war ihre Decke. Abgebrochene Stufenkanten, fehlende Teilstücke, rissige Wände und zerbröselndes Gestein zeugten von uralter Baukunst. Im mittleren Geschoss stieß Thordir auf einen weiteren Raum, der so gedrungen war, dass es schien, als habe hier einst ein kleinwüchsiger Mensch gelebt. Einrichtungen gab es keine mehr. Talergroße Spinnen ragten regungslos von der Decke, Schaben krochen von einer Ecke zur nächsten und zwei Spitzmäuse knabberten an etwas herum, was wie ein Stück hartes Brot aussah. Und als sie den Schwarzhaarigen erblickten, erstarrten sie augenblicklich, sahen ihn weiter an und huschten sogleich durch den Türrahmen nach draußen in den Schnee.

Fußspuren führten vom Zugang talwärts in den Wald, denen er folgte – es waren die Abdrücke der Söldner. Dann blieb er aber stehen, machte kehrt, eilte zurück, die Treppe hinunter und trat an den ersten Toten heran. Eigentlich wollte er die Leichen unberührt lassen, aber schließlich hatte er gemerkt, dass es töricht gewesen wäre, ihre Körper nicht zu durchsuchen. So fand er beim Ersten der beiden einen kleinen Beutel voller Gulden, der am Gürtel hing und er nahm das Schwert, dessen Klinge keinen nennenswerten Erkennungswert besaß – ein schlichtes, aber hervorragend geschliffenes Schwert. Dem Zweiten entnahm Thordir lediglich wenige Münzen, dafür aber einen flachen Beutel, welcher mit dem Kraut der weißen Schimmelhaube vollgestopft war. Diese Pflanze wuchs vorwiegend an offenen, hellen Orten wie Wiesen oder ausgedehnten Lichtungen. Sie linderte Schmerzen und wirkte hervorragend gegen Entzündungen, wusste der Jäger. Seinen Speer ließ er zurück, um nicht unnötigen Ballast mitzuschleppen, eilte sogleich wieder die Stufen hoch und machte sich auf den Weg in Richtung Tal.

Bald schon führte eine kaum sichtbare Treppe an der Klippe zu seiner Linken in die Tiefe. Thordir trat vorsichtig an die Felskante, um den Verlauf des Abstiegs zu beurteilen. Er sah, wie sich die in den Stein gehauenen Stufen nach unten zogen, hinter den fallenden Wassermassen verschwanden und unmittelbar beim Auslauf des hohen Wasserfalls auf einem Plateau endeten. Es wirkte gefährlich. Denn abgesehen von den teils schiefen und schmalen Stufen schienen einige von ihnen zu fehlen. Keine ähnelte der anderen. Außerdem lag vom Dunst des Nebels eine vereiste Schicht auf dem schwarzen Gestein. Doch es schien ihm der einzige Weg ins Tal zu sein, denn die Spuren der Söldner führten bereits dorthin und einen anderen Ausweg aus dem Gebirge fand er nicht. Auf der einen Seite hätte er über einen Abgrund springen müssen und in südlicher Richtung gestaltete sich der Abstieg als nicht minder unwegsam.

Vorsichtig, mit weichen Knien stieg Thordir rückwärts die ersten Stufen hinab. Er schluckte, als sich bald nur noch glitschiges Eis unter seinen Füßen und Händen befand. Nur ein Fehltritt, ein einziger Ausrutscher oder ein schwacher Griff hätten einen tödlichen Absturz bedeutet. Als Kletterhilfe nahm er die Axt zur Hand. Damit schlug er sich jeweils ein Loch in das starre Eis, um wenigstens etwas Halt zu bekommen. Trotzdem war es ein waghalsiges Unterfangen, welches jederzeit schiefgehen konnte. Wäre er komplett abgerutscht, hätte wahrscheinlich auch die Verankerung des Beils nachgelassen.

Das zögerliche Hinabsteigen wurde aber bald zum Problem, da die frostige Oberfläche die Wärme aus seinen Händen sog und so die Finger zunehmend betäubte – sie schmerzten. Dabei begann auch die Griffstärke des Schwarzhaarigen, gefährlich zu schwächeln. Aber dennoch ließen es die Umstände nicht zu, rascher zu klettern. Denn gerade in diesem Augenblick, als ihn die Eile packte, brach ein Gesteinsstück aus dem Felsen, an dem er sich festgeklammert hatte. Mit einem Ruck verlor er den Halt eines Arms, worauf sein rechter Fuß wegrutschte und in die Tiefe sackte. Die Spitze des Beils schnellte knirschend zur Stufenkante vor und verhakte sich im letzten Moment. Unter Todesängsten griff Thordir nach einem Eiszapfen, um sich aus luftiger Höhe wieder auf festeren Boden zu ziehen, was ihm unter großer Aufregung gelang. Zitternd und unter krächzenden Lauten setzte er seinen Abstieg fort.

Jede Handbreite, den er hinter sich ließ, war eine Handbreite weniger, zu fallen.

Dem nicht genug, wurde der Abenteurer bald in eine sanfte Wolke aus feuchtem Dunst eingehüllt. Wie aus dem Nichts verschwand sein Körper im hellen Grau, als hätte ihn ein Zauber verschluckt. Der Pfad unter ihm war nun kaum mehr zu erkennen. Tosende Wassermassen dröhnten in den Ohren, eisige Kälte zerrte an seinem Leib, welche den Schmerz in den Händen jetzt unerträglich machte – er verlor den Halt und stürzte. Kaum hatte er begriffen, was gerade passierte, schlugen seine Füße auf harten Grund. Dabei geriet er aus dem Gleichgewicht und fiel nach hinten. Das Beil flog scheppernd davon. Thordir stöhnte, während er panisch um sich tastete, obgleich er merkte, dass er nur etwa eine Mannshöhe gestürzt war. Jedoch jammerte er unaufhörlich weiter in die tosenden Laute hinein, denn das Leiden hatte eben erst begonnen. Die Schmerzen an seinen Händen gingen zu einer schier unerträglichen Qual über. Es fühlte sich an, als lagen seine Finger in loderndem Feuer und die Haut würde demnächst aufplatzen. Jene Pein der ersten Erfrierungen verspürte der Jäger nicht das erste Mal in seinem Leben.

Noch immer wälzte er sich auf dem nassen Grund und biss die Zähne zusammen. Erst nach einer Weile kehrte etwas Ruhe in seinen Körper zurück, worauf er die Kapuze überzog und zitternd die Arme unter dem Umhang vergrub. Er wusste, dass nun Eile geboten war, um sich aufzuwärmen. Dies war kein Ort, um sich im Winter lange aufzuhalten. So schritt er behutsam vorwärts, woraufhin die Nebelwand verschwand und sich die Umgebung etwas verdunkelte. Kurz darauf stand er hinter dem herabfallenden Gewässer in einer teils geschlossenen, teils offenen Höhle mit unterschiedlich großen Öffnungen. Gleich mehrere Bäche und Rinnsale schossen aus unterirdischen Spalten und Höhlungen knapp über Thordirs Haupt nach draußen, um sich alsbald mit der zuvor sichtbaren Kaskade zu vereinen. Geduckt, nahe an der tropfenden Wand ging er weiter, erneut in den Nebelvorhang hinein. Kurz darauf erblickte er aufatmend die Sonnenstrahlen am anderen Ende, welche sich durch die unzähligen Wassertröpfchen drängten. Die Axt fiel ihm am Rande des vereisten Weges ins Auge. Um Haaresbreite war sie nicht nach unten in den Fluss gefallen.

Vorsichtig glitten seine Stiefel über das nun unebene Felsplateau, in dessen Mitte sich die tosenden Massen in einem ausgedehnten Klamm sprudelnd vereinten. Der Schwarzhaarige beobachtete die Szenerie mit Staunen. Das glasklare Wasser des Flusses funkelte, indessen mächtige Zapfen von nackten Felsnasen ragten. Manche waren so lang wie Bäume. Andere wiederum wuchsen zu flächigen Gebilden zusammen, in denen man mit etwas Fantasie Tierwesen erkannte. Vor allem in den Schatten der Felsen sprießten leuchtend grüne Farne in die Höhe, die unter der Schwere tausender winziger Eiskristalle unbekümmert gediehen.

Und so schön solche Landschaften auch aussahen, so verderblich und vernichtend konnten sie sein, ermahnte sich Thordir immer wieder. Denn der Natur war es gleichgültig, wenn jemand blutend in einem Wald lag, im Gebirge erfror oder in einem See ertrank. Die Schöpfung war weder Freund noch Feind der Menschen und Tiere – es waren vielmehr die Umstände, welche über Leben oder Tod, Glück oder Unglück entschieden.

Um sich warm zu halten, marschierte Thordir wieder zügiger, und gelangte so rasch in tiefere Lagen. Dabei folgte er mehr oder minder dem Gewässer zu seiner Rechten. Die Temperatur stieg spürbar, indessen der Schnee nahe der Talebene nur noch in dünnen Schichten über Gräsern und Feldern lag.

Zwischendurch pflückte der Jäger einige Knospen oder Beeren von den Sträuchern, füllte seinen Beutel mit kaltem Wasser und horchte beiläufig den zwitschernden Vögeln in den Baumkronen. Schilfrohre säumten die Ränder des zugefrorenen Teiches, auf den er stieß. Steine in verschiedenen Braunweißmaserungen lagen herum und saftige Grasbüschel ragten hie und da aus dem Schnee. Spuren von Dachs und Schwein kreuzten seinen Weg, als er verbranntes Holz roch. Windheim lag nah. Sofort freute sich der Wandernde auf die bevorstehende Mahlzeit in der Taverne und darauf, sich vor einem wärmenden Feuer zu erholen. Die Kletterei hatte seiner Wunde sicherlich nicht gutgetan, doch war er zuversichtlich, nun die größte Plackerei überstanden zu haben. Ein juckendes Ziehen ging zwar von der Brust aus, aber nicht mehr.

Zwischen einigen Baumgruppen erspähte Thordir plötzlich emporsteigende Rauchschwaden – für ihn ein Symbol der Geborgenheit und Sicherheit. Geradewegs marschierten seine Beine darauf zu, worauf die ersten Hütten alsbald zum Vorschein kamen und ihm etliche Erinnerungen an vergangene Zeiten durch den Kopf jagten. Ein Lächeln zeichnete das markante Gesicht des Jägers. Die Mundwinkel zogen sich nach oben und Krähenfüße bildeten sich neben den Augen.

Jene Nächte, die er und seine Freunde lachend, saufend und herumalbernd in der einzigen Schenke in Windheim verbrachten. Es wurden Geschichten erzählt, Märchen zum Besten gegeben oder über die Mythen und Fabeln des Landes wild gestikulierend diskutiert. Dabei wurden stets die Erzählungen der Vorgänger überboten, um noch einen draufzusetzen.

Thordir schüttelte im Gehen den Kopf und dachte sogleich an Dargul Dahl, einen seiner Freunde, der in diesem Dorf hauste. Er hatte ihn schon seit vielen Monden nicht mehr gesehen. Doch für einen Besuch lag die Trauer noch zu tief in seinem Herzen. Und über das Geschehene sprechen wollte er nicht. Er hoffte sogar, dem Schmächtigen, so wurde er auch genannt, nicht über den Weg zu laufen.

Die Sonne war mittlerweile hinter dichten, gräulichen Wolken verschwunden, als er an einer länglichen Hütte vorbeischritt, in der es auf einmal laut zischte. Ein stämmiger Schmied war gerade dabei, eine glühende Klinge in ein Wasserbecken zu tauchen, wobei weißer Dunst bis in die Hüttendecke stieg. Durch die geöffnete Tür spürte Thordir sogar die Wärme, welche vom großen Schmiedeofen ausging. Krächzende Stimmen wurden immer lauter, als er über den matschigen Weg weiter ins Dorfinnere marschierte. Hinter einer verlotterten Behausung debattierten zwei Greise angeregt über die Vorgehensweise von Reparaturen. Sie waren sich offensichtlich nicht einig darüber, wie sie die vielen Spalten und Löcher abdichten sollten.

»… Schindeln von der Traufe hier, bis zum Giebel dort drüben.«

»Nein, zuerst müssen wir das Dach mit Stützbalken verlängern.«

»Blödsinn!«

»Ach jaa?! Und was tut das verfluchte Wasser deiner Meinung nach, wenn es sich hier an der Kante sammelt?!«

»Unmöglich, dass sich das Wasser hier staut, dafür reicht die Schräge der Bretter doch völlig aus!«

»Nein – tut sie eben nicht! Außerdem pfeift mir der Wind um die Ohren!«

»Was mit einem jämmerlichen Vordach dieser Länge keineswegs etwas bewirken würde!«

»Ach, du bist ein störrischer alter Esel – warst du schon immer!«

»Und du ein mürrischer Mund, der immer alles besser weiß!«

Thordir spazierte an beiden vorbei, ohne dass sie ihn bemerkten. Nach kurzem begegnete ihm ein Tischler, der draußen vor seiner Hütte auf der Veranda ein Tischbein zurecht schnitzte. Als er den Schwarzhaarigen sah und im selben Moment der nahe Streit in ein lautstarkes Schreien überging, schmunzelte dieser vor sich hin.

»Ich glaube, deine Fähigkeiten werden gebraucht«, begann der Jäger das Gespräch, worauf der Tischler lachte und heftig den Kopf schüttelte.

»Nein, die benötigen sie nicht – glaube mir.« Beide lachten. »Heute Abend werden sich die zwei Streithähne ein paar Krüge hinter die Binde kippen und sind dann wieder die besten Kumpels«, fügte der Handwerker hinzu.

»Und morgen geht das Geplänkel weiter?«

»Den ganzen Tag.« Wieder lachten beide.

Mit einer Handbewegung verabschiedete sich Thordir vom Tischler und steuerte die vor ihm liegende Schenke an, die ziemlich am Rande der Siedlung, vor einem kleinen Platz stand. Es war das größte und bedeutendste Haus im überschaubaren Windheim, wusste er. Doch noch bevor er einen Fuß auf die hölzerne Treppe setzen konnte, fiel ihm plötzlich ein aus dicken Balken erbautes Gebilde auf – so etwas wie ein erhöhtes Podest, welches neben dem Wirtshaus stand. Und als er es genauer betrachtete, erkannte er die Schlinge, die von einem nahestehenden Baum von einem Ast hing. Der Jäger war sich sicher, beim letzten Besuch noch keinen Galgen vorgefunden zu haben. Dann bemerkte er mehrere Pergamente, die mit Nägeln befestigt in die Rinde des Apfelbaumes gerammt waren. Thordir lief zu ihnen hinüber und verstand sofort, dass es sich um Steckbriefe von Verurteilten handelte. Ein halbes Dutzend davon flatterte im kühlen Wind. So begann er, den Ersten zu lesen:

»Aan Erin – groß – kräftige Statur – dunkelblondes, langes Haar – blaue Augen – fehlende Vorderzähne – gesucht wegen Schändung der Kirche von Windheim mit Exkrementen – 10 Taler Belohnung – lebendig.« Thordir verkniff sich das Grinsen so gut wie möglich.

»Febor Hamsir – klein – feist – Kahlkopf – braune Augen – breite, rötliche Nase – gesucht wegen Mordes (dringender Verdacht) und Verleumdung – 15 Taler Belohnung – lebendig.«

»Bahl, der Hexer.« Thordir wurde etwas nervös, als er den Namen las, hielt kurz inne und fuhr dann gespannt fort: »Mittelgroß – kräftige Statur – graues, schulterlanges Haar – grauschwarzer Bart – kristallblaue Augen – gesucht wegen vielfachen Mordes, Hexerei, Hetzerei, Ketzerei, Spöttelei und Auflehnung gegen den König und dessen Volk, Widerstand gegen Recht und Ordnung – dem edlen Vollstrecker wird ein Titel des Hochadels gewährt, er wird fortan in den Erzählungen des Heldentums für alle Ewigkeiten gewürdigt und für seine höchst ehrenwerte Tat fürstlich belohnt werden – tot oder lebendig – WARNUNG: Der Hexer ist außerordentlich gefährlich!!!«

Nun wusste er genau, dass es ihn den Kopf kosten würde, bekäme jemand mit, dass er den Hexer kannte und es ungemeldet ließ. Von diesem Tag an machte er sich des Verbrechens schuldig. Der Schwarzhaarige war sich dessen bewusst, entschied sich aber, ohne zu zögern, gegen eine Meldung beim zuständigen Statthalter von Windheim. Dabei plagten ihn auch kein schlechtes Gewissen oder Schuldgefühle – im Gegenteil. Thordir glaubte fest an die wahren Worte Bahls und an seine guten Absichten für Armarien. Trotzdem hegte er noch einen kleinen Rest Misstrauen dem Hexer gegenüber. Nichtsdestotrotz bestand nun für den Jäger die größte Wichtigkeit darin, von seiner wahren Blutslinie zu erfahren und ebendieser Gefahr, von der Bahl gesprochen hatte, nachzugehen.

Die nächsten drei Steckbriefe überflog Thordir und wollte demnächst kehrtmachen. Doch da fiel ihm ein weiterer Name auf einem der Pergamente in die Augen: Dargul Dahl. Bestürzt trat er näher.

»Dargul Dahl, der Schmächtige – mittelgroß – schmächtige Erscheinung – geschorene, braune Haare – braune Augen – Verbrennungen am gesamten linken Unterarm und Teilen der Hand – gesucht wegen Verleumdung, Heidentum und Schwindelei – 15 Taler Belohnung – lebendig.«

In Gedanken versunken schlenderte Thordir in die Schenke und setzte sich auf eine alte Bank in einer der Ecken. Dabei merkte er nicht, dass ihn zwei Männer auf der gegenüberliegenden Seite beobachteten und leise miteinander tuschelten. Sichtlich betroffen wegen seines Freundes starrte der Schwarzhaarige auf die gewachste Tischfläche vor sich und begann, mit dem Schicksal zu hadern.

»Guten Tag, der Herr«, weckte ihn eine feine Mädchenstimme aus seiner Trübsal. Verdutzt blickte Thordir auf.

»Wir haben heute heiße Lammbrühe mit Kartoffelbrei im Angebot.« Vor ihm stand ein junges Weib mit einem kindlichen Gesicht und aufgesperrten Augen, die ihn erwartungsvoll anstarrten.

»Ehhm, ja – sehr gerne.« Mit zusammengepressten Lippen und einem anschließenden höflichen Nicken versuchte er vergeblich, seinen finsteren Gesichtsausdruck zu überspielen.

»Möge der Wanderer einen Trank dazu?«

»Einen halben Gersten, bitte.«

Sie lächelte freundlich und verschwand eilends in einem Raum hinter der Theke. In diesem Moment bemerkte der Hungrige die beiden einzigen Gäste, die unaufhaltsam an ihren Pfeifen zogen, als wären es ihre letzten. Und während der eine zum anderen starrte und dabei leise Worte sprach, beäugte der schweigende Zuhörer Thordir unaufhaltsam. Nebst dem leisen Pfeifen des Windes durch die Spalten des Türrahmens und dem fernen Knarren der Dielen unter den Füßen des Wirtsmädchens, war es still.

Nicht lange und der Jäger hatte die hochmütige Visage des Fremden satt, der ihn noch immer beäugte, als wäre er Ware niedrigster Qualität.

»Kann ich dir helfen?!«, rief Thordir in genervtem Tonfall. Doch die beiden regten sich nicht. Schritte näherten sich von links.

»Lammbrühe, dazu Kartoffelbrei und die halbe Gerste – lass es dir schmecken.«

»Kennst du die beiden?«, fragte der Schwarzhaarige kühl, ohne sich um Speise und Trank zu kümmern. Ohne sich zu den Männern zu wenden, antwortete die blonde Schönheit: »Nein, ich habe sie noch nie gesehen.« Sie runzelte die Stirn und fügte hinzu: »Die sehen nicht gerade freundlich aus ... also ... lass es dir schmecken.«

»Ich danke dir.« Rasch langte er in seinen abgewetzten Beutel, kramte klimpernd eine Münze hervor und legte sie der Schankmaid in ihre ausgestreckte kleine Hand. Sie nickte höflich und machte sich davon. Im selben Augenblick griffen sich die zwei Männer ihre Krüge, erhoben sich quietschend von ihren Stühlen und marschierten zu Thordir herüber.

»Na toll«, ärgerte er sich sofort. Doch er ließ die herzhaft riechende Brühe nicht verkommen, die so ansehnlich dampfte, und begann, den ersten Löffel, so gut es die Umstände zuließen, zu genießen. Die fleischig-salzige Suppe war richtig lecker. Sie erfreute den Gaumen des Abenteurers wie schon lange nicht mehr und wärmte seinen ausgekühlten Körper. Nebenbei hörte der Schwarzhaarige, wie sich die Tritte verlangsamten. Doch er ließ sich die Freude nicht verderben und aß munter weiter.

»Mmhh«, brummte jener, der nun vor dem Tisch stehen blieb.

»Darf ich mich setzen?«, fragte der andere, der sich eben an derselben Tafel wie Thordir hingesetzt hatte.

»Sschlüüü – schlüü.« Unbeeindruckt schlürfte der Jäger die Suppe, ohne sich umzusehen. Dann knallte der noch Stehende seinen Humpen auf die Tischplatte und setzte sich ebenfalls.

»Schlechte Laune, was?!« Thordir löffelte seine Suppe weiter, schaute jetzt aber vom Teller auf. Vor ihm saßen ein Blond- und ein Rotschopf mit langen gekämmten Haaren und noch längeren Bärten. Abgesehen von der Haarfarbe glichen sie sich – sie hätten Brüder sein können.

»Willst du darüber sprechen?« Beide lächelten höhnisch.

»Nun, sie ist heiß, würzig, mit einer zarten Lammkeule darin … ja doch, wirklich lecker – ebenfalls der Kartoffelbrei schmeckt vorzüglich.« Thordir sprach dabei mit vollem Mund und spülte sich sogleich die Essensreste mit einem großen Schluck Gerstenbier herunter.

»Ahhhhahaha!« Ein schallendes Gelächter brach aus den Kehlen der Fremden, wobei sich vor allem der Rotschopf nicht mehr beherrschen konnte und die geballten Fäuste auf den Tisch knallen ließ. Beide waren ungefähr in seinem Alter, benahmen sich aber wie halbstarke Jünglinge, die ihren Mut beweisen wollten.

»Von wo kommst du, Fremder?«, fragte der Blonde mit sachlicher Stimme.

»Von da und dort. Ich bin ein Reisender auf der Suche nach Arbeit.«

»Ja, eine Arbeit ist das in der Tat.« Die Fremden lächelten und tauschten Blicke untereinander aus. Dann wandten sie sich wieder Thordir zu.

»Wer von den sechs Bastarden soll es denn sein?« Dieses Mal rührte sich keine einzige Falte in ihren Gesichtern. Ihre nun strengen Blicke kreuzten jenes des Schwarzhaarigen. So wusste er sofort, dass er es mit Kopfgeldjägern zu tun hatte und sie ihn wohl ebenfalls für einen hielten.

»Sprich schon! Wir haben dich draußen beim Galgen gesehen«, sagte der Rothaarige mit harscher Stimme. Thordir schwieg für einen Moment, worauf die vermeintlichen Brüder ein weiteres Mal in lautes Gelächter ausbrachen. Es war ein abwertendes, herausgepresstes Lachen. Der Rotschopf hob seinen Finger drohend in die Luft und sprach mit hasserfüllter Stimme: »Am liebsten würde ich diesem Sohn einer Hure, der sich der Hexer nennt, eigenhändig den Wanst aufschlitzen und seine erbärmliche Gedärme herausreißen, um damit die Schweine zu füttern.« Während der prahlerischen Worte sammelte sich schäumender Speichel in seinen Mundwinkeln. Thordir ließ sich nichts anmerken, musste sich aber zusammenreißen»

»Du tötest für Geld, oder?« Der Blonde schaute den Wanderer prüfend an.

»Nein, tue ich nicht. Ihr denkt, weil ich mir die Briefe angesehen habe, töte ich für Geld?«

»Klar, was denn sonst – ist ein gutes Geschäft.« Beide nickten sichtlich zufrieden. Der Schwarzhaarige massierte sich mit Daumen und Mittelfinger die Schläfen und dachte seine Sache dazu. Nach einem Moment der Ruhe fragte er dann in die Runde: »Wenn ein Mann auf einem Feld steht – ist er dann ohne Zweifel ein Bauer?«

»Mmhh … na ja … wenn der Acker ihm gehört, schon. Weshalb fragst du?«

»Ach, unwichtig.« Nur mit größter Mühe konnte er ein verächtliches Grinsen verbergen, derweil ihn der Blonde fragend anschaute und offensichtlich verwirrt war. Dessen Weggefährte hatte seit geraumer Zeit den Bierkrug am Mund angesetzt und schluckte und schluckte, bis er noch hörbar den letzten Tropfen aus den Holzfasern sog, mit einem lauten Rülpser den Humpen auf die Tischplatte setzte und sprach: »Wir haben zu tun, Aris.« Energisch erhob er sich vom Stuhl, wobei er mit seinem prallen Bauch die Tafel anrempelte und eine geringe Menge von Thordirs Gerstenbier über den Rand schwappte.

»Ja, Brüderchen, lass uns jagen gehen.« Aris leerte den Krug in einem Zug, wandte sich vom Schwarzhaarigen ohne Worte ab und marschierte weiten Schrittes dem Rotschopf hinterher durch die Tür nach draußen.

»Was für Dummköpfe«, ärgerte sich Thordir. Auf jeden Fall wollte er nun herausfinden, wen die beiden aufspüren wollten. So beschloss er kurzerhand, ihnen heimlich zu folgen. Das Gersten ließ er nach einigen hastigen Schlucken halbvoll stehen. Rasch eilte er zu jenem Fenster auf der anderen Raumseite, von welchem die beiden Brüder ihn zuvor beobachtet haben mussten, so Thordirs Vermutung, und suchte sich eine Lücke an den geschlossenen Holzläden, um hindurchzuspähen. Bevor er sie jedoch sah, hörte er ihre gedämpften Stimmen draußen und die Schritte, die sich in Richtung Galgen langsam von ihm entfernten. Da es aber keine sichtbaren Öffnungen gab, schob der Schwarzhaarige den einen Flügel vorsichtig auf, bis er die Kopfgeldjäger unter dem Baum stehen sah. Während sich der Blonde plötzlich von den Steckbriefen abwandte und begann, sich hektisch umzusehen, riss der Rotschopf eines der Pergamente mit einem Ruck vom Nagel, rollte es geschwind zusammen und steckte es sich unter den Mantel – es war Darguls Brief. Thordir ballte die Fäuste und knurrte. »Diese Söhne von Bastarden!«, schimpfte er leise.

Von der Unschuld seines Freundes war er felsenfest überzeugt. Für ihn war der Schmächtige stets ein aufrechter Bürger gewesen. Einer, der seine täglichen Aufgaben erfüllte und weder log noch betrog.

Anschließend bewegten sich die Brüder von der Stelle weg zur Dorfmitte, worauf Thordir sie kurzzeitig aus den Augen verlor. Rasch huschte er zur Tür, öffnete auch diese so leise wie möglich und beobachtete, wie die beiden dem Hauptweg durch die Siedlung folgten. Der Schwarzhaarige warf sich die Kapuze über den Kopf, zog sie tief ins Gesicht und nahm die Verfolgung mit eilenden Schritten auf. Zur Linken bemerkte er einen matschigen Pfad, welcher parallel zum Hauptweg neben alten Hütten verlief. Ohne zu zögern, bog er dort hinein und versuchte immer wieder, Aris und seinen Bruder zwischen den Gassen auszumachen. Nach jeder Hausecke schnellten Thordirs Augen unter Anspannung zur Seite. Als er eine Handvoll Hütten hinter sich ließ, hatte er sie endlich eingeholt, denn er erblickte gerade noch die wehenden Mäntel der beiden, alsbald sie hinter der nächsten Bretterwand verschwanden. Es schien, als legten die Brüder einen Zahn zu. Es kam ihm fast so vor, als wüssten sie, wo sich Dargul versteckt hielt. Sein Heim lag auf einer Anhöhe nicht weit von Windheim. Doch dort, so hoffte der Schwarzhaarige, würde sich der Schmächtige nicht mehr aufhalten.

»Vielleicht weiß er ja nicht einmal, dass er ein gesuchter Mann und somit in Gefahr ist«, bangte der nun sichtlich nervöse Jägerssohn um seinen alten Freund. Er hoffte, Dargul wüsste von seinem Schicksal, er hätte sich irgendwo in weiter Ferne in den Wäldern versteckt, war bewaffnet und bereit, sich mit dem Leben zu verteidigen.

Erschrocken wich Thordir zwei Knaben aus, die plötzlich um die Ecke gerannt kamen, um sich sodann schreiend mit Holzschwertern zu duellieren. Es dauerte nicht lange, bis einer der Buben hinter seinem Rücken zu weinen begann und daraufhin eine Frau nach ihren Söhnen rief. Thordir eilte unbeirrt weiter. Vorbei an einem buckeligen, alten Weib, das gerade einen dampfenden Waschbottich mit Kleidern füllte und ihn überfreundlich mit fehlenden Schneidezähnen anlächelte, als er mit grimmigem Gesichtsausdruck vorbeiging.

Der Himmel war mittlerweile trüber geworden und zunehmend wolkenverhangen. Kalter Wind schlängelte sich noch immer durch die engen, verdreckten Gassen. Dann, an der letzten ärmlichen Hütte der Siedlung angekommen, verlangsamten sich Thordirs Schritte und sein Puls stieg an. Vor ihm breiteten sich nun offene Felder mit vereinzelten Höfen aus, auf denen schwarzweiß gefleckte Kühe grasten und fette Wollschafe sich unter Bäumen ausruhten.

Aris und sein Bruder marschierten weiterhin zielstrebig den breiten Weg entlang nach Osten, aus Windheim heraus. Bisher hatte der Schwarzhaarige keine Waffen an ihren Leibern entdeckt. Die Vermutung lag nahe, dass sie unter den weiten Mänteln Dolche trugen. Wie Bluthunde verfolgten sie ihr Ziel – ihre starren Blicke meist nach vorne gerichtet. Zum Glück schauten sie nie zurück, als der flinke Jäger die letzten schützenden

Schatten des Dorfes verließ und ein gepflügtes Ackerland rennend überquerte, um den Vorauseilenden wieder etwas näher zu kommen. Hinter der nächsten Deckung angelangt, einer Baumgruppe mit dichten Weidesträuchern, beobachtete Thordir, wie sich die Brüder mit einem kräftigen Bauern am Wegesrand unterhielten, der einige Holzpflöcke auf seinen Schultern trug. Als sie sich von dem Landwirt abwandten und entschieden, eine andere Richtung einzuschlagen, bekam der Schwarzhaarige ein flaues Gefühl im Magen. Eine gewaltige Wut brach in ihm aus. So verließ er rasch das Versteck und rannte in das nächstgelegene Waldstück – gut zwei Steinwürfe entfernt. Indessen hatte ihn der Bauer bemerkt und schaute ihm fragend hinterher, bis er wie ein Verrückter im dichten Gestrüpp verschwand. Danach drehte der Landwirt sein mürrisches Haupt zu den Kopfgeldjägern, die fast zeitgleich, nur etwas östlicher, im Gehölz verschwanden.

Thordirs Atem wurde schneller, aber zunehmend flacher. Hitze breitete sich in ihm aus – seine Anspannung stieg mit jedem weiteren Schritt an. Hellwach beobachtete er die Umgebung und verhielt sich so wachsam, als verfolgte er aufgescheuchtes Wild.

Als er kurz innehielt, spähte der Jäger keuchend durch abgestorbenes Geäst und entdeckte im letzten Augenblick Aris' Blondschopf hinter einem moosigen Felsen – dann auch seinen Bruder, der sich unweit seines Gefährten von einem Baum zum nächsten schlich. Der Schwarzhaarige schlug daraufhin einen Bogen um die beiden, sodass er sich bald nicht mehr hinter ihnen, sondern nahezu auf gleicher Höhe befand. Er wusste, dass er nun leicht zu entdecken war, weshalb er sich meist kriechend fortbewegte und sich hauptsächlich auf sein geübtes Gehör verließ. Geschickt ermittelte Thordir die Distanzen und Richtungen von knackenden Ästen oder anderen durch Menschenhand verursachten Geräuschen. Doch allmählich wurden sie immer leiser, worauf er sich flach auf den Bauch legte und regungslos verharrte.

»Knack!«

»Knick!«

»Krachz – scht – scht.«

Plötzlich kamen die Geräusche immer näher in seine Richtung, bis er die tiefe Stimme vom Rotschopf vernahm. Der Blonde schien daraufhin etwas Undeutliches zu murmeln. Vermutlich befand er sich noch eine Armlänge weiter hinter seinem Bruder, doch dies konnte der Schwarzhaarige nur erahnen. Raschelnde Schritte klangen nun immer deutlicher. Jemand schlich bald ganz nah. Aufgeregt, aber mit langsamen Bewegungen blickte Thordir liegend umher, jederzeit bereit, aufzuspringen und zu flüchten oder, falls nötig, zu kämpfen. Und dann, direkt vor seiner Nase, nur knapp zwei Zollstöcke entfernt, bewegte sich Aris geduckt vorwärts und kniete unachtsam hinter einen Baumstrunk auf morschen Zweigen – »knick.« Nur ein einziger Blick nach rechts und er hätte den Jäger wahrscheinlich gesehen. Thordirs Brustkorb hob und senkte sich schneller und schneller, doch er versuchte gegen seine Anspannung und das schnelle Atmen anzukämpfen, damit er so regungslos wie möglich auf dem feuchten Waldboden verharren konnte. Auch der Blonde blieb bewegungslos. Dann schloss der Rotschopf hörbar zu seinem Gefährten auf. Und als Aris wie aus dem Nichts mit der Hand zu fuchteln begann sowie hastig nickte, wusste der Schwarzhaarige, was geschehen war – Dargul war gesichtet worden. So schnellte er in die Höhe, wobei die Brüder erschraken und mit entsetzten Gesichtsausdrücken den Schwarzhaarigen ansahen. Schnell stürmte er nach vorne, alsbald er den Schmächtigen unweit in einer Senke vor einem kümmerlichen Unterschlupf aus Tannenzweigen und aufgetürmten Findlingen sitzen sah.

»Lauf!«, brüllte Thordir. Sein Freund zuckte zusammen und blickte panisch um sich.

»Weg hier!«, rief er nochmals aus voller Kehle, während er armschwingend das Zeichen zum Abhauen verdeutlichte. Augenblicklich konnte man die Angst in Darguls Augen lesen, als er nämlich die anderen zwei hinter dem Schwarzhaarigen wahrnahm. Als er sich abrupt umdrehte, rutschte der Schmächtige auf dem glitschigen Waldboden aus.

»Wir kriegen euch!«

»Armselige Bastarde!«

Thordir war mittlerweile bei seinem Kumpel angelangt, packte ihn während des Sprints am schlanken Oberarm und riss ihn auf die Beine mit sich. Er zitterte und schluchzte mit heiserer Stimme, als steckte ihm ein Kloß im Hals. Die Hetzjagd hatte begonnen. Hintereinander preschten die vier durch Büsche, sprangen über umgefallene Bäume, stolperten über Wurzeln, vorbei an Laub- und Nadelbäumen. Als vorderster Mann rannte Dargul, der so ausdauernd und flink jene Hindernisse hinter sich ließ, als hätte er noch nie etwas anderes getan, als täglich durch die Wälder zu eilen. Thordir war ihm dicht auf den Fersen, verlor aber zunehmend den Anschluss. Die Anstrengungen der letzten Tage holten ihn jetzt ein. Außerdem begann seine sichelförmige Verletzung auf der Brust, messerstichartig zu schmerzen. Und ihm lag die verdrückte Lammkeule im Magen, welche saures Aufstoßen verursachte.

In welcher Entfernung sich die Brüder hinter ihnen befanden, wussten die beiden Gejagten nicht genau. Denn sie wagten es nicht, über die Schulter zu blicken, um dabei keinen Sturz zu riskieren oder Abstand zu verlieren. Jedoch war eines sicher: Die Verfolger waren nah – sehr nah. Manchmal überkam dem Schwarzhaarigen das beklemmende Gefühl, warme Atemluft auf Nacken und Haaren zu spüren. Immer wieder schlug er daher kleine Bögen um Baumstämme, stets versuchend, die anderen abzuschütteln. Angestrengt, in jedem Moment, suchte er das vor sich liegende Unterholz nach möglichen Stolperfallen ab. Adrenalin schoss immer wieder durch seinen pulsierenden Körper.

Aris, der Rotschopf, Thordir und der Schmächtige hetzten über Holz und Stein, Blätter und Moos – schneller, als ihre Füße sich bewegen, und rascher, als ihr Atem sich erholen konnte. Sie strauchelten, keuchten, schwitzten und fluchten. Ein großer Teil des Waldes lag bereits hinter ihnen, aber er schien immer noch kein Ende zu nehmen und sich sogar noch zu verdichten. Die Männer rannten bis kurz vor dem körperlichen Zusammenbruch, so, als wäre ihnen ein Dämon auf den Fersen.

Auf einmal erkannte man einen Weg, der von Osten nach Westen durch den Forst führte. Beinahe zeitgleich erklangen aber Hufschläge in naher Umgebung – »Reiter«, sorgte sich der Schwarzhaarige sogleich. »Ni...nicht, die Straße!«

Ehe er die Worte zu Ende rufen konnte, galoppierten bereits einige berittene Soldaten des Königs hervor und Dargul rannte direkt auf sie zu. Zum Handeln war es nun zu spät, denn die Krieger hatten ihn bereits entdeckt und stoppten ihn mit gezogenen Waffen. Thordir sah nur noch, wie der Schmächtige seine zittrigen Arme über den Kopf warf und sich erschöpft auf die Knie fallen ließ. Er selbst stoppte seinen Lauf schlagartig und hielt hektisch nach den Brüdern Ausschau.

»Stehen bleiben! Was ist hier los?!«, befahl eine Stimme.

Der Jäger hatte sich indessen auf den erdigen Waldboden geworfen, da er vermutete, von den Soldaten noch nicht gesichtet worden zu sein. Sein Blick wanderte behutsam in Richtung Weg. Er erkannte aber durch die tiefere Lage und der dichten Vegetation nur die Oberkörper zweier Reiter, welche ihre Aufmerksamkeit in jenem Moment dem Schmächtigen widmeten.

»Ver...bre...cher!«, brüllte plötzlich Aris' Stimme, welcher hörbar nach Atem rang.

Kurz darauf näherten sich schwerfällige Fußtritte Thordir. Eilig griff er nach dem nächstbesten Ast und hechtete flink hinter einen abgestorbenen Baum in Deckung. Zweige knackten – »Von links oder rechts?«, überlegte er eifrig.

»Knick!«

»Von der linken Baumseite«, bestimmte der geübte Jäger in Sekundenschnelle. Hasserfüllt sprang er hervor, direkt vor den schweißgebadeten Rotschopf und schnellte mit dem faustdicken Ast wuchtig nach vorne – »Tschag!« Das Hartholz traf mittig auf dessen Gesicht auf und zerbarst laut knackend in drei Teile. Baumrinde sowie kleinere Splitter flogen durch die Luft, als sich der Rothaarige rückwärts beinahe überschlug. Regungslos lag er sodann auf dem Rücken, während ihm Blut aus der zertrümmerten Nase spritzte. Eines seiner Augen schwoll stark an, beinahe die halbe Gesichtshälfte färbte sich bläulich und aus den aufgeplatzten Lippen floss Blut in den Mund, worauf ein glucksendes Geräusch zu hören war. Der Schwarzhaarige war sich nicht gänzlich sicher, ob er überhaupt noch lebte, was ihn nicht kümmerte. Aris war noch nicht aufgetaucht, da drangen raschelnde Laute aus mehreren Richtungen zu Thordir herüber.

»Keine Bewegung!«, erklang eine harsche Stimme direkt neben ihm. Langsam, jedoch noch in Rage, drehte der Jäger den Kopf zur Seite und schaute direkt in die Läufe dreier geladener Armbrüste. Daneben stand der Befehlshaber, der drohend das Schwert gezogen hatte. »Waffen fallen lassen!«, befahl er mit abgeklärter Stimme. Thordir öffnete zögernd die Schnalle seines Gurtes und ließ ihn mitsamt der Schneidware auf den Waldboden fallen. Zwei der Armbrustschützen schulterten daraufhin ihre Fernwaffen, schritten auf den Aufgewühlten zu und durchsuchten seine Taschen. Der dritte Schütze marschierte währenddessen zum verwundeten Rotschopf und betastete dessen Puls am Hals. Er lebte scheinbar, da seine Füße sich leicht zu bewegen begannen, als der Soldat die Hand auf die Vene drückte. Zudem war jetzt ein schwerfälliges Röcheln zu vernehmen – »Chrr ... chöörr.«

Die beiden Krieger griffen sich Thordirs Sachen, packten ihn fest, aber nicht aggressiv an den Oberarmen und geleiteten ihn vom etwas erhöhten Plateau nach unten zu den anderen. Da der Rothaarige nicht selbst gehen konnte, wuchtete ihn der Soldat kurzerhand um seinen Nacken wie ein erlegtes Wild und trug den Blutenden langsamen Schrittes den Abhang hinab.

Ein seltsames Gefühl durchfuhr den Jäger, als ihm in diesem Moment bewusst wurde, welche Strafe ihn und Dargul erwarten würde – er konnte es nicht fassen, dass er in dieser Situation festsaß. Etliche Gedanken schossen ihm gleichzeitig durch den Kopf und er hätte nicht sagen können, welcher der ausgeprägteste war.

Was er schon bald ein Stück unterhalb, inmitten des breit angelegten Weges antraf, ließ ihn eingeschüchtert schlucken. Zu seiner Verwunderung warteten gute zwei Dutzend schwer gepanzerte Reiter auf sie. Die Diener des Königs trugen beeindruckende

Rüstungen. Dicke, mattgraue Metallplatten schützten ihre Schultern, den Brustbereich, den Rücken und den Bauchbereich. Dazwischen verband ein geschwärztes Kettenhemd die Einzelteile, welches zudem für eine gute Bewegungsfreiheit sorgte. Der hellgraue ovale Helm, der sich nach oben etwas zuspitzte, verfügte über einen robusten Nasenschutz, einen beweglichen Wangenschutz und für die Sicherheit des Nackens sorgten aneinandergeknüpfte Eisenplättchen. An den Oberarmen bedeckten gleich zwei Lagen Ketten das getragene Wams. Für einen Abschluss an den Armen sorgten Unterarmschützer aus dreifach verstärktem Leder. An den Beinen waren mattgraue Oberschenkelplatten angebracht sowie gleichfarbige Beinschienen, die außerdem das Knie schützten. Darunter trugen die Männer strapazierfähige Lederhosen mit ebenso widerstandsfähigen Stiefeln. Jeder der Krieger verfügte als Hauptwaffe über ein Richtschwert. Als Zweitwaffe diente ein einfacher Dolch. Und ein langgezogener, leicht gerundeter Dreiecksschild bildete das letzte Element des Rüstzeugs, welches, um die Brust geschnallt, den Rücken beim Reiten schützte. Bei einigen der Krieger waren die Platten stark zerkratzt. Andere wiesen weniger Schrammen auf oder gar keine. Die Rüstung des Befehlshabers war zwar wie jede andere sauber und gepflegt, wirkte aber sehr verbraucht und alt und war wahrscheinlich bereits bei mehreren Aufständen oder Kämpfen getragen worden. Unzählige Furchen und Dellen ließen den Schwarzhaarigen genauer hinschauen – ja sogar zwei Löcher waren zu sehen. So sah jede Rüstung gleich aus, aber trotzdem erzählte jeder Harnisch seine eigene Geschichte. Vermutlich war der Befehlshaber ein ausgesprochen kampferprobter Mann.

Brechendes Geäst, einen halben Steinwurf Wegstrecke entfernt, kündigte den Blonden an. Er war wohl beim langgezogenen Felsrücken falsch abgebogen und einen Schlenker gerannt. Jedenfalls preschte sein Leib soeben durch das Blattwerk eines hohen Strauches und geriet schnaubend mit wankenden Beinen auf den von Rissen durchzogenen Wegesrand. Sofort eilten ihm einige Berittene entgegen, um ihn in Gewahrsam zu nehmen, worauf er außer Atem einen Dolch hervorzog und ihn vor sich ins Erdreich warf. Dann hob er die Hände, indessen er unverständliche Flüche äußerte. Man packte ihn ebenso wie Thordir und brachte den Kopfgeldjäger zur Gruppe.

Während der Blondschopf wie eine sprudelnde Quelle sein Maul aufriss, um die vergangenen Geschehnisse den Männern preiszugeben und mit dem Haupt das Erzählte gestikulierend zu unterstreichen versuchte, kniete der Schmächtige weiterhin mit gesenktem Kopf schweigend vor den wachsamen Soldaten. Als Aris seinen Bruder plötzlich auf dem Boden liegend bemerkte, verstummte sein Mundwerk abrupt. Auch seine Regungen erstarrten. Der Schwarzhaarige merkte, dass sich die zwei Blutsverwandten nahestanden, denn Aris' Blick verfinsterte sich zunehmend. Man sah es deutlich in seinem Gesicht, dass auch er von der Lebendigkeit seines Bruders nicht überzeugt war.

Auf einmal wollte er sich mit einem Ruck vom festen Griff der Wache lösen, um zu dem leblos wirkenden Leib zu eilen. Jedoch gelangte er nicht ansatzweise in die Nähe des Rothaarigen, da warf ihn ein Hüne mit einem Sprung hart auf die Erde. Aris hustete mit verzerrtem Antlitz seinen Schmerz im Kreuz aus den Lungen, wobei ihm stöhnend der Atem ausblieb.

»Einmal noch – dann töte ich dich«, erklärte der Großgewachsene mahnend, während er über den Blonden gebeugt dastand.

»Wer bist du und was tut ihr hier?! Weshalb haben dich diese Männer verfolgt?!«, schrie der Soldat Dargul an, als dieser noch immer keinen Mucks von sich gab. Der Soldat verlor allmählich die Geduld, und guckte fragend zu einem der anderen Gefangenen.

Thordir wusste in diesem Moment nicht, ob er seine Wut herausschreien, zu Aris herübergehen und seine dämliche Fratze einschlagen oder weinen sollte. Vor allem beschäftigte ihn die Tatsache, dass er den Schmächtigen vor einer Festnahme zwar bewahren, aber genauso schnellstmöglich nach Ehrelon reisen wollte.

»Du scheinst mir der Vernünftigste zu sein.« Der Befehlshaber hatte den Schwarzhaarigen angesprochen. »So, erzähl, was ist hier los?«

»Mein Name ist Thordir und lebe im Finstertal.« Anschließend zeigte er mit einem Nicken zu seinem Freund und sprach
in traurigem Tonfall: »Das ist…«

»Dargul Dahl!«, unterbrach ihn Aris kreischend, noch immer wie eine Ratte im Dreck kauernd. »Im Namen des Königs –
phuahh … ein gesuchter Verbrecher! Mein Bruder hat den Steckbrief unter seinem Mantel – wir sind Kopfgeldjäger.« Sofort griff
einer der Krieger unter Rotschopfs Mantel, nahm das Pergament hervor, rollte es vor sich aus und begann, die Beschrei-
bung mit Dargul zu vergleichen, indem er immer wieder vom
Schriftstück aufblickte und den Schmächtigen prüfend ansah.
In diesem Moment herrschte nebst schnaubenden Lauten eini-
ger Rösser Totenstille.

»Das ist er tatsächlich«, bestätigte der Lesende mit einem
beiläufigen Räuspern. Danach wurde das Papier dem Befehlshaber übergeben, der mittlerweile seinen Helm ausgezogen und
ihn mit einem Lederstreifen am Gürtel befestigt hatte. Ohne ein
Wort zu sagen, steckte der Hauptmann den Steckbrief in einen
schmalen Beutel seines Sattelzeugs und wandte sich zu Thordir. »Dein Gefährte?« Der Schwarzhaarige nickte. »Du wusstest
um dessen Verbrechen?«

»Jedenfalls jener Verbrechen, welche auf dem verdammten
Papier niedergeschrieben wurden, doch bin ich mir seiner Unschuld sicher«, sprach der Jäger in eintöniger Stimme und fügte als Denkanstoß an: »Ein Pergament beschriften kann jeder,
der einst Schreiben lernte.«

»Nun!«, begann sein Gegenüber aggressiv zu schreien, derweil
Spucke aus seinem Mund schoss. »Es interessiert niemanden,
was du denkst oder welcher Sache du überzeugt bist – Fremder!
Du hast dich mit deinen Taten ebenfalls als Schuldiger erwie-
sen, indem du einen Heiden gedeckt, ja sogar noch verteidigt
hast, und du beschimpfst nun auch noch deinen König als Lüg-
ner!« Der Gesichtsausdruck des hochrangigen Kriegers wurde
alsbald gelassener, worauf er hinzufügte: »Dich erwartet wie
deinen Freund der Tod durch den Strick oder durch die Axt –
nehmt sie alle mit!«, befahl er herumblickend zu seinen Un-

tergebenen. Ein Schwarzbärtiger, welcher noch auf dem Pferd saß, schwang sich geschickt aus dem Sattel, kramte in einem Lederbeutel klimpernde Handeisen hervor und marschierte zu Thordir, um ihn in Ketten zu legen. Außer sich vor Wut kämpfte dieser gegen die Festnahme an, stemmte sich mit aller Kraft gegen die Soldaten an seinen Armen und trat mit dem Fuß in den Bauch des sich nähernden Kriegers. Doch geschützt durch seinen Harnisch, blieb dieser unbeeindruckt vor ihm stehen und wartete ab, bis der Schwarzhaarige allmählich zu ermüden begann. Schließlich trat der geduldige Soldat einen weiten Schritt nach vorne, packte mit beiden Händen Thordirs Schopf nahe der Schädelhaut und verpasste ihm einen heftigen Kopfstoß. Sofort trübte sich seine Sicht – regungslos sackte er zu Boden.

- 8 -

Thordir kam zu sich. Blinzelnd öffnete er seine Augen. Vorerst war er verwirrt und wusste nicht, was geschehen war, bis er in das grimmige Gesicht eines Kriegers blickte, der vor ihm in gebückter Haltung einen leeren Eimer hielt. Sofort spürte er die Kälte auf seinem Gesicht sowie die Nässe auf seinem Oberkörper.

»Er ist wach – aufsitzen!«, brüllte der Befehlshaber, drehte sich zu seinem Pferd um und schwang sich auf dessen Rücken.

Schließlich erinnerte sich der Schwarzhaarige an die Geschehnisse zurück, worauf der Schädel zu dröhnen begann. Durch das von seinen Haaren herabrinnende Wasser schmeckte er das eigene Blut im Mund und fasste sich eilend an die Stirn, direkt in eine Platzwunde hinein – es schmerzte. Rasch zog er die Hand wieder zurück und hielt sie sich vor das Gesicht. Ausdruckslos begutachtete er die roten Fingerspitzen, rieb sie aneinander, fühlte die Beschaffenheit des Blutes und bemerkte erst jetzt, wie verrückt seine Finger eigentlich zitterten.

Kalte Eisen umfassten die kräftigen Handgelenke des Jägers, deren Druck die Haut darunter mittlerweile bläulich zu färben begann – auch das schmerzte. Thordir schniefte und seufzte, während eine lähmende Leere an seinem Verstand nagte.

Vor seinen wässrigen Augen, zwischen wohl gepflegten schwarzen Pferden, sah er Grom stehen. Gut sah er aus. Wie so oft lag ein zufriedenes Lächeln zwischen den sonnengebräunten Wangen. Sein liebenswürdiges Aussehen und sein fürsorgliches Gemüt berührten Thordirs Herz, wobei wohltuende Wärme, ausgehend von seines Vaters Anblick, tief ins Innere seines Körpers drang. Es war Liebe, die er spürte.

Grom sah seinen Sohn an, während er mit der Handfläche über das borstige Fell des Gauls strich.

»Hat mein Mann keinen Hunger?« Alayas liebliche Rufe hallten aus der Hütte, an deren Bretterwand sich der Schwarzhaarige sitzend anlehnte. Etwas erschrocken drehte er den Kopf zur Seite und versuchte mit Rufen ihre Aufmerksamkeit zu bekommen – jedoch vergebens. Denn seine Kehle war wie zugeschnürt und so entglitt dem Sitzenden kein Mucks. Grom blickte dabei in Richtung Haustür, tätschelte beim Vorbeigehen den muskulösen Hals des Tieres und schritt ohne Worte die Stufen hoch, an Thordir vorbei und durch den knarrenden Türrahmen.

Träge Atemzüge verließen nun den Gaumen des Schwarzhaarigen, nachdem er für einen Augenblick der Ruhe die schwerer werdenden Lider geschlossen hatte und still weinte.

»Abmarsch!«

Plötzlich wurden Thordirs Arme gestreckt und ruckartig zur Seite gezogen – ein höllischer Schmerz blitzte von seinen Handgelenken durch die Unterarme. Es fühlte sich an, als wetzten die Eisenfesseln Knochenstücke ab und zerquetschten die Haut der Gelenke. In Panik geraten versuchte er, rasch auf die Beine zu kommen, während sein Körper über die Waldstraße geschleift wurde. Er hatte nicht gemerkt, dass die Fessel mit einem Strick an einem der Pferde befestigt worden war. Thordir heulte auf. Es drehte ihn auf den Rücken, worauf er sich reflexartig unter krächzenden Lauten wieder umzudrehen vermochte. Hinter ihm ritt ein in Zweierreihe gegliedertes halbes Dutzend Soldaten. Wäre der Strick gerissen, hätten ihn die Hufe getötet.

»Arghhh«, klagte der Gefangene mit entsetztem Gesichtsausdruck, derweil ihm Steinchen und Dreck von den vor ihm trabenden Rössern wie Geschosse entgegenflogen. Panisch zog er Arme und Beine an, um in einem geeigneten Moment irgendwie die Füße gegen den Boden stemmen zu können. Danach, so hoffte er, hätte er mit einem Sprung aufstehen und mitrennen können. Sein robuster Schafswollumhang bewahrte zunächst den Oberkörper vor erheblichen Verletzungen. Doch auch der wurde zunehmend zerfetzt und schien der rauen Gewalt der Reibungskräfte nicht mehr lange standhalten zu können. Jede noch so kleine Unebenheit auf dem Weg schlug auf Thordirs

Leib ein wie ein Peitschenhieb. Hier ein heftiger Schlag in die Rippen, dort ein schmerzhafter Stoß an den Schultern. Wiederum schlitzte etwas Scharfes seinen Schenkel auf – das grausige Geräusch von zerschnittenem Leder drang dabei in seine Ohren. Und nur einen Augenblick später, da bohrte sich eine Wurzel in den rechten Arm, welche sogleich durch die Wucht lautstark abknickte. Der Schwarzhaarige stöhnte. Seine Kräfte ließen allmählich nach, obwohl er mit eisernem Überlebenswillen dagegen ankämpfte.

Als er aber beinahe in Ohnmacht zu fallen drohte, verlangsamte die Reitereinheit ihr Tempo, um an einer vor ihnen liegenden schmalen Kreuzung abzubiegen. Da ergriff der Gepeinigte schwer atmend die Gelegenheit, zog seinen Körper brüllend vor Schmerz an die Fesseln heran, zog die Beine an und fand buckeligen Boden unter den Füßen. Kraftvoll stemmte er sich dagegen und wuchtete seinen geschundenen Körper in die Höhe. Zunächst mit wackeligen Beinen humpelte er dem nun lascher gewordenen Strick hinterher. Eilig rieb er sich mit den Daumen den Staub aus den Augen, die beinahe seit Anbeginn unangenehm juckten.

Jene zwei Reiter vor ihm beendeten soeben die Biegung, was Thordir mit Furcht erfüllte. Denn das Seil streckte sich langsam wieder. Bestürzt versuchte er, näher ans Pferd zu gelangen. Der Jäger wusste um seine miserable Verfassung – ein weiterer Sturz hätte ihn zu einem Krüppel gemacht.

Unter höchster erregter Anstrengung, noch immer hinkend, eilten seine Beine über knöcheltiefe Schlaglöcher sowie von Regenfällen ausgewaschenen Furchen. Er dachte nicht daran, wie lange die Folter noch andauern würde, ehe sie ihr Ziel erreichten. Keine Gedanken verließen seinen Verstand, dass ihn sowieso der Tod erwartete. Keine Gedanken schossen ihm durch den Kopf, wie Fleischfetzen in jenem Moment aus Wunden an Bein und Arm hingen. Keine Gedanken wurden daran verschwendet, wie Blut aus etlichen Hautstellen trat und Kleider oder Fesseln tränkte. Nein, daran verschwendete der Leidende keine Kraft. Nur der eine Gedanke war zunächst von Bedeutung: Nicht zu stürzen.

Dunkles Erdreich klebte an seinem Gesicht, vermischt mit dem rinnenden Blut der Stirnwunde, indessen in abgehackten Atemstößen die Luft aus seinen Lungen gepresst wurde und in röchelnden Lauten die trockene Kehle verließ. Smaragdgrüne Augen starrten wie gebannt auf den nicht endenden Weg, der vor ihm lag.

Der Gefangene mit dem pechschwarzen Haar merkte nicht, wie sie sich gegen Abend einer Siedlung näherten. Nicht einmal, als die Reiterhorde unter dem hohen Torbogen hindurchtrabte, begriff er, dass sie alsbald Halt machen würden. Erst als die Straße rasch anstieg, guckte der Schwarzhaarige unter seinen beinahe geschlossenen Lidern erschöpft auf und stellte emotionslos fest, dass sie in Tromstadt angekommen waren. Nur schemenhaft nahm er andere Krieger und Dorfbewohner wahr, die ihn vom teils gepflasterten Wegesrand beobachteten, wie er wie ein gefangenes Tier, überdeckt mit Dreck und kaputtem Gewand, vom Ross mitgezogen wurde.

»Haaalt!«, brüllte der Befehlshaber. Und als der Gaul vor Thordir sogleich mit rutschenden Hufen und wiehernden Lauten stoppte, gingen seine Beine noch einige Schritte weiter, bis er strauchelnd zu Boden stürzte. Danach hallten Rufe über den düsteren Vorplatz, Befehle wurden erteilt, Schritte näherten und entfernten sich von Thordirs geschundenem Körper, bis er wie in einem Traum spürte, wie man ihn an den Armen packte und wegschleifte.

Beeindruckt, mit weit aufgesperrtem Mund, starrte Thordir zu den grimmigen Gesichtern empor. Es waren großgewachsene, äußerst kräftige Männer, deren Stirn, Nase, Mund, Kinn und Wangen allesamt mit Vernarbungen durchzogen waren und deren schwere Rüstungen klangvoll im Takt ihrer weiten Schritte schepperten, als sie an Grom und seinem schwarzhaarigen Sprössling vorbeimarschierten. Noch Monde danach konnte er deren Luftzug auf seiner Haut spüren und den Geruch, den die Krieger ausströmten, riechen. Für den Knirps duftete es damals nach Metall, Rauch und Schweiß – ein Geruch, welcher ihn lange Zeit ehrfürchtig erschaudern ließ, wenn er daran dachte. Und fortan wollte er so werden wie sie – ein tollkühner Held. Doch Grom verbot es ihm.

Was Thordir an jenem Tag aber ebenfalls demütig stimmte, war, dass Vater die wilde Horde, so nannte der Kleine jene Krieger anschließend, mutig grüßte und sie diesen Gruß gar erwiderten. Dass der eigene Vater den Mut aufbrachte, die furchteinflößenden Soldaten anzusprechen, lenkte den Respekt ihm gegenüber in eine noch höhere Ebene als zuvor.

»Sind das gute Menschen?«

»Das sind Krieger Ehrelons, mein Sohn.«

»Aber sie sind hier, um uns zu beschützen, wenn böse Menschen uns angreifen würden, oder?«

»Sie schützen Armarien.«

- 10 -

Dunkelheit und Kälte umhüllten Thordir, als er zu sich kam. Es roch nicht nach Metall, Rauch und Schweiß wie in seinen Erinnerungen, sondern ein bestialischer Gestank nach Pisse, Kot und Erbrochenem kroch beißend in seine Nase. Nur unter größter Beherrschung gelang es ihm, seinen Mageninhalt zu behalten. Aber es wurde ihm elendig zumute und hätte man seine Gesichtshaut gesehen, so hätte sie blass ausgesehen – durchzogen mit dunklen Flecken und Spritzer von Schlamm und Dreck.

Auf kaltem Stein sitzend, den Rücken am Mauerwerk angelehnt, spürte er jeden Knochen in seinem Leib, wie er schmerzte. Er traute sich nicht, sich zu bewegen, da er fürchtete, gebrochene Stellen oder größere Wunden zu ertasten. Es pochte in seinem Kopf, in der Brust und an etlichen anderen Stellen. Schürfungen, vor allem am Unterleib, brannten wie Feuer. Er fror. Um sich zu wärmen, hätte er am liebsten die Arme verschränkt, doch er ließ es bleiben. Stattdessen ließ er sie wie totes Fleisch nach unten baumeln. Am meisten beschäftigten ihn aber die Handgelenke, die sich unbeschreiblich scheußlich anfühlten. So, als wären Haut und Sehnen von den Eisenfesseln durchgerieben und die Knochen freigelegt worden. An jenen Stellen spürte er auch die Kälte am eindringlichsten, abgesehen von den zittrigen Fingern. Schließlich kam es trotzdem in ihm hoch, als er sich vorstellte, wie die Wunden wohl aussahen, und er erbrach, ohne sich umzudrehen. Die saure Brühe lief ihm vom Hals in den Mund über die Lippen und verteilte sich über den feuchten Kleidern. Etwas ätzender Brei blieb im Rachen stecken, welchen er kurzerhand herunterwürgte.

Plötzlich erinnerte er sich an Dargul, worauf der Gedanke ihm Leben einhauchte. Langsam öffnete er seine vertrockneten Lippen: »Dargul?«, sprach er in leisem Ton in die schwarze Umgebung hinaus.

»Thordir?«, klang eine schwächliche, aber überraschte Stimme aus unweiter Entfernung. »Ich habe viele Male nach dir gerufen, aber du hast nicht geantwortet – du lebst.«

»Huahuahhua – ja«, antwortete Thordir hustend.

»Du bist ein zäher Hund.« Während der Schmächtige sprach, brach er mit zittriger Stimme in Tränen aus und schluchzte: »Ich habe nichts Unrechtes getan ... weshalb ... weshalb tun sie sowas ... ghhhu ... Bastarde!«, begann er sodann zu schreien, wobei der Schwarzhaarige merkte, dass sein Freund mittlerweile aufgestanden war und an den knirschenden Gitterstäben rüttelte. »Der Teufel soll euch holen – schmort doch in der Hölle!« Dargul ging es hörbar besser als ihm, doch Thordir befürchtete, dass es nicht lange dauern würde, bis die Wachen auftauchten und für Ruhe sorgen würden.

»Tue das nicht. Sie werden dir die Seele aus dem Leib prügeln.« Der Schmächtige verstummte daraufhin und blickte in jene Richtung, aus der die weiche Stimme herkam. Sie klang wie aus dem Munde eines erschöpften alten Mannes.

»Wer bist du?«, fragte Dargul, noch immer etwas wütend, in die Finsternis hinaus.

»Mein Name ist Jesmir – Jesmir der Seher, wie mich manche auch nennen.«

»Seher?«, fragte Dargul verblüfft, worauf keine Antwort folgte. Thordir saß noch immer regungslos am selben Ort und kämpfte gegen seine heftigen Schmerzen. Er war zu schwach, um mitzureden.

»Jesmir?«, fragte der Schmächtige erneut.

»Stelle deine Fragen. Es bleibt uns nicht viel Zeit.«

»Bist du deshalb hier?«

»Deshalb, ja.«

»Was hast du gesehen?«

»Nicht gesehen – gehört«, flüsterte der unsichtbare Mann in mysteriösem Tonfall und fuhr nach wenigen Augenblicken fort: »Seltsame Laute kamen mir zu Ohren. Vorerst beinahe geräuschlos, wurden sie aus dunklem Gestein, von eisigen Winden aus den östlichen Bergen fortgetragen, bis sie wispernd in mein Gehör gelangten. Zwischen Bäumen blieb ich wie angewurzelt stehen, blickte über meine Schultern zurück und sah in die Ferne. Und während noch in einem Moment eine wehende Brise durch die Büsche streifte und das Laub aufwirbelte, verstummten sie auf einen Schlag, ehe sich eine unheimliche Stille über den Wald legte. Die Geräusche des Forstes verstummten – einfach so. Daraufhin schlossen sich meine Augen wie durch einen Zauber und ich hörte, wie sie in den Schatten umherkrochen wie schleimiges Getier und fraßen. Hitze und Feuer werden Eisen schmelzen, aber nun bringen Fackeln das Leid zu dir.«

»Zu mir?«, fragte Dargul unsicher. Stille kehrte ein.

Thordir hatte genau hingehört und erkannte plötzlich fahlen Lichtschein, welcher durch eine nun erkennbare Öffnung unweit seiner Augen schimmerte. Schon bald drang die Helligkeit weiter in den finsteren Raum hinein. Er erkannte jetzt deutlich ein Türfensterchen, das mit verrosteten Eisenstäben gesichert war. Er schluckte die kleine Menge Spucke ängstlich herunter, die sich in seinem trockenen Mund angesammelt hatte, indessen sein Herz kräftiger zu pochen begann. Der Schwarzhaarige wurde unruhig.

Leise Schritte hallten vom Treppenhaus durch die Gemäuer des Verlieses und tönten mit jedem Augenblick deutlicher, ehe sie vor der massiven Tür abrupt verstummten. Gelbe Flammen züngelten schließlich durch die Öffnung ins Innere, schwerfälliger Atem erklang, Schlüssel klimperten und Geräusche von sich bewegenden Eisenstiften waren zu vernehmen – »Klick, klack.« Die Türklinke wurde quietschend nach unten gedrückt und die schmale Pforte knarrend aufgeschoben. Grelles Licht zwang den Schwarzhaarigen regelrecht dazu, die Augen für einen Moment zusammenzukneifen. Drei Männer betraten den Raum, wobei der Erste die Tür für die anderen aufhielt. Es war eine dickbäuchige, haarlose Gestalt, die als einzige keine Rüstung und ebenso keine Fackel trug. Sie war es, die die Schlüssel in der Hand hielt und schwerfällig atmete. Die anderen beiden erkannte Thordir als den Befehlshaber sowie einen seiner Krieger.

»So, da wären wir!«, brüllte der Dicke, dessen schmutziges Hemd aus allen Nähten zu platzen schien. »Nach einem ausgiebigen Abendmahl spricht es sich angenehmer – hehe.« Höhnend lächelte er von Zelle zu Zelle, dabei stets versuchend, die Gesichter der Gefangenen zu erkennen.

»Ihr seid alles Schafe.« Darguls Stimme klang mutig und klar.

»Und du! Du bist ein besonders Fettes!«, begann der Schmächtige zornig zu schreien, noch immer an den Gittern stehend. »Ihr tut, was man von euch verlangt – ohne nachzudenken!« Mit dem Zeigefinger klopfte er sich gegen die eigene Schläfe und fuhr wutentbrannt fort: »In der Hölle sollt ihr schmoren, verdammtes Rattenpack!«

Thordir erkannte nur die eine grimmige Gesichtshälfte seines Kumpels, welche von den flackernden Fackeln beschienen wurde. Und während die wüsten Beleidigungen die Soldaten völlig unbeeindruckt ließen, beobachtete der Schwarzhaarige, dass sich der Dickbäuchige aufgrund der gesprochenen Worte gekränkt fühlte. Er wurde sichtlich nervös und stammelte überhastet unverständliche Worte in Darguls Richtung. Danach schien er zu begreifen, dass er vor den Kriegern Schwäche zeigte, weshalb er damit begann, seine Nervosität mit närrischem Lachen zu überspielen.

»Das Großmaul hier nennt sich Dargul Dahl, der Schmächtige«, sagte der Befehlshaber kühl und zeigte nickend in die Ecke.

»Hehehe, schmächtig ist er ja! In der Tat. Und ich bin der Kerkermeister höchstpersönlich«, prahlte er in die Runde blickend. »Für Schwachköpfe, wie ihr es seid, bedeutet das – ihr gehört jetzt mir.« Sein belustigendes Grinsen ließ Thordirs Zorn erwachen, er hielt sich aber zurück.

»Und was ist das da?« Der Feiste machte eine abwertende Handbewegung in Thordirs Richtung, worauf der Anführer die Fackel in diese Ecke schwang, um Licht ins Dunkle zu bringen. »Sein Name soll Thordir sein. Wir fanden ihn zusammen mit dem Großmaul. Er beschützte ihn.«

Der Kerkermeister schnappte sich die Fackel von des Kriegers Hand, bückte sich nach vorn und hielt die Fackel so tief in den Käfig, wie er mit seinen schwabbeligen Armen nur konnte. »Dummer Bengel, tststs.« Dabei sah er den Gepeinigten an, als läge ein Haufen Dreck vor seinen Augen und ergötzte sich an dessen zerschundenem Körper.

»Ich bin des Königs verlorener Sohn – lasst mich frei«, platzte es aus dem Schwarzhaarigen heraus.

»Phha!« Ein schrilles Gejohle verliess die Kehle des Kerkermeisters.

»Du kennst die Strafe für solch eine Täuschung, oder?«, wandte der Befehlshaber mit prüfendem Blick ein.

»Schaut mich an!«, brüllte Thordir rasend vor Wut. »Schaut – mich – an! Ich bin des Königs Ebenbild – Torns Sohn!« Er schäumte vor Aufregung und gab sich absolut überzeugend, obwohl er sich seiner Herkunft tatsächlich nicht sicher war. Er verlor nur allmählich den Verstand darüber, welch schreckliche Ereignisse er in den vergangenen Tagen durchleben musste.

»Unzählige Winter sind seither vergangen und ebenso viele Burschen behaupteten, der echte Thordir zu sein – immer erst dann, wenn ihnen der Tod bevorstand. Niemals hat es sich als Wahrheit herausgestellt und ich bin es leid, diese feigen Lügen anzuhören.« Der Befehlshaber drehte dem Schwarzhaarigen daraufhin den Rücken zu, marschierte zur Tür und blieb davor nochmals stehen. Die anderen beiden folgten ihm, passierten ihren Vorgesetzten und verschwanden ohne weitere Worte im Treppenhaus. Der Anführer schaute über die Schulter nochmals zu Thordir herüber und sprach mit bedauernder Stimme: »Torns verlorener Sohn ist tot.« Dann schnürte er seinen Helm vom Gürtel, stülpte ihn über seinen kahl geschorenen Kopf und fügte hinzu: »Du wirst morgen hingerichtet.«

Keine weiteren Worte verließen des Jägers Kehle, ebenso Darguls oder Jesmirs. Sie alle kehrten in sich, derweil eine frostige Nacht über das Land der Armaren hereinbrach, von jenem steinernen Gemäuer die Kälte in ihre Knochen kroch, quälender Durst sie plagte und ihre Wunden unaufhörlich schmerzten.

- 11 -

Schwere Regentropfen lösten sich aus den unendlichen Höhen des düsteren Himmels, aus grauen Wolken hinaus, um sich alsbald wie Tränen über das Land der Armaren zu ergießen. Prasselnd gingen sie nieder, über Wälder fegend, in Seen und Flüsse klatschend, sich in Pfützen vereinigend und in den Straßen der Städte sammelnd.

Thordir hörte den Niederschlag – leise gedämpft durch schmale Ritzen des Mauerwerks. Das Elend verwehrte ihm den Schlaf und während unentwegt die Schmerzen an seinem Leibe zerrten, wurde sein Verstand mehr und mehr gebrochen. Selbst die Ratte, welche das Blut aus seinen Gliedmaßen leckte, vermochte er nicht zu verscheuchen. Darguls Schlottern klang erbärmlich und Jesmirs Hüsteln kränklich. Thordirs Trauer stürzte ihn in den tiefsten Abgrund – so tief ein menschliches Wesen nur fallen konnte. Doch Tränen waren keine mehr da. Mit leblosen Augen starrte er ins Nichts.

Nur schemenhaft bekam er die Schritte mit, welche die Stufen hocheilten. Ebenfalls das Aufreißen der Tür und das hastige Öffnen seiner Zelle hörte der Schwarzhaarige nur nebenbei.

»Gut geschlafen?!« Thordir sah nicht hin. »Hee! Ich habe dir eine Frage gestellt!« Auch wenn er gewollt hätte, so wäre es nicht möglich gewesen, sich zu rühren. Kurz darauf knallte eine geballte Faust seinen Kopf zur Seite. Das Blut spritzte an die Wand und rann aus seinem Mund, als er sich am Boden aushustete.

»Heute ist dein Glückstag. Heute wirst du sterben. Männer! Nehmt ihn mit.« Thordir wurde an den Armen gepackt, hochgehoben und weggeschleift. Erneut verschwommen, wie in einem Traum, flog er vorbei an flackernden Lichtern, passierte starre Gestalten mit verwischten Gesichtern, vernahm Geräusche von umhergeschobenen Stühlen und heiteren Stimmen – vermischt mit den surrenden Lauten, die von seinem Kopf ausgingen. Dann spürte er, wie der Regen seinen Leib feuchtete und er spürte frischen Wind, welcher durch sein klebriges Haar wehte. Der Benommene hörte Schritte, die durch Matsch stapften. Eine laute Stimme. Trabende Pferdehufe, die sich soeben entfernten.

»Bindet ihn fest.«

»Als Erstes den Schmächtigen – dorthin.«

»Warte, William.«

»Hier.«

»Was für ein Sauwetter.«

Viele Stimmen drangen um ihn herum in sein Gehör. Stimmen von Männern, die offensichtlich geschäftig ihre Arbeiten verrichteten. Gelegentlich aber auch von Frauen, die sich verhalten unterhielten, ja sogar Kinder waren gekommen.

»Thordir – verzeihe mir.« Darguls gebrechliche Worte schreckten ihn auf, ehe er die Hand seines Freundes auf der Schulter spürte.

»Weitergehen!«, befahl eine kratzige Kehle.

»Dargll...« Gurgelnde Laute verließen den blutigen Mund, während er sein lädiertes Gesicht schleppend zu seinem Kumpel drehte. Dabei merkte er, dass man ihn kniend vor einen flachen Holzstamm abgesetzt hatte. Durch die schwammige Sicht erkannte er schließlich, wie zwei Männer den Schmächtigen unter einen Galgen führten. Und als sich Thordirs Sicht allmählich wieder schärfte, musste er betroffen feststellen, dass sie seinen Freund in der Zelle verprügelt hatten. Darguls rechtes Auge war mächtig geschwollen. Auf ihm zeichneten sich bunte Farben von Grün bis Blau ab. Auf der Stirn thronte eine Beule in der Größe einer Baumnuss und aus seiner tiefroten Wange rann Blut aus einer länglichen Wunde hinab über den Hals.

»Bald ist es vorbei.« Des Jägers Worte klangen ausgezehrt, aber tröstend, währenddessen sich die beiden anschauten und hoffnungsvoll nickten. »Ja, bald ist es vorbei«, wiederholte der Schmächtige sichtlich gerührt und senkte sein Haupt in die Tiefe. Der Schwarzhaarige blickte wieder geradeaus. Wie ein grauer Vorhang trennte ihn der Regenschauer von dutzenden Schaulustigen. Alle waren gekommen, um fremden Männern beim Leiden zuzusehen. Manche, um sich zu ergötzen. Manche, um die Gerechtigkeit zu huldigen, von der sie nichts verstanden, oder wiederum andere, welche auf dem Weg zum Markt zufällig vorbeikamen. Für einen frühen Morgen wie diesen versammelten sich viele Gestalten, von Groß bis Klein, Jung bis Alt – allesamt in dunkle Mäntel gehüllt, von denen das Wasser tropfend auf die Pflastersteine rann.

Plötzlich wurde er von zwei Händen an den Unterarmen gepackt und von vorne über den Holzblock gezerrt. Sodann begann ein zweiter Soldat, seine Handgelenke mit dicken Stricken zu umwickeln, und zog sie nach dem Verknoten mit einem Ruck fest – Thordir schrie gellend auf. Der eifrige Krieger verrichtete die Arbeit ohne Gnade, zog mit einer weiteren ruckartigen Bewegung einen nächsten Knoten stramm und band den Strick an einem großen Haken vorne am Klotz fest. Kaum war er damit fertig, griffen kräftige Finger den Gefangenen an den Unterschenkeln und zogen seinen Körper nach hinten. Die Fesseln an den Handgelenken streckten sich dabei peitschenartig und schnitten sich mit unsäglichen Schmerzen in die Wunden hinein. Ein langer, durchdringender Schrei folgte – ein Todesschrei, welcher jedem Anwesenden durch Mark und Bein blitzte und so einige Gemüter aufschrecken ließ. Mütter begannen damit, ihren Kindern hastig die Ohren zuzudrücken, oder eilten mit ihnen gar davon. Es war, als lägen all der Schmerz, all die Wut und all der Hass in diesem Schrei. Thordirs Kiefer riss sich in die Weite, worauf Fäden aus blutiger Spucke die Zahnreihen verbanden, sein Haupt prall errötete, Halsvenen sich bis zum Platzen blähten und sich in den Augen das Elend widerspiegelte.

Und als die Luft zum Schreien versiegte, entspannten sich auch die krampfenden Muskeln allmählich und der schwer gewordene Kopf senkte sich. Ausgelaugt starrte er auf die unzähligen tiefen Furchen im Holz, welche kreuz und quer über die Jahresringe des Stumpfes liefen. Der Anblick von kleinsten menschlichen Überresten darin störte ihn nicht. Auch der Verwesungsgeruch ließ ihn kalt – »Bald ist es vorbei.« Stille Worte, die er nun zu sich selbst sprach.

»Bewohner von Tromstadt, hergehört!« Irgendeine Stimme ergriff das Wort und plärrte die Verkündigung in die Menge hinaus. »Wir haben uns an diesem Tage hier versammelt, um der Gerechtigkeit zu huldigen und zwei Verbrecher ihren gerechten Strafen zuzuführen! Mögen jene schändlichen Taten durch die heutige Vollstreckung und die Gnade des Herrn Genugtuung verschaffen! Zu meiner Rechten: Dargul Dahl, der Schmächtige! Verleumder, Heide und Schwindler – Tod durch Erhängung!«

»Gut so! Hängt ihn auf!«, brüllte ein Metzgersmann, welcher in schmieriger Schürze an einer Hausecke stand.

»Jawohl!«, schrie eine kräftige Magd, die ihre abgearbeiteten Hände soeben in die Hüfte gestemmt hatte und grimmig nickte.

Dargul begann, mit geöffnetem Mund zu keuchen, als ihm die Schlinge über den Kopf gelegt wurde, schloss ihn aber sogleich wieder, neigte den Kopf in den Nacken und blickte hilfesuchend in den Himmel. Thordir beobachtete seinen Kumpel dabei und tat es ihm gleich. Doch er schloss seine Lider. Und hätte er sich auch die Ohren zuhalten können, hätte er es nur zu gerne getan.

Metall quietschte, Faserstränge surrten – krächzende Laute ertönten.

»Zu meiner Linken: Thordir! Mithilfe zur Flucht von Dargul Dahl. Er verübte schwere Körperverletzung an einem Verbrechensjäger und ist ebenso ein Schwindler – Tod durch Vierteilung und Enthauptung.« Thordirs Leib durchzog das Grauen, als er sich dessen bewusst wurde, was im nächsten Moment geschehen würde. Panisch sah er sich nach dem Hexer um oder nach etwas, was ihm helfen sollte – irgendetwas. Irgendjemand. Doch keiner der Menschen vor ihm rührten sich. Und Bahl war nicht da, was ihn zutiefst enttäuschte.

Vieles zu überlegen gab es in jenem Augenblick aber nicht mehr, denn girrende Dielenlaute kündigten bereits das Nahen des Vollstreckers an. Der Schwarzhaarige keuchte – sein Puls raste. Ein Schatten erschien nun neben ihm, welcher sogleich ein rostiges Schlachtbeil an die gestreckten Arme ansetzte und es, ohne lange zu zögern, mit einem lautstarken Schnauben in die Höhe wuchtete.

»Halt!«, brüllte eine raue Männerstimme inmitten des Gedränges. Der Jäger erschrak und sah voller Entsetzen an seine noch unversehrten Hände. Jedoch schloss er die Augen sofort wieder, in der blanken Angst, die schwere Waffe würde jederzeit zuschlagen.

»Wer erlaubt sich, diesen Ritus zu unterbrechen?!«, heulte des Kerkermeisters Stimme außer sich vor Zorn. Unverzüglich erkannte ihn Thordir an seiner arroganten Sprechweise. Und als unter den Zuschauern eine bedrückende Stille einkehrte, wagte der Verurteilte trotzdem einen Blick in jene Richtung, aus der die raue Stimme kam. Die Bewohner begannen sogleich, ihre Köpfe flüsternd nebeneinander zu halten, mit den Händen zu gestikulieren und an ein und dieselbe Stelle zu schauen. Thordir aber versuchte, den Rufer eindeutig ausfindig zu machen, was ihm erst gelang, als gute zwanzig Armaren nacheinander zur Seite wichen und so einen Korridor schufen für jene schwarze Gestalt, die nun nach vorne schritt. Große Unsicherheit war den Bewohnern ins Gesicht geschrieben. Niemand traute sich, das Wort gegen den Fremden zu erheben. Selbst das halbe Dutzend Wachen, welches um das Podest postiert war, reagierte nicht. Es sah so aus, als hätte noch niemals jemand zuvor den Mut gehabt, bei einer Hinrichtung lautstark Protest einzulegen. Besser, man hütete seine Zunge.

Von allen Armarern war der Fremde derjenige, der die Kapuze am weitesten ins Gesicht gezogen hatte. Aber das Eigentliche, was ihn von all den Menschen deutlich hervorhob, war die gewaltige Masse seines Oberkörpers. Erwachsene Leute, welche neben ihm standen, wirkten dagegen wie gebrechliche Kinder – beeindruckt sahen ihn die Leute von Kopf bis Fuß an und hielten Abstand. Einige Armlängen vor einem der Soldaten blieb der Unbekannte schließlich stehen.

»Sch…sprecht oder Ihr seid der Nächste!« Drohend zeigte der Kerkermeister zum Galgen, während ihn die Nervosität übermannte.

»Lasst ihn frei.« Gelassene Worte verließen das dunkle Loch der Haube.

»Zeigt Euer Gesicht und sch...sprecht, wer Ihr seid, oder ich ... ich lasse die Klinge fallen!« Thordirs Nerven waren zum Zerreißen gespannt, indessen die gewaltige Axt unsicher in der Luft gehalten wurde.

Die groben Hände des mysteriösen Fremden griffen daraufhin nach dem nassen Stoff der Kapuze und legten sie behutsam in den kräftigen Nacken. Hervor kam ein bedrohlicher Anblick eines wahrhaften Kriegers – durch und durch furchteinflößend. Das eine Auge lag starr unter grimmigen Brauen, dessen milchiggraue Farbe ins Nichts zu blicken schien, derweil das andere rabenschwarz den Tod zu zeigen vermochte. Brauner Dreitagebart bedeckte den ausgeprägten Kiefer und eine unförmige, kantige Nase schnaubte unerschrocken vor sich her. Kahle Schädelflanken vollendeten sein männliches Haupt, auf deren Schnittstelle, mittig gelegen, er eine kurze Irokesenfrisur trug.

»Mein Name ist Arn, Streiter unseres Herrn – des Königs.« Erneut verließen ruhige Worte die Lippen des Fremden, während von der kühlen Luft des Regens Dunst aus seinem Mund aufstieg. Dann fügte er besonnen hinzu: »Und dieser Mann ist kein Geringerer als Thordir aus dem Hause Armar – verlorener Sohn des Torn. Also lasst ihn sofort frei.« Die Forderung klang respektvoll, aber zugleich drohend. Kampfeslust lag in der Luft. Die versammelten Menschen konnten es sichtlich spüren.

Im Wesen glich Arn dem Hexer. Auch er strahlte eine tiefe Ruhe aus, gepaart mit grenzenloser Unerschrockenheit. Nur dass die des Streiters Werte von denen des Hexers wohl in Manchem abwichen.

Ehrfürchtig schaute Thordir zum Fremden hinüber, worauf dessen durchdringender Blick sich vom Antlitz des Kerkermeisters löste und dem Schwarzhaarigen zuwandte. Dabei merkte der Verurteilte, wie schwächlich und gebrechlich er auf ihn wirken musste. Innerlich schrie er aus Leibeskräften um Hilfe, was Arn sicherlich erkannte. Aber in seinem Ausdruck lag kein Mitleid. Auch regte sich darin keine einzige Hautfalte. Er stand nur regungslos da, bewegte hie und da die Pupille oder gab Rede und Antwort.

»Der verlorene Sohn ist tot, das wisst ihr genau!«, schrie der Vollstrecker. »Und einen dahergelaufenen Vagabunden ohne Ehre, der behauptet, Streiter des Herrn zu sein, werden wir, wie jeden anderen auch, mit der Strafe des Hochverrates büßen lassen! Zeig mir dein königliches Amulett – rasch!«

»Ich habe es zwischen meinen Socken liegen lassen«, scherzte Arn steif.

»Wachen! Bringt ihn mir – tot oder lebendig!« Auf den Befehl hin traten die meisten der Bewohner eilig zur Seite oder verließen gar, die Hände schützend über die Köpfe ihrer Kinder, den Platz.

»Soldaten!«, rief der Streiter mahnend zu den Kriegern, die soeben ihre Schwertgriffe umfassten, um die Klingen aus den Schwertscheiden zu ziehen. »Legt eure Waffen nieder und hört mich an – actus recte!« Drei der Soldaten warfen einander unsichere Blicke zu und verharrten schließlich an Ort und Stelle. Drei marschierten strammen Schrittes auf Arn zu. Und der Schwarzhaarige geriet erneut in panische Angst, als er merkte, wie der Kerkermeister sich zu besinnen begann, was er davor eigentlich tun wollte. So widmete der Dickbäuchige seine Aufmerksamkeit wieder Thordirs Armen und seinem Schlachtbeil. Jedoch, im letzten Moment, als der Kerkermeister folgende Worte aus Arns rauer Kehle hörte, hielt er ein und senkte zögernd die Waffe. »Dann werdet ihr sterben!« Arns dumpfe Worte klangen wie mächtiges Donnergrollen durch den prasselnden Regen.

Etwas abseits hinter dem Fremden griff ein Mann mittleren Alters plötzlich unter den Umhang und begann, mit vorsichtigen Bewegungen etwas herauszuziehen. Doch Arn vernahm das Geräusch von reibendem Stahl und schnellte mit dem Kopf über die Schulter. Thordir sah zu, wie Arns verächtlicher Blick das Vorhaben des Mannes abrupt stoppte. Mit hektischen Bewegungen riss der Unbekannte die Hand wieder aus der Mantelöffnung und eilte voller Unbehagen davon. Anschließend richtete der Streiter seine Aufmerksamkeit wieder nach vorne und rannte dem vordersten Angreifer wie ein wütender Stier entgegen. Kurz vor dem seitlichen Schwerthieb des Gegners ließ er sich dann zu Boden fallen, wodurch die scharfe Klinge knapp über sein Haupt surrte. Hinter dem Soldaten sprang Arn pfeilschnell auf, packte den Kopf des Angreifers mit beiden Armen und brach ihm mit einer energischen Bewegung knackend das Genick. Flink griff er das Schwert des Toten aus der noch umklammernden Hand und schubste den leblosen Körper dem zweiten Angreifer, einem Großgewachsenen, entgegen. In diesem Moment stach der dritte Krieger zu, worauf der Streiter mit einem kurzen, aber kräftigen Hieb den Stich ableitete und mit der Kante seiner anderen Hand auf den rüstungsfreien Hals schlug. Der Kehlkopf wurde hörbar zerschlagen und ließ das Opfer erstickend auf die Knie fallen. Panisch betastete der Mann seinen Hals und gurgelte grausige Laute aus der Kehle. Der Hüne von einem Krieger hatte den leblosen Körper seines Waffengefährten mittlerweile auf den Boden fallen gelassen und versuchte, wie ein Verrückter Arns Verteidigung zu zerschlagen – jedoch erfolglos.

Der Schwarzhaarige staunte, wie der Fremde sichtlich mühelos die kräftigen Schläge und Stiche des einen Kopf größeren Gegners zur Seite schlug oder blockte. Zweifelsohne war dieser Mann ein außerordentlich erfahrener Krieger, dachte er sich erleichtert. In jenem Moment vergaß er sogar den Peiniger neben sich und all die Schmerzen, die ihn leiden ließen.

Während Bahl im Kampf zuvor sehr besonnen wirkte, strotzte Arn vor Kampfeswut. Und dieses äußerst aggressive, stets selbstsichere Auftreten verunsicherte die übrigen drei Soldaten, welche noch immer zögerlich, teils ängstlich, an selber Stelle standen und den Zweikampf beobachteten. Nichtsdestotrotz schepperten unweit die Klingen – Stahl krachte auf Stahl.

Arn wich einem schräg geführten Schwertschlag aus, indem er seinen Oberkörper gelenkig zurückbeugte, ehe er blitzschnell nach vorne sprang, um in der Luft einen Gegenschlag zu setzen. Bei der anschließenden Landung schwang er sich sodann mit der ausgestreckten Waffe in eine geduckte Drehung und durchtrennte alle Sehnen der einen Kniekehle. Der Großgewachsene stieß ein kurzes, lautes Stöhnen aus und knickte mit dem verletzten Bein ein. Rasch versuchte er, mit schwingenden Hieben den Fremden hinter sich auf Abstand zu halten, wobei er offensichtlich nicht erkannte, wo sich Arn überhaupt befand. Denn dieser ließ den Hünen zurück und eilte bereits mit weiten Schritten in Richtung Thordir. Einer der zögerlichen Soldaten, der am weitesten vom Streiter entfernt war, steckte plötzlich seine Waffe weg und machte sich davon. Aber ein weiterer älterer Krieger mit langen grauen Haaren, welcher vor der Treppe zum Podest stand, versperrte ihm den Weg. Schützend und in Abwehrstellung hielt er einen Speer vor seinen Leib, während der in Rage geratene Fremde unerschrocken auf den Gegner zustürmte. Schon längst hatte Arn die Angst seines Gegenübers bemerkt – die furchtsame Körpersprache hatte es ihm verraten. Und tatsächlich bedrückte große Unsicherheit den grauhaarigen Soldaten. Als ein Zusammenstoß kurz bevorstand, ließ der Alte die Langwaffe auf den Boden fallen und hob sich ergebend die flachen Hände vor die Brust.

Während des Sprints legte der Streiter sein Schwert flink in die andere Hand, griff sich den hölzernen Schaft des Speers aus der Pfütze, legte die Stichwaffe neben seine rechte Wange, holte aus und schleuderte ihn kraftvoll nach vorne. Die blanke Eisenspitze schwirrte durch den Regenfall über Thordirs Rücken und durchbohrte mühelos das Fleisch des Dickbäuchigen – »Tschag!« Alles ging so schnell. Kaum hatte das Griffstück Arns venendurchzogene Hand verlassen, durchschnitten bereits eilende Schwerthiebe die Seile, an denen der Schwarzhaarige festgebunden war. Von der abrupten Wendung seines Schicksals völlig durcheinander blieb er noch für einen Augenblick liegen und erwachte erst richtig, als Arn ihm unter die Arme griff und auf die Beine half. Beim Umdrehen blickte Thordir in die sterbenden Augen des Kerkermeisters, der aufgespießt auf den Brettern lag. Das lange Geschoss war in den Brustkorb ein- und zwischen den Schulterblättern wieder ausgetreten.

»Folge mir«, befahl Arn leicht keuchend und eilte sogleich der letzten Wache entgegen – einem Jüngling, der gerade mal in die Truppen von Tromstadt aufgenommen worden war. Der junge Mann in schwerer Rüstung stellte sich dem mysteriösen Kämpfer mutig entgegen und brüllte aus vollem Halse: »Stehen bleiben!«

»Verschwinde!«, rief Arn genervt.

Der armarische Soldat hielt ebenfalls einen Speer vor seinen Leib und folgte nun mit hektischen Bewegungen den angetäuschten Seitenschritten des Streiters. Und als er glaubte, seinen Gegner vor der Spitze zu sehen, stach er kräftig zu. Doch Arn schlug den Speer im letzten Augenblick zur Seite weg. Was folgte, war ein brutaler Schlag in das erstarrte Gesicht des Soldaten. Mit dem Schwertknauf traf er den Mund mit voller Wucht – Zähne knirschten, Blut spritzte aus den aufgeplatzten Lippen in alle Himmelsrichtungen und der Kopf wurde in Rückenlage katapultiert. Mit der Rüstung schepperte er zu Boden und blieb mit ausgestreckten Gliedmaßen fast regungslos liegen. Nur die Finger und Füße zuckten, als Thordir humpelnd vorbeieilte, um seinem Retter nahezubleiben. Er verspürte dabei kein Mitleid. Dafür hatte er ganz andere Sorgen. In der Hektik vergaß er sogar, seinem toten Freund Lebewohl zu sagen.

Hinter den beiden Flüchtenden begannen nun einige Bewohner, nach Hilfe zu rufen, und als Thordir einen flüchtigen Blick hinter sich warf, um eventuelle Verfolger zu entdecken, fiel ihm eine Frau auf, die kniend neben dem Jüngling weinte und vehement jammerte. Arn bog nach der Straße, welche zum Henkersplatz führte, nach rechts in eine schmale Gasse ab und blieb dort nahe einer Mauer stehen. Als Thordir mit schmerzverzerrtem Gesicht zu ihm stieß, hob der Streiter warnend seinen Zeigefinger: »Wir müssen so schnell wie möglich Tromstadt verlassen, bevor die ganze Stadt alarmiert ist und sie die Tore schließen. Bleib dicht bei mir und reiß dich zusammen.« Indessen schnitt er ihm behutsam den restlichen Strick von den Handgelenken. Thordir wagte es nicht, vor seinem Retter zu klagen, obwohl ihm nur zu gerne danach gewesen wäre.

Sie ließen schon bald die erste Kreuzung hinter sich, rannten vorbei an handelnden Kaufleuten, spielenden Kindern und streitenden Mägden, welche ihnen allesamt verdutzt nachschauten, ehe sie ihren Tätigkeiten wieder nachgingen, als wäre nichts gewesen.

Einen Steinwurf vor der zweiten Kreuzung sprang Arn plötzlich zur Seite in eine Mauernische hinein und duckte sich, während er mit Handbewegungen Thordir bedeutete, sich ebenfalls zu verstecken. Dieser sah die patrouillierenden Wachen zwar, reagierte aber wegen seiner Schwäche nur schleppend auf die tödliche Gefahr. Doch er hatte vorerst Glück. Die Männer bemerkten seine auffällige Erscheinung nicht, zumal sie auf der Weggabelung stehen blieben, worauf er in dieselbe Nische eilte. Doch wie es der Zufall wollte, drehten sie alsbald in ihre Richtung ab. »Sie kommen«, erklärte er mit hastiger Stimme, worauf Arn kurzerhand zur nahgelegenen Tür eilte, welche noch knapp vom Sichtfeld der Soldaten verborgen lag, und sie aufdrückte. Der Schwarzhaarige folgte ihm daraufhin und schloss sie knarrend. Als er sich umdrehte, um nach dem Streiter zu sehen, starrten ihn zwei ängstliche und zwei kriegerische Augen an. Arn hielt einem Greis, der hinter einem Tisch auf einer Bank saß, den Mund zu, derweil der gebrechliche Mann zitternd noch den Holzlöffel seines Frühstücks in seinen knochigen Fingern hielt. Der Haferbrei tropfte vom Löffel in den dampfenden Teller, indessen der dürre Mann sich einnässte.

Der Schwarzhaarige kam beinahe um vor Durst, weswegen er gierig zum Wasserkrug auf dem Tisch griff und mit lauten Schlucken trank. Wasser rann dabei aus dem Mund über das Kinn den Hals herunter, während die Soldaten mit raschelnden Rüstungen hörbar draußen vorbeigingen. Thordir trank unbeirrt weiter und stellte den Krug leer wieder auf den Tisch. Dann deutete Arn mit einer Kopfbewegung zu der Feuerstelle, wo glühende Scheite brannten. Darüber lag ein verkohlter Eisenrost und dahinter etwas Geschirr, ein abgeschnittenes Stück Brot und eine Handvoll Feldrüben. Etwas abseits lag ein ledernes Futteral, aus dem das Griffstück eines Messers herausragte. Rasch öffnete der Schwarzhaarige die Schnalle seines zerkratzten Gürtels und fuhr die Lasche des Futterals durch den Gürtel, ehe er die Schnalle wieder schloss.

»Los, weiter.« Thordir nickte zustimmend, worauf der furchteinflößende Krieger die Hand vom Mund des Greises entfernte und ihm entschuldigend auf die Schulter klopfte. Der Jäger öffnete vorsichtig die Tür, spähte nach draußen und als er keine Wachen entdecken konnte, eilten sie weiter fluchtartig über die nassen Straßen – von einer Ecke zur nächsten, vorbei an einem Wirtshaus, bei welchem ein halbes Dutzend Gestalten Fässer von einem Karren luden und diese rollend durch eine Pfütze in die Vorratskammer brachten. Aus einem Hinterhof zwischen gestapelten Findlingen und gesägten Holzstämmen erklangen hämmernde Geräusche. Und den Schwarzhaarigen erstaunte es, dass Arn auf ebendiese Laute zusteuerte. Das Geklimper wurde immer lauter. Nach einer baufälligen Hütte bogen sie ab, wo ein graubärtiger Steinmetz in einem Schuppen seinem Handwerk nachging. Sofort hielt dieser beim Zuhauen eines Gesteinsblocks inne, als er sichtlich überrascht die beiden bemerkte. Thordir schaute jedoch genauso verdutzt, als sein Retter durch das zweitürige Tor eilte und dem Arbeitenden die Unterarme zur Begrüßung reichte. Sofort legte der Meißel und Hammer zur Seite und schloss herumblickend die undichten Torflügel.

»Fjall, das ist Thordir aus dem Hause Armar. Thordir – Fjall. Ein guter Mann.« In Arns Worten lagen Respekt und Dankbarkeit. Der einen halben Kopf kleinere Steinmetz streckte dem Lädierten, ohne zu zögern, die Arme entgegen, worauf er die Geste mit angestrengtem Lächeln erwiderte, aber umso deutlicher nickte – die elenden Schmerzen so gut es ging verbergend.

»Welch wundersame Neuigkeiten.« Ein feuchter Glanz lag auf seinen Augen, als er ihm sorgsam ins Gesicht blickte. »Was ist geschehen?«, fügte der Gastgeber hinzu.

»Diese Narren wollten ihn hinrichten lassen. Wir müssen hier weg.« Gerade in diesem Augenblick erklangen dumpfe Töne von Blashörnern aus weiter Ferne, die nur gedämpft durch den prasselnden Regen in den Schuppen drangen.

»Dahinten sind die Palisaden niedrig, da könntet ihr springen.« Der Graubärtige zeigte in die Richtung. »Der Wald ist nicht sehr weit.«

»Die Schützen, alter Freund – kannst du sie ablenken?«

»Wird erledigt.«

»Hab Dank, Fjall.«

»Lebt frei oder sterbt stolz.« Des Steinmetzes Worte drangen tief in Thordirs Verstand und rührten ihn sogleich zu Tränen. Wie durch einen Schleier sah er abwechselnd in die ehrenwerten Augen dieser beiden Fremden und war überwältigt von ihren heldenhaften Persönlichkeiten. Einiges hätte Thordir sagen wollen, aber nicht der Hauch eines Tones glitt ihm über die Lippen. Doch sein Herz erwärmte sich und Gänsehaut durchfuhr seinen Leib. Prellungen, Schnitt- oder Stichverletzungen begannen sich plötzlich anzufühlen, als würden sie den Verstand nur stärken anstatt schwächen. Allmählich reifte ein eiserner Wille heran, der die Sinne schärfte und die Furcht vertrieb. Es war ein unbeschreiblich mächtiges Gefühl, welches er in diesem Moment spürte – zu merken, dass er nun dabei war, aus den Tiefen des Elends zu steigen. So sprach er still zu sich selbst: »Ja, ich lebe frei oder sterbe stolz!«

Alles ging sehr schnell. Kaum preschte Fjall durch das Tor nach draußen, eilten die beiden Gefährten durch die Hintertür hinaus. Über niedrige Äste eines Apfelbaumes balancierend, gelangten sie auf ein schmieriges Bretterdach eines Ziegenstalls, der an die dicken Holzstämme des Palisadenwalls angebaut war. Zur Linken, einen deutlichen Steinwurf entfernt, erspähte Thordir einen Beobachtungsturm und ganz in der Nähe davon, verbunden mit einem überdachten Wehrgang, einen zweiten. Sie überragten die meisten Hausdächer der Stadt und wirkten bedrohlich in jener Situation. Zwei oder drei Gestalten waren dort oben durch das neblige Licht zu sehen, die ruhig dastanden. In welche Richtung die Krieger blickten, konnte man aber nicht erkennen.

Mit zum Zerreißen gespannten Nerven und in geduckter Haltung wartete der Schwarzhaarige auf die Ablenkung von Fjall, währenddessen die Spannung Arns Gemüt nicht sonderlich zu berühren schien und er sich dann zu Thordir umdrehte und zuversichtlich zu erklären begann: »Die Wachen werden uns bald entdecken, wenn wir zunächst über die offenen Felder rennen. Sie werden drohen, auf uns zu schießen – was ich aber bezweifle.« Arn räusperte sich leise und fuhr fort: »Nervöse Finger gibt es immer, also renne nicht starr geradeaus, ansonsten bist du ein zu leichtes Ziel.«

Der Jäger versuchte, nicht daran zu denken, stattdessen konzentrierte er sich auf die bevorstehende Flucht. Doch eine Frage brannte ihm noch auf der Zunge, obwohl er die Antwort bereits kannte. »Werden sie uns verfolgen?«

»Ja, mit Pferden.« Es hörte sich fast so an, als wäre er stolz darauf, dass sie die beiden mit Rössern verfolgen würden. Der Schwarzhaarige war sich sicher, dass Arn den Tod nicht fürchtete, und schüttelte daraufhin ehrfürchtig den Kopf, derweil er seinen Retter für einen kurzen Moment beobachtete.

Allmählich ließ der Regen nach und alsbald roch es nach einem Gemisch aus feuchtem Gras und modrigem Moos. Raschelndes Gestrüpp unter ihnen ließ Thordir mit einem Schulterblick nachsehen. Den Streiter kümmerte es nicht. Wohl deshalb nicht, weil es sich für eine Ziege offensichtlich nicht lohnte, den Fokus auf das Bevorstehende zu unterbrechen. Geschlitzte Pupillen sahen ihn an, als hätte der Vierhufer noch nie einen Menschen gesehen.

Dann schallten laute Rufe durch die kühle Luft. Sie kamen aus der Richtung der Türme. »Rasch.« Thordir zuckte zusammen, sprang aber mit Arn auf die angespitzten Palisadenstämme, zog sich mit den Händen nach oben und schwang das rechte Bein nach. Oben angelangt waren die beiden leicht auszumachen, sodass sie eilig den schnellsten Weg nach unten suchten. Viele Möglichkeiten gab es nicht und so ließen sie sich fallen. Die knappen vier Zollstöcke Höhe zwangen die Flüchtenden mit einem derben Schlag tief in die Hocke. Und durch den abschüssigen Hang, der unmittelbar folgte, verloren sie sogleich das Gleichgewicht, stürzten hinab und überschlugen sich mehrmals, bis sie vor dem breiten Fluss, welcher Tromstadt gänzlich umschlang, liegen blieben. Gegenseitiges Nicken bestätigte die Unversehrtheit des anderen und so erhoben sie sich wieder auf die Beine und begannen, den knietiefen Tromsur zu überqueren – ein wachsames Auge jederzeit auf die Wachtürme gerichtet und eines, welches jeden zurückgelegten Abschnitt feierte. Der Schwarzhaarige fühlte bereits die Freiheit, wurde jedoch durch die verstummenden Hilferufe von Fjall auf einen Schlag in die tödliche Realität zurückgeworfen. Zum Glück lag nebliger Dunst zwischen den erdigen Flussufern, was dazu führte, dass sie die andere Seite zwar frierend, aber ungesehen erreichten.

Es war zu erkennen, dass sich einer der Soldaten, welcher den Gefährten den Rücken zuwandte, mit jemandem unterhielt. Ein weiterer stand etwas davon entfernt zwischen hölzernen Zinnen, in östliche Richtung gedreht. Und da fiel ihnen noch ein Dritter auf, der vom zuvor zügigen Umhergehen auf dem Wall nun regungslos verharrte und direkt zu Thordir zu starren schien.

»Oh-oh-oh«, klagte der Schwarzhaarige panisch, schnellte mit dem verzerrten Gesicht nach vorne und nahm die Beine in die Hand.

»Halt – ihr da!«, schrie eine harsche Stimme. »Stehen bleiben!«

Wie die Gepeitschten jagten sie über die Ebene, wo Bauern mit gewaltigen Kaltblütern das weite Ackerland bewirtschafteten. Die Pflüge hinterließen tiefe Furchen im Erdreich, während Mensch und Tier in größter Anstrengung vor sich hinschnaubten.

»Halt oder wir schießen!«

Sofort erinnerte sich Thordir an Arns mahnenden Worte: »Renne nicht starr geradeaus.« So schlug er ab und an Haken, malte sich aber bereits aus, wie die Armbrustschützen ihre Sehnen gespannt hatten und auf die zwei Fliehenden zielten. Momente fühlten sich an wie Ewigkeiten. Als ein kleiner Vogel an Thordir vorbeiflog, zuckte er zusammen, da er dachte, es sei ein heranfliegender Bolzen. Aber es schwirrten keine Geschosse heran, ehe sie die Straße zur Linken erreichten. Der Wald war zum Greifen nah, doch dann begannen hinter ihnen wild gewordene Pferde, zu wiehern und brüllende Rufe von Kriegern schallten über das Land.

Wie die Verrückten hetzten sie über die matschige Straße. Keiner blickte zurück. Der Streiter befand sich direkt hinter Thordir – seine schnaubenden Atemzüge überdeutlich hörbar. Sein Schnauben klang doppelt so laut wie das des Schwarzhaarigen, er hatte jedoch auch das Doppelte an Wintern auf dem Buckel. Für das Alter besaß der gefürchtete Krieger eine unbändige Ausdauer.

»Links!«, befahl Arn plötzlich mit ruckartiger Stimme. Denn vor ihnen verzweigte sich die unbefestigte Straße in zwei Richtungen. Ein verwitterter Wegweiser deutete nach Ehrelon und Amanth. Die eingeritzte Schrift war mit weißer Kreide ausgemalt und von Weitem lesbar. Hier an der Weggabelung sammelte sich das Wasser in Schlammmulden, welche das Vorwärtskommen deutlich erschwerten. Und kaum waren die beiden abgebogen, fauchte der Streiter von hinten: »Rechts in den Wald – rasch!« Und sowie er das sagte, donnerten auch schon die Pferdehufe heran. Nur knapp wurden sie von den Schlachtrössern verfehlt, die allesamt gepanzerte Rüstungsplatten an Kehle und Brust trugen.

»Haaalt!«, brüllte der vorderste Reiter, worauf lautes Gewieher folgte. Thordir und Arn preschten strauchelnd durch dichtes Gestrüpp, ehe die Verfolger von den Vierbeinern absprangen und zügig ihre Fernwaffen schulterten. Den Schwarzhaarigen quälte eine böse Vorahnung, als er keine verfolgenden Schritte hinter sich hörte. So drehte er hastig seinen Kopf zurück, während die Beine weiter über unebenen Morast eilten. Mit Entsetzen sah er zwischen seiner und Arns Schulter sowie jeglichen Bäumen, Ästen und Blattwerk hindurch mehrere abschussbereite Armbrüste. Nur im allerletzten Moment gelang es ihm, mit einem kräftigen Hechtsprung den Streiter zu Fall zu bringen, ehe spitze Bolzen über ihre Körper hinwegflitzten und krachend die nächstgelegenen Borken zersplitterten – einige verschwanden zischend in den Tiefen des Waldes.

Thordir hatte das Gefühl, einen Ochsen angesprungen zu haben, so breit und schwer war Arns Leib. Der Aufprall auf dem Erdreich war ebenfalls hart und verschlug ihnen kurzzeitig den Atem. Doch die Gefährten waren nicht aufzuhalten. Auf Gedeih und Verderb, wie wildgewordene Keiler fegten sie durch das Unterholz, bis es immer stiller um sie herum wurde. Mittlerweile hatte auch der Fremde einen Blick nach hinten erhascht, derweil seine Beine langsamer wurden und er sodann mit weit aufgesperrtem Schlund zum Stillstand kam. Der Gepeinigte stützte sich an einen Baum, worauf ihm übel und schwindlig wurde. Viel Blut hatte er verloren.

Arn ließ keine Zeit verstreichen. Auch jetzt noch strotzte der Krieger vor unbändiger Ausdauer und Willensstärke, als wäre nichts vorgefallen. Eilig begann er, einen Streifen seines Hemdes abzureißen, und band den Fetzen mit einem festen Knoten um Thordirs Arm, dort, wo die Wurzel seine Haut durchbohrt hatte.

»Gut gemacht«, lobte er den Schwarzhaarigen und nickte respektvoll. »Gehen wir hier lang, suchen unterwegs nach Essbarem, Wasser und einem Versteck. Du solltest dich so bald wie möglich ausruhen.«

»Ja ... ausruhen.« Schwächliche Laute verließen Thordirs Mund. Auch jetzt hätte er nur zu gerne etwas mehr gesagt, doch es fehlte ihm schlichtweg die Kraft dazu. Im darauffolgenden Marsch durch den Mischwald, in dem stämmige Eichen neben schmalen Erlen gediehen und niedrige Birkengruppen Lichtungen säumten, nickte der Schwarzhaarige immer wieder ein. Mehrmals musste ihn Arn auffangen, stützen oder leiten.

»Nicht mehr weit, Thordir. Versuche, an nichts zu denken. Deine Beine werden dich trotzdem tragen und noch dazu viel weiter, als du glaubst. Die Ausdauer liegt im Willen, nicht in den Beinen – dir wird es bald besser gehen.« Der Schwarzhaarige vernahm die Worte des Kriegers an seiner Seite wie durch dämmende Federkissen an den Ohren. Aber trotzdem unterstützten sie seinen Mut, weiterzugehen und nicht aufzugeben. Einen Fuß vor den anderen zu setzen, obwohl der Leib nach

Schmerzen und Kälte geradezu nach Ruhe schrie, war für den Jäger aber trotzdem bald nicht mehr zu ertragen. Seine Augen schlossen sich nun vollends. Auch die Geräusche des Forstes wurden sehr leise, bis sie verhallten. Thordir spürte schließlich nur noch, wie er irgendwo hingesetzt wurde.

12

Allmählich zogen schwarze Wolken über das Land der Armaren. Vom Osten herkommend glitten sie still und schwerelos wie ein mächtiger Schild über die Gebirgsketten nach Westen, um sogleich alles Daruntergelegene in düstere Schatten zu hüllen – »Ein Unwetter zieht auf«, wahrsagte der Streiter in den Himmel blickend. Er beobachtete, wie das Gelbe der Sonne von der Finsternis soeben verschluckt wurde und auch der letzte Abendschein verblasste. Bald schon rollten an den Ausläufern der Eisenberge die ersten Donner heran, ehe grauer Regenschauer Land und Himmel wie ein Tuch überzog.

Arn ruhte auf einem Hügel stehend unter einer dichten Fichte, als der strömende Regenfall rauschend über ihn hereinbrach. Mit verschränkten Armen beobachtete er die zu seinen Füßen liegende Landschaft, wie sie von den Wassermassen erfasst wurde. Sein strenger Gesichtsausdruck wanderte langsam zur Seite, als die ersten Blitze dort in der Ferne auftauchten und zögernd zischend durch die Nacht jagten – gleißend hell zu dieser Stunde. Alsbald verschwanden jene weiten Wälder, kahlen Felder und nackten Felsen wieder unter rabenschwarzem Gewande.

Arn spürte, dass Bedrohliches in der Luft lag – es näherte sich etwas. Zwischen dumpfem Donnergetrommel und krachenden Blitzschlägen erklangen Laute, die von denen der Natur abwichen. Sie gelangten mit dem Wind aus nordwestlicher Richtung hierher. Der Streiter schärfte seine Sinne und horchte genau hin. »Kriegsglocken. Tromstadt.«

Schweres Metall wurde mit gestählter Muskelkraft angehoben und über nassem Eisen ohrenbetäubend niedergeschlagen. Bebend erzitterten tausende von Wassertropfen auf den geschmiedeten Verzierungen der gewaltigen Kriegsglocke, ehe der gepeitschte Laut sich in alle Himmelsrichtungen verteilte. Den langen Schaft des mächtigen Hammers mit beiden Händen fest umklammert, wurde er alsbald von einem Soldaten in Stellung gebracht, um ihn erneut keuchend in die Höhe zu hieven, um mit Schwung fallen zu lassen.

Der Klang des Krieges erreichte so in Windeseile jede Ecke der Stadt und warnte gleichermaßen alle umliegenden Siedlungen und Höfe. Jeder Armarer, ob Bauer, Mädchen, Knabe oder Weib wusste, was dies zu bedeuteten hatte. Sense, Puppe, Holzschwert oder Besen ließ man an Ort und Stelle liegen – Eile war geboten. Sie alle wussten nun um ihre Pflichten, ob Jung oder Alt, um dem herannahenden Feind siegreich entgegenzutreten oder den Eindringling zumindest lange genug aufzuhalten, bis Verstärkung eintraf.

Arn starrte angestrengt durch die regnerische Finsternis, derweil er sich im Klaren war, dass viele der angrenzenden Hütten um Tromstadt die Hammerschläge wohl nicht gehört hatten. Denn, so glaubte er, verstummten sie bereits. Viele würden schon in den Betten, gefangen in ihren Träumen, friedlich schlafen – sie ahnten nicht, in welcher Gefahr sie sich befanden.

Mit jedem zuckenden Blitzschlag versuchte der Streiter, etwas aus den fern gelegenen Palisaden oder davor zu erkennen. Ab und an wurden die östlichen Ebenen erhellt oder die Westlichen. Manchmal Teile der Stadt. Dann wiederum Gebiete der südlichen Ausläufer – nichts. Keine verdächtigen Schatten, keine Flammen.

Jetzt, als der Kämpfer die Szenerie beobachtete, kam ihm das Fort angreifbar vor. Irgendwie lag es für ihn inmitten der Ebene verloren da. Doch wenn die raue Gewalt der Natur über die Menschen hereinbrach, wirkte so manches kleinlich und schwach.

Kurz vor Mitternacht, als sich der Zorn des Himmels allmählich legte, schoss wie aus dem Nichts ein weiß gezackter Blitz herab. Laut krachend schlug er in die Wasser des Tromsur und riss Arns Aufmerksamkeit auf sich. Denn das Licht gab die Sicht frei auf Hunderte schwarzer Punkte inmitten von Wasser und Weide. So rasch das Licht auch kam, so schnell verschwand es auch wieder. Von nun an glaubte der Streiter, schrille Schreie zu hören. Ebenso die Laute von aneinanderschlagenden Klingen und dumpfen Rammbockschlägen – aber dies, wusste er mit Sicherheit, war nur Einbildung.

Gedanken kreisten in seinem Kopf, als er den grasigen Hügel hinabstieg: »Wer ist unser Feind?« Beinahe blind vor Schwärze fand der Krieger trotzdem den Pfad zurück zur Höhle, wo er Thordir zurückgelassen hatte. Nur schleierhaft erkannte man den niedrigen Eingang von außen, welchen er zuvor mit Grünzeug verdeckt hatte, aus dem schwach flackerndes Licht drang. Raschelnd schob er das Blattwerk zur Seite.

Der Schwarzhaarige schlief am Ende der hüttengroßen Grotte auf sandigem Boden, ehe Arn trockenes Buchenholz ins Feuer nachlegte. Dessen durchnässte Kleidungsstücke trockneten zwischen hüfthohen Stalagmiten, während der Schlafende selbst nur mit der Bruoch bekleidet dalag. Jedoch wärmten ihn die Flammen zu Genüge, sodass er nicht fror. Seine Wunden wurden mit dem versorgt, was der Wald hergab. Blutungsstillende Baumharze, schmerzlindernde Kräuter und seltene Wurzeln, welche die Heilung vorantrieben. Auch der furchtlose Krieger kannte sich damit aus, obgleich er wie Thordir ebenfalls keine tieferen Kenntnisse wie die eines Alchemisten oder Kräuterkundlers besaß. Aber es reichte hierfür.

Um den drastischen Flüssigkeitsverlust des Verletzten wieder aufzustocken, musste er ihn nun aus dem Tiefschlaf wecken, damit er trinken konnte. Es dauerte eine Weile, bis er erwachte. Schleppend richtete er sich auf und hockte sich hin. »Du musst trinken.« Der Jäger formte seine beiden Hände zu einer Schale und ließ Arn sein eigenes mit Regenwasser vollgesogenes Unterhemd in die Handflächen auswringen. Jeder Schluck war eine Wohltat. Danach schlief er sofort wieder ein.

13

Viele waren gekommen. Alle versammelten sich in der Mitte der Stadt, auf einem großen mit Pflastersteinen bedeckten Platz. Von allen Himmelsrichtungen, aus engen Gassen und Türen kamen sie dahergelaufen. Kein einziges Wort wurde gesprochen, kein Geschrei von Kindern erklang. Ihre Blicke richteten sich ausnahmslos auf den jungen Mann mit den schwarzen, langen Haaren, der auf dem hölzernen Podest kniete. Seine Hände wie auch die Füße lagen in schweren Ketten. In einem Moment noch dahergelaufen, blieben alle Anwesenden auf einen Schlag stehen. In ihren Gesichtern regten sich keine Emotionen – weder Erbarmen noch Hass noch Belustigung. Hunderte der übermenschlich geweiteten Pupillen starrten unaufhörlich zu ihm herauf. Sie glotzten ihn zwar an, aber trotzdem sahen ihre leblos anmutenden Augen ins Nichts. Anschließend, wie durch einen fernen Zauber geleitet, begannen alle ihre Köpfe gleichzeitig zur Seite zu wandern, um einen daherkommenden Schlächter zu beobachten. Ein feister Hüne, dessen nackter Oberkörper dicht behaart und übersät mit eiternden Pusteln war. Über das Haupt gestülpt trug er einen blutbefleckten Jutesack, der am Hals mit einem Strick zugeschnürt und mit zwei ausgeschnittenen Sehschlitzen versehen war. Sein schwerfälliger Marsch durch die Menge wurde von traurigen Klängen begleitet – gespielt von uralten, längst vergessenen Instrumenten. In den Pranken hielt er eine rostige Axt. Und als der Henker schnaubend die wenigen Stufen hochstieg, durchzogen grausige Gedanken den Schwarzhaarigen. Die Menschen richteten erneut wie aus Geisterhand ihre Blicke auf den Verurteilten, worauf der Gefangene in Panik geriet und mit aller Kraft zu strampeln begann. Übermäßig viel Blut quoll unter den metallenen Ketten hervor, als der Verurteilte sich loszureißen versuchte. Doch die Bewohner ließen ihn toben, bis er vor Erschöpfung zu Boden sackte. Durch sein getrübtes Sichtfeld beobachtete der Gepeinigte, wie die Gesichter der Frauen, Männer und Kinder irgendwie anders wurden. Seltsame Veränderungen gingen vonstatten. Denn deren Haut, die Augen, ja selbst die Haare wirkten plötzlich kränklich, befremdlich und unheimlich. Des Jägers Herz fing an zu rasen. Der Atem stockte. Heißer Luftstrom durchzog seinen Körper. Abgrundtiefe Furcht breitete sich aus wie eine Krankheit in seinem Verstand.

- 14 -

Thordir?«

»Hm – was?!« Thordir riss die Lider auf und wälzte sich erschrocken zur Seite, derweil ihn der Mann mit dem grauen Auge entspannt ansah.

»War es die Hinrichtung?«

»Phuu – ja.« Erleichtert pustete er die Luft aus den Lungen und setzte sich schleppend auf einen kleinen Stein neben der sandigen Kuhle, in der er geschlafen hatte. Der Schwarzhaarige rieb sich die Müdigkeit aus dem Gesicht, während Arn regungslos vor der Feuerstelle stand und die tanzenden Flammen beobachtete.

Trotz der gelungenen Flucht aus der Stadt wäre dies nun einer derer Momente gewesen, in der tiefe Trauer über den Schwarzhaarigen hereinbrach. Doch die furchtbaren Erinnerungen, die nun kurzzeitig auftauchten, blendete er sofort wieder aus und sah stattdessen demütig zu seinem Retter. »Seine Feinde tun mir leid«, dachte Thordir im Stillen, derweil ihm ein verhaltenes Schmunzeln über die Lippen fuhr, er es jedoch rasch wieder verbarg, da die Soldaten in Tromstadt zu seinen Waffenbrüdern gehörten.

»Warum bist du dir so sicher, dass ich der verlorene Sohn des Königs bin?«, fragte der Jäger in zweifelndem Tonfall.

»Dafür habe ich lange genug an Torns Seite gedient, um dies zu erkennen.«

»Du kennst den König persönlich?« Daraufhin stützte er sich erregt vom Stein ab und sah mit verblüffter Miene zum Fremden, derweil seine Beine noch unsicher wankend das Gleichgewicht suchten. Arn erwiderte den Blick und sprach mit freundlicher Stimme: »Dein leiblicher Vater – ja. Ich kenne ihn sehr gut. Meine Dienste für Armarien habe ich in den Reihen der königlichen Leibwache geleistet.«

»Geleistet? Was ist passiert?« Arns Ausdruck verfinsterte sich auf einen Schlag, worauf er den Kopf zum Feuer drehte. Thordir war es unangenehm, gefragt zu haben. Es geschah das erste Mal, dass er den tollkühnen Kämpfer so sah – irgendwie verletzt und nachdenklich.

»Nun, lass uns aufbrechen«, lockerte der Schwarzhaarige die Stimmung und begann, die halbwegs trockenen Kleidungsstücke von den Stalagmiten einzusammeln.

»Hier.« Arn streckte ihm ein gekrümmtes Rindenstück entgegen, prallgefüllt mit Bärenkleeblättern, Birkenknospen, Habichtspilzen und allerlei anderen Leckereien. »Iss, so viel du magst.« Ein breites Grinsen durchzog das lädierte Gesicht, welches noch immer völlig verdreckt war, als er die fein angerichtete Schale dankbar entgegennahm. »Und wasch dir deinen Kopf – was sollen die Leute von uns denken.« Das anschließende Lächeln passte so gar nicht zum imposanten Krieger. Und Thordirs herzhaftes Lachen erwies sich als die beste Medizin, die ihm an diesem Ort zur Verfügung stand.

Bald waren sie abmarschbereit. Doch bevor sie die Grotte verließen, hielt Arn nochmals inne, schaute zu Thordir herüber, der etwas hinter ihm ruhte und nickte sanft – das Zeichen des Aufbruchs.

Die beiden Gefährten brachen in Richtung Osten auf – leise und doch rasch. Regen fiel keiner mehr, obwohl es noch ausgiebig von den Bäumen tropfte. In der Mitte des Tages verließen sie kurzzeitig den Mischwald und wateten durch überflutete Moorgebiete, in denen scharfkantige Schilfe und weiche Moose gleichermaßen gediehen. In den großflächigen Pfützen und Teichen schwammen Fische verschiedenster Arten, welche von den umliegenden Bächen herausgespült worden waren und sich nun abseits ihrer Lebensräume tummelten. Gelbschwarze Molche kraxelten über pitschnasse Grasbüschel, fette Kröten quakten lautstark vor ihren Erdlöchern und blaue Libellen flatterten von einer Pflanze zur nächsten. Gelegentlich pflückte der Schwarzhaarige Myrkraut, welches im Schatten von mächtigen Eichenwurzeln wuchs, und kaute es, bis der bittere Saft brennend die Kehle herablief. Es half etwas gegen die Schmerzen.

Grauer Himmel lag über und grünes Gras unter ihnen, als sie über eine Wiese wanderten, an deren Ende sich niedrige Hügel reihten. Nach dem Durchwaten eines Bachbettes gelangten die beiden in den nächsten Mischwald, wo sie nach einem guten Steinwurf auf eine riesige Lichtung stießen, in deren Mitte sich ein Weg befand. Noch im Schutze der Vegetation kniete sich Arn hin, um die Lage einzuschätzen. Thordir tat es ihm gleich und spähte zwischen zwei Büschen hindurch und horchte genau hin. Nach einem Moment der Stille bedeutete der Streiter Thordir mit Handbewegungen, weiterzugehen. Doch kaum gelangten sie an den lichten Waldesrand, ertönten die bedrohlichen Laute von marschierenden Kriegern. Beide schauten sich fragend an, ehe sie wieder im Schatten der Bäume verschwanden. Und derweil der Jäger rasch hinter einen großen Stein hechtete und sich nervös in den belaubten Boden einzugraben versuchte, kam der Kämpfer verhalten hinter denselben Felsen geschlichen und blickte in die Richtung, aus der die Geräusche kamen. Arns kriegerische Augen beobachteten, wie die ersten Fußsoldaten plötzlich aus dem Wald in die Lichtung traten und eilig den schlammigen Weg entlang marschierten – dicht gefolgt von Weiteren, Dutzenden und zu Hunderten.

»Tscha, tscha, tscha, tscha, tscha, tscha, tscha.« Im Gleichschritt glitt die schwer gepanzerte Viererkolonne an den Gefährten vorbei, ohne enden zu wollen. Wie ein übergroßer eiserner Tausendfüßler schritten die Männer in furchteinflößender Kriegsformation vorwärts. Ihre Flanken wurden von gerundeten Dreieckschildern geschützt – allesamt nach außen gerichtet. Das Heer trug dieselben Rüstungen wie jene Soldaten, die Thordir gefangen genommen hatten. Dicke, mattgraue Metallplatten schützten die Schultern, Brust, Rücken und den Bauch. Dazwischen verband ein geschwärztes Kettenhemd die Einzelteile, welches die Bewegungsfreiheit wahrte. Ihr ovaler Helm, der sich nach oben zuspitzte, verfügte über einen robusten Nasenschutz und bewegliche Wangenschützer. Zudem sorgten aneinandergenähte Eisenplättchen für einen guten Nackenschutz. Auf den Oberarmen lag ebenfalls ein Kettenhemd. Als Abschluss folgten Unterarmschützer aus dreifach gehärtetem Leder, Oberschenkelplatten, bewegliche Kniekacheln und Beinschienen. Unter dem schweren Rüstzeug trugen die Männer strapazierfähige Lederhosen, hohe Stiefel und ein bequemes Langarmhemd. Schwert und Dolch hingen am Gürtel.

Damit nicht genug, etliche Schlachtrösser begleiteten die königlichen Truppen, welche zusätzlich mit langen Speeren bewaffnet waren. Es nahm kein Ende, die Kolonne schien endlos lang. Arn schätzte das Heer auf fünfhundert Mann. Thordir wollte sich das Spektakel trotz allem Geschehenen nicht entgehen lassen und kroch dann doch zur Steinkante vor, wo er das vorbeiziehende Heer beobachten konnte.

Bis auch die allerletzte Reihe in der Waldöffnung verschwunden war, verging einige Zeit und die Sonne, nur anhand eines blassen Kreises durch die Wolkendecke sichtbar, drohte schon unterzugehen. Nun kehrte eine ungewöhnliche Stille ein. Die Tiere des Forstes, so schien es, hatten sich bereits in ihre sicheren Bauten unter der Erde oder unerreichbaren Nestern in den Baumkronen zurückgezogen – so, als fürchteten sie die bevorstehende Nacht.

Der Jäger merkte nicht, dass der Streiter zu ihm herübergeschlichen war. Erst als er dessen Hand auf der Schulter spürte, wandte er sich ab und blickte zur Hand, welche übersät von Narben und durchzogen mit dicken Venen waren. Am schwarzen Ärmel entlang wanderten Thordirs Augen, bis sie bei den grimmigen Gesichtszügen stehen blieben. Erst jetzt fiel ihm auf, dass ein kleines Stück seines rechten Ohres fehlte.

»Wo die wohl hingehen?«

»Wahrscheinlich nach Tromstadt«, antwortete Arn mit rauer Stimme. »Wenn mich meine Sinne nicht täuschten, fand letzte Nacht ein Angriff statt. Viele dunkle Schatten bewegten sich auf den Ebenen der Stadt.« Nachdem er die Worte zu Ende gesprochen hatte, strich er sich mit den Fingern über den kurz geschnittenen Bart und schien in seine Gedankenwelt einzutauchen. Thordir verzog daraufhin das Gesicht, während er seine Spucke schluckte und ungläubig nachhakte: »Aber ... wer sollten unsere Feinde sein?«

»Genau dies gilt es herauszufinden – es kann nicht warten. Außerdem ist es mir sowieso nicht möglich, dich bis vor die Tore Ehrelons zu begleiten.«

»Aber Tromstadt ...«

»Vorerst folge ich dem Heer«, unterbrach ihn Arn fokussiert. Dann drückte er mit der aufliegenden Hand freundschaftlich Thordirs Schulter und sah ihn an. »Ich würde dich nie im Stich lassen, wenn es nicht sein müsste – Sohn des Torn.« Er grinste und nickte dabei mit sanfter Kopfbewegung. »Dein Wille ist stark. Ein Tagesmarsch südöstlich von hier liegt die Hauptstadt.« Der mächtige Streiter begann schließlich, zu strahlen. »Geh und sprich mit Torn. Die Wachen werden dich hereinlassen. Sie sind nicht so töricht wie die anderen.«

Der Schwarzhaarige hätte seinem Retter nie widersprochen und streckte ihm sogleich die Unterarme entgegen, worauf dieser die respektvolle Geste rasch erwiderte. Beim Greifen des Arms spürte er die gewaltigen Muskeln des Kriegers und konnte nur knapp die Hälfte ihres Umfangs greifen, während Arns Hand seine beinahe umfassten.

»Hab Dank – Freund. Wir sehen uns wieder, dessen bin ... bin ich mir sicher.« Des Jägers Augen wurden wässrig, als er voller Stolz in seines Retters Antlitz blickte.

»Das werden wir. Es ist mir eine Ehre, Sohn des Königs.«

»Lebe frei oder stirb stolz.«

»Lebe frei oder stirb stolz.« Der Kämpfer nickte ein weiteres Mal, zog zügig die Hand von Thordirs Schulter und begann, die Verfolgung der Truppen aufzunehmen, ehe er hinter Sträuchern verschwand. Am liebsten hätte er Arn vom Hexer erzählt. Die Gedanken an ihn kreisten hie und da in seinem Kopf, als sie am heutigen Tage gewandert waren. Aber jetzt war er froh darüber, sie nicht ausgesprochen zu haben.

Eine Weile blieb er noch stehen, bis er merkte, dass es wohl Zeit war, einen Unterschlupf für die Nacht zu suchen. Und kaum dachte er an Schlaf, überfiel ihn eine belastende Müdigkeit. Keine Stelle war an seinem Leib, die nicht schmerzte oder fürchterlich juckte. Wie sehr sehnte er sich nach einem warmen Bad und einem ordentlichen Stück Hirschkeule oder dergleichen – »Knusprig gebratene Haut, innen saftig zart, dazu heiße Pellkartoffeln mit Kräutern und aufgeschäumter Ziegenmilch.« Ein langer Seufzer verließ seine Kehle.

Es dämmerte bereits, als er eine gedrungene Weißtanne mit dichten Ästen entdeckte, welche ihm zumindest etwas Windschutz bot. Außerdem lagen haufenweise Nadeln am Boden herum, die er neben sich wie einen kleinen Wall auftürmen konnte. Nachdem er damit fertig war, sah er mit kritischem Ausdruck auf sein primitives Nest herab und legte die Stirn in Falten – ein tiefes Schnauben erklang aus seiner Nase. Der Schwarzhaarige wusste, dass diese Nacht fürchterlich werden würde. In diesem Nest hätte selbst ein Dachs nicht geschlafen, höchstens seinen Haufen gesetzt, wusste er mit Sicherheit. Doch es blieb ihm nichts anderes übrig, als sich dem Schicksal zu beugen. So legte er sich auf das feuchte Erdreich hin und zog die lederne Kapuze über den Kopf.

- 15 -

Wie unzählige Glühwürmchen leuchteten gelbe Flammen vor seinen Augen, indessen das Schwarze der Nacht hinter ihm klamm dalag. Die Fackeln der Soldaten bewegten sich eilig den mit Pfützen gesäumten Weg entlang und nur leise waren die schellenden Laute der Rüstungen aus dieser Entfernung zu hören. Arn versuchte, in der finsteren Umgebung mit den Kriegern Schritt zu halten, ohne dabei mit knackenden oder plätschernden Tritten sich zu verraten. Denn es war nicht ungewöhnlich, dass das Heer an den Waldrändern Späher zurückließ, um mögliche Verfolger auszumachen, wusste er. Der Forst wirkte deshalb bedrohlich und Gefahr hätte hinter jedem Busch und hinter jedem Baum lauern können. Mit weit geöffneten Augen durchsuchte der Kämpfer deshalb immer wieder die Konturen der Natur, um darin menschliche Köpfe, Arme oder Beine zu erkennen. Das Schwert hielt er kampfbereit in der Hand.

Des Königs Soldaten marschierten die ganze Nacht hindurch – im Eiltempo und ohne Rast.

- 16 -

Ein Gedanke jagte den nächsten, während die feuchte Erde und die kühle Luft das Einschlafen zusätzlich erschwerten – von den qualvollen Wunden ganz zu schweigen. Als Thordir vor Erschöpfung irgendwann trotzdem einnickte, plagten ihn Albträume. Selbst raschelndes Laub oder kratzende Geräusche ließen den Schwarzhaarigen unruhig werden. Auch wenn er nun die Gewissheit besaß, dass sich die Tromstädter durch den Angriff mit anderen Sorgen herumschlagen mussten, so belästigte ihn trotz allem der Verfolgungswahn.

Mit starrem Nacken erwachte er aus dem unruhigen Schlaf, derweil üble Laune seinen Gesichtsausdruck zeichnete. Und wüste Flüche verließen des Jägers heisere Kehle, als er sodann prüfend die weite Lichtung beobachtete. Selbst die Wildschweine, die am anderen Ende durch das Halbdunkel trabten, verbesserten seinen Gemütszustand nicht. Das Einzige, was er in jenem Moment wollte, war Ruhe und Wasser. Noch schlaftrunken schüttelte er die Nadeln von den Kleidern und machte sich auf in Richtung Südosten.

17

Im Morgengrauen, als die ersten Sonnenstrahlen sich durch den lichten Nebel durchzudrücken versuchten, verließ Arn den matschigen Feldweg, um nicht entdeckt zu werden, und huschte eilend vorbei an dicht verflochtenen Feuerdornstauden, immergrünen Farnen und niedrigen Laubbäumen – ehe die Laute von aneinander reibenden Rüstungsteilen allmählich verstummten. Daraufhin verlangsamten sich ebenfalls die Schritte des Kämpfers. Noch vorsichtiger als zuvor schlich er nun äußerst aufmerksam geduckt vorwärts.

Schon bald roch es ekelerregend nach Schweiß und Fäkalien. Denn der Wind hatte sich gedreht und brachte nun den Geruch von rund fünfhundert Mann in Arns Nase. Des Kriegers Vermutung bestätigte sich, dass das Heer dabei war, eine Rast einzulegen.

In diesem Moment würden Erdlöcher ausgehoben werden, um darin die Darminhalte der Soldaten zu entleeren und somit dem Ausbrechen von Krankheiten entgegenzuwirken. Zudem läge die Wichtigkeit im Einnehmen von Speise und Trank. Schließlich mussten die Männer bei Kräften bleiben, um nach den anstrengenden Märschen noch kämpfen zu können. Die geschicktesten Jäger, Sammler und Heilkundler unter ihnen würden in die Wälder ausschwärmen und nach Essbarem suchen, wusste Arn. Auf ausgewachsene Exemplare von Huftieren wie Reh, Hirsch oder Schwein hätten sie es aber nicht abgesehen. Dafür waren grosse Tiere zu anstrengend für den Transport und zu mühselig für die Zubereitung. Bogenschützen legten ihr Augenmerk auf Jungtiere des Forstes wie jene von Füchsen oder Kleintiere wie Eichhörnchen, Wiesel, Vögel oder Ratten. Jene auserwählten Sammler hätten anders als die Jäger alle Hände voll zu tun, da in diesen Feuchtgebieten eine Fülle an essbaren Pilzen wuchs. Auch Wurzeln, Samen und wenige Nussarten zählten zu den Dingen, welche in dieser Jahreszeit die Mägen hungriger Mäuler stopften. Farne und Haine würden von den Heilern pfundweise gepflückt und in Jutesäcken abgepackt werden, um sie bei Wunden als antientzündliche oder schmerzstillende Mittel einzusetzen. Schlafen würden die Krieger nur sehr kurz, gestaffelt und strikt nach geplantem Ablauf. Zudem würde ein Gewässer in der Nähe sein, um zu trinken, die Wasserbeutel aufzufüllen und sich etwas zu erfrischen – selbstverständlich ohne die Rüstung abzulegen. Solche Pausen fänden stets an strategischen Orten statt und würden immer so rasch wie möglich durchgeführt. Dabei kannte jeder Soldat deren zugeteilten Aufgaben ganz genau. Ein hohes Maß an Disziplin, Wachsamkeit und Eigenverantwortung stände an oberster Stelle. Gesprochen würde nur bei Dringlichkeiten. Allen voran leiteten Befehlshaber und Gruppenführer die jeweiligen Schritte durch Handzeichen in die Wege. Zudem wüsste jeder der Kompanieführer um die Truppengröße Bescheid. Sollte einer der Männer vor dem Weitermarsch fehlen, hätte das Heer den Wald umgehend nach Feinden abgesucht.

Arn wusste all dies. Als ehemaliger Truppenführer und Leibwächter der Königsfamilie kannte er die Vorgehensweise eines Heeres genaustens und als eine Art Deserteur hätten ihn die Soldaten getötet oder festgenommen. Aufgrund dessen durfte er nicht gesehen werden.

»Sicherlich sind die ersten Männer bereits unterwegs«, dachte der Streiter, weshalb er den Rückzug antreten wollte – doch es war zu spät. Von allen Richtungen knackten Zweige oder raschelten Sträucher. Sofort sah er sich nach einem Versteck um. Höhlen gab es hier keine, schoss es ihm durch den Kopf. Unter Büsche zu kriechen oder auf Bäume zu klettern, wagte er nicht. Ein Schlammloch oder ein modriges Flussbett mussten her. Eines, welches mindestens die Breite eines halben Ochsen maß, damit er reinpasste.

Der ausgiebige Regenfall vorletzte Nacht gestaltete sich nun als Segen, denn kurz darauf entdeckte Arn ein Bachbett mit mehreren dunkelbraunen Schlammbänken an den seichten Ufern. Geschickt grub er sich schaukelnd hinein, wobei entscheidend war, die Spuren im Matsch so aussehen zu lassen, als hätte sich ein Eber darin gewunden. Um darin atmen zu können, steckte er ein zu einem Röhrchen gefaltetes Blatt in den Mund, ohne dabei pfeifende Laute zu verursachen. Um etwas hören zu können, ließ er ein verdrecktes Ohr knapp an der Oberfläche ruhen. Sein Schwert hielt er dicht am Körper, das Griffstück auf der Brust aufliegend, wobei die Spitze zu den Füßen zeigte.

Regungslos lag er im kalten Morast, während sich Geräusche von herumschleichenden Kriegern näherten.

»Knack – krrk.« Hölzer wurden von gewichtigen Leibern abgeknickt.

»Pfft – tsch.« Stapfende Tritte querten durchweichtes Moos, anderweitig blättriger Erdboden durchstreift wurde.

Die Laute drangen klar an sein Ohr, worauf er hoffte, seinen Körper genügend getarnt zu haben. Hätten sie ihn entdeckt, so hätten die Männer wahrscheinlich ohne einen Mucks zugestochen. Denn nur der Feind würde sich in dieser Weise verstecken. Aber Arn blieb wie immer ruhig, obwohl ihm zusätzlich die Luft auszugehen drohte. Der dickflüssige Morast begann nämlich, das gerollte Lindenblatt zusammenzudrücken. Dies verursachte einen Falz, weswegen allmählich Flüssigkeit ins Innere drang und ihn zum Schlucken zwang. Erdig fauliger Geschmack floss durch seinen Rachen, ehe er wieder nach Luft schnappte.

»... dort ...«, flüsterte plötzlich eine Stimme. Arn verstand nicht jedes Wort.

»Krk.«

Mindestens zwei Männer hielten sich in unmittelbarer Nähe auf, schätzte der Kämpfer. Einer zu seiner Linken und der andere irgendwo am Kopfende. Vielleicht noch einer einige Schritte entfernt, zwischen den beiden. Sie schienen nicht weiterzugehen, was ihn immer mehr in Bedrängnis brachte. Und als das Platschen von Urin nur einen Zollstock neben seiner Luftzufuhr erklang, wurde er langsam zornig. »Verdammte Narren«, schimpfte Arn still. Am liebsten wäre er aufgesprungen und hätte jedem eine geknallt. Doch stattdessen konzentrierte er sich auf die Atmung, welche nun stark abflachte, bis sie ganz wegblieb.

Das Letzte, was er wollte, war, die Soldaten zu verletzen oder gar zu töten. Aber wenn er keine andere Wahl hatte, so zögerte der mächtige Krieger keinen Augenblick. Arn handelte jederzeit im höheren Sinne und stets überlegt. Die Menschen in Tromstadt hatten seiner Stimme nicht geglaubt und hatten ihn angegriffen. Sie hatten voreilig und töricht gehandelt, weshalb sie außer Gefecht gesetzt wurden – Thordir galt dabei als zu bedeutend.

Im stockdunklen Schlamm war es bald unerträglich. Die ersten Anzeichen von Ohnmacht zeigten sich mit Schwindelgefühlen und wirren Mustern vor den Lidern.

Kurz vor dem Ersticken hob er seinen Kopf aus dem Morast und sog gierig die Luft ein, währenddessen er eilig den feuchten Moder von den Augen wischte, um nach den Männern zu sehen. Zu seiner Verwunderung stand aber keiner mehr da. Es war still. Vorsichtig blickte er über die grasbewachsene Bachbettkante in den Wald hinein und erkannte nur noch, wie ein Schulterpanzer hinter einem Baum verschwand. Geduckt huschte Arn zur sauberen Wasserstelle, um sich den Dreck aus den Kleidern und dem Gesicht zu waschen. Mit einem ruckartigen Pusten blies er die Nasenöffnungen frei und schlich anschließend frierend zum Feldweg, um einen besseren Überblick zu erhalten, da er den baldigen Aufbruch des Heeres erwartete. Des Kämpfers Augen wanderten die gewundene Wegböschung entlang, bis sie drei Steinwürfe weiter vorne mehrere Gestalten erblickten – dort, wo die Morgensonne ohne schützende Blätterdächer niederging. Manche saßen mit dem Rücken unbeweglich an Bäume angelehnt, wiederum andere hielten mit gezogener Waffe und Schild Wache.

Noch lag alles in Ruhe da, bis er einen der Anführer erkannte, der auf einmal Handbewegungen in Richtung Waldesrand ausführte. Innerhalb kürzester Zeit erhoben sich dutzende Krieger wie aus dem Nichts aus Gestrüppen oder tauchten neben Baumstämmen auf. Die Vorbereitungen des Aufbruchs gingen, wie von Arn erwartet, sehr rasch und geordnet vonstatten. Harnische wurden zurechtgerückt, sich letzte Schlucke aus dem eigenen Wasserbehältnis einverleibt oder Proviant in den hungrigen Schlund geschoben. Ein bestätigendes Nicken hier, eine auffordernde Geste dort und die Soldaten standen im Nu in Reih und Glied. Kaum hörbar setzte sich das Heer bald in Bewegung: »Tscha, tscha, tscha, tscha, tscha, tscha.«

Mittlerweile hatte sich der Nebel vollständig aufgelöst, als Arn zum Waldesrand aufschloss. Ein wolkenloser, kobaltblauer Himmel lag heiter über dem Land. Es schien ein warmer Tag zu werden, obwohl in den Höhen der Berge Schnee lag.

Der gepanzerte Strom marschierte wie in der Nacht zügig über die nun folgende grasige Ebene, gesäumt mit bodennahen Stauden und sanften Hügeln. Die Vorboten der undurchdringlichen Gebirgsketten lagen in sattem Grün im östlichen Gebiet Armariens.

Wie vermutet bog die Heerspitze alsbald nach links ab, Tromstadt entgegen. Doch zu Arns Verwunderung teilte es sich sogleich in der Hälfte, wobei der hintere Teil nach rechts abzweigte – direkt auf die Eisenberge zu.

Vom Feind war bisher nichts zu erkennen – keine Spuren, keine Rauchsäulen. Ebenfalls blieben weitere Laute von Kriegsglocken oder Schlachthörnern aus.

»Entweder wurde Tromstadt überrannt oder sie hatten die Lage im Griff«, dachte Arn prüfend. Jedenfalls ließ er nun aufgrund der weit sichtbaren Fläche einen beträchtlichen Abstand zwischen sich und der Armee. Erst als der hinterste Mann vom westlichen Trupp im Schatten einer Waldzunge verschwand, wagte er sich auf die mehr oder minder offene Ebene. Da ihn die Gründe des Richtungseinschlags des Trupps zur Rechten überraschten, entschied er sich, dieser Kolonne zu folgen. Immer wieder schwärmten berittene Späher aus, um auf erhöhten Lagen Ausschau zu halten. Dabei gestaltete sich die Verfolgung als äußerst riskant. Mehrmals musste der Streiter blitzschnell hinter spärliche Deckungsmöglichkeiten rennen oder sich flach auf den Boden legen, als plötzlich wieder einer der Reiter an den Hängen auftauchte und er den suchenden Augen nur knapp entfliehen konnte.

In der Mitte des Tages ließ die Sonne die Kleider des Kämpfers immer mehr trocknen, die Soldaten des Königs aber unter der Schwere des Metalls schwitzten. Darüber war er froh, denn bald würden sie die kühle Westflanke des Berges erreichen, in deren teils schattigen Gefilden gelegentlich kräftige Winde herrschen konnten.

Wie ein bedrohlicher Steinriese näherte sich das Massiv. Mann für Mann schritt die Truppe über die klare Grenze von Hell zu Dunkel, ehe ihre Umrisse mit den nun aufkommenden Geröllfeldern verschmolzen.

Unzählige Gesteinslawinen hatten sich im Laufe der Zeit vom Berg des Eisens gelöst, deren Brocken mit glänzenden Adern durchzogen waren. So lag dem Volk der Armaren ein wahrer Schatz zu Füßen – Eisenerz. Rohstoff für Waffen, Rüstungen, Werkzeugen und Baumaterialien, welche sie in tausenden Wintern nicht hätten verbrauchen können.

Die wärmende Sonne war nun auch aus Arns Sichtfeld hinter ewig vereisten Gipfeln verschwunden. Augenblicklich wurde es kalt.

»Tarap, tarap, tarap, tarap!« Arn duckte sich flink hinter aufgetürmten Steinen, ehe die Hufschläge knapp eine Mannslänge entfernt vorbeidonnerten und Staub aufwirbelten. Der Kämpfer hätte schwören können, dass ihn der Reiter, welcher wie aus dem Nichts aufgetaucht war, entdeckt hatte. Doch das Glück lag wohl auf seiner Seite. Denn er beobachtete durch einen Spalt, wie der dunkel gekleidete Reiter mit dem pechschwarzen Pferd unbeirrt in vollem Galopp den immer steiler werdenden Weg hinauffritt. Das gehetzte Schnauben und angestrengte Grunzen des Gauls waren noch länger zu hören, woraus er auf einen Späher mit wichtiger Nachricht schloss, der bereits eine weite Strecke zurückgelegt hatte. Unter dem hüftlangen Umhang trug er dieselbe Rüstung wie die seiner Waffengefährten, nur waren es dünnere Platten, um beweglicher und schneller unterwegs zu sein. An seinem Rücken hing ein Pfeilköcher. Der dazugehörige Bogen war an der Vorderseite des Sattels mit einer Schnalle befestigt und für den Nahkampf genügte ein leichteres Kurzschwert, welches wie so oft am Gürtel in einer Scheide verstaut war.

Je weiter sich der Weg nach oben schlängelte, desto schmaler wurde er, bis er bald in einen Pfad überging. Das Heer der rund zweihundertfünfzig Mann formierte sich sogleich in eine langgezogene Zweierreihe und schien trotz des gut sichtbaren Spähers zügig vorwärtszumarschieren. Doch die Hufe des Pferdes fanden im nun steinigen Untergrund weniger Halt als zuvor im erdigen, worauf es die Verfolgung der Truppe nur mit trabendem Tempo fortsetzte.

Klare Bäche querten hie und da Arns Wanderschaft abseits des Pfades. Und wenn immer sich die Gelegenheit bot, trank er vom eiskalten Wasser, welches leise plätschernd talwärts floss, bis es irgendwann in den Tromsur mündete. Schattige, fast senkrechte Wände ragten vor seinen Augen empor, auf deren Felsvorsprüngen mächtige Adlerhorste thronten. Und gegenüber lag das Land noch im hellen Schein der Sonne. Friedlich glitzerten die Gewässer Armariens, derweil Wälder und Wiesen von Tag zu Tag an sattem Grün zunahmen, Zweige bereits allerlei Knospen trugen und gar die ersten Frühjahrsblüten sprießten.

Selbst für den furchtlosen Streiter war es ein seltsames Gefühl, das Land in dieser Schönheit zu sehen, obgleich unbekannte Feinde sich dort unten herumtrieben. Von einem Angriff auf Tromstadt war aber auch von hier oben nichts zu erkennen – so, als hätten die Laute des Unwetters im Gehör des Kämpfers Illusionen und die Düsterheit der Nacht Schatten auf den Ebenen erschaffen, auf denen sich eigentlich nichts gerührt hatte.

Arn starrte ungläubig in die Ferne. Vergebens suchte er nach Antworten. Menschen hätte man in der Siedlung zwar ohnehin nicht erkannt – jedenfalls aus dieser Entfernung. Aber einen Bauer, der mit seinem Ochsen das Feld bestellte, sicherlich. Doch da war kein Lebenszeichen zu sehen. Das andere Heer wurde vermutlich vom Blätterdach des Forstes noch verdeckt, ehe es in der Abenddämmerung die offenen Flächen der Höfe vor Tromstadts Toren erreichen würde.

Mittlerweile war die Kolonne hinter einer kantigen Kuppe verschwunden. Rückseitig stachen spitze Berge, einer größer als der andere, in den Himmel. Vom schwarzen Reiter waren ebenfalls nur noch kurzzeitig die Umrisse zu erkennen, bis auch er lautlos aus Arns Sicht entwich.

Gegen Ende des Aufstiegs wurden die Gesteinsbrocken immer kleiner, bis am Fuße der mächtigen Felspranken nur noch grobkörniger Sand angehäuft übrigblieb. Die letzten Schritte bis zur Kuppe legte der Streiter deshalb rennend zurück, da man ihn hier leicht gesehen hätte. Auch in diesem Augenblick, als er schnaubend in den vor ihm liegenden Talkessel spähte, konnte er sich nicht verstecken und der Pfad endete nur einen Steinwurf entfernt – ein ungeeigneter Ort zum Verweilen. Deshalb sah er sich nach einem sicheren Aussichtspunkt um und entschied, zum gegenüberliegenden Massiv zu schleichen. So überquerte er rasch den Kamm und kletterte mit sicheren Schritten bis zu einer hervorstehenden Felsnase.

Halb verdorrte Zwergakazien zwängten sich aus grauen Gesteinsspalten, deren Wurzeln zuweilen bizarre Formen annahmen, und ebenso dürre Lavendelsträucher gediehen in rauen Mengen. Handgroße Eidechsen sonnten sich regungslos zwischen orangefarbenen Flechten, bis ihnen Arn zu nahekam und sie blitzschnell in herumliegende Felstrümmer flohen.

In der Mitte des Tales standen drei Hütten und ein Gehöft. Aufgeschichtete Steine bildeten robustes Mauerwerk und überlappende Holzschindeln belegten solide die Dächer, welche zusätzlich mit querverlaufenden, dünnen Baumstämmen vor dem oftmals stürmischen Bergwetter Schutz boten.

Arn beobachtete, wie der Heerführer an der Spitze der Kolonne plötzlich die flache Hand in die Luft streckte und die Soldaten daraufhin schlagartig stehen blieben. Ein weiterer Befehl ließ die Männer sich rasch in Bewegung setzen, wobei das Mittel- und Vorderfeld der langgezogenen Zweierreihe nach einer Vierteldrehung zügig mit vorgehaltenen Schilden einige Schritte nach außen marschierte und alsbald in Verteidigungsposition verharrte. Ein gutes Dutzend Fußsoldaten mitsamt den Schlachtrössern reihten sich geschickt in vorheriger Marschrichtung ein, um die Lücke nach vorne zu schließen. Gleichzeitig begann das hinterste Feld, noch in Zweierreihe gegliedert, durch den nun geschaffenen Zwischenraum zu rennen, ehe sie an der Spitze anlangten und sich hinter ihren Waffengefährten ebenfalls nach außen richteten. So entstand in kürzester Zeit eine kompakte Verteidigungsformation, welche den Streiter sichtlich beeindruckte. Aus seiner Entfernung und erhöhten Lage zum Heer wirkte der Formationswechsel aggressiv und äußerst widerstandsfähig.

Für einen Moment verharrten die Krieger regungslos, indessen Arns intaktes Auge über die Gebirgslandschaft schweifte. Jede Erhöhung, jede Vertiefung und jeder noch so verdächtige Schatten wurden dabei genaustens geprüft. Doch schließlich rollte sein Auge erwartungsvoll zum Anführer zurück, ehe dieser die nächste Handbewegung ausführte. Nun wurden die Schilde hörbar auf dem teils steinigen, teils grasigen Boden abgestellt, woraufhin sich die Männer an Ort und Stelle etwas entspannten. Nun schienen einige Reiter etwas zu besprechen, darunter der schwarze Späher.

Während sieben der Berittenen weiter dem langgezogenen Kar folgten, rückte Arn an eine etwas bequemere Stelle vor, hinter einen der Lavendelsträucher, wo sich keine stechenden Bischofsmützen befanden – eine Kakteenart, welche nur in höher gelegenen Gefilden gedieh.

Und als der Kämpfer wieder in die Weite spähte, waren die Reiter spurlos verschwunden. Dafür gab es für den Kauernden nun keine Erklärung, da der Talkessel umgeben von steilen Hängen und senkrecht emporragenden Felswänden war. Der einzige vorhandene Weg war jener, von dem sie gekommen waren. Verdutzt legte er seine Stirn in Falten und schaute grimmig zum Pferdegehöft. Aber dort regte sich ebenfalls nichts, was ihn dazu veranlasste, die Szenerie nun nicht mehr aus den Augen zu verlieren.

Der Schatten des Berges wurde immer länger, ehe die übrigen Rüstungsträger, Mann um Mann, langsam davon überdeckt wurden. Nur das oberflächliche Eisenerz der Ostflanke wurde von der Abendsonne noch beschienen, als sich am Fuße eines natürlichen Walls etwas regte. Vorerst zeigten sich bewegliche dunkle Flecken, bis Arn sie als die Reiter erkannte: »Sechs an der Zahl – einer fehlt«, murmelte er. Das Traben der Pferde hallte nun leise mit dem Wind zum Streiter herüber. Kaum am Schildwall angelangt, formierte sich das Heer in dieselbe Zweierreihe ein wie zuvor und trat zügig den Rückweg an. »Keine Feinde hier ...« Nachdenklich sah er zu den näherkommenden Truppen, bis sie unweit seiner Lage, etwas unterhalb, lautstark über die Kuppe schritten und dahinter mit immer leiser werdendem Rüstungsrascheln bald verschwanden. Arn hatte sich flach auf den Rücken gelegt, um den wachsamen Blicken der Krieger zu entgehen.

Vorsichtig spähte er über die steinerne Kante, um sicher zu sein, dass er den Abstieg wagen konnte. Alles lag nun ruhig und friedlich da. So kletterte er rasch hinab und rannte, so schnell er konnte, zu den Hütten. Sie waren alle verlassen. Es gab keine Menschen und Tiere, auf die der Kämpfer traf, als er die Räumlichkeiten mit Bedacht durchsuchte. Nur das Nötigste an schlichten Möbeln und sporadischer Einrichtung war vorhanden. Aber es fehlte nichts, was man zum Überleben gebraucht hätte. So etwa stellte sich heraus, dass eine der Hütten eines Tages zur Schmiede umgebaut worden war – ausgerüstet mit den nötigsten Werkzeugen und gängigsten Fern- und Nahkampfwaffen, welche aufgereiht in Regalen verstaubten. Direkt daneben stand ein verlassenes Schlachthaus mit eingebauter Räucherkammer, bei welcher man das Blut von den Wänden noch immer sehen und riechen konnte.

Essbares fand Arn in der größten aller Behausungen, welche baufällig in der Mitte der winzigen Siedlung lag. Drinnen, in einer von mehreren Truhen, lag vom Feuer geröstetes, in Scheiben geschnittenes Brot. Um es vor Feuchtigkeit zu schützen, war es in mehrere Lagen Leinentücher eingewickelt. In Eile und nur ungenau durchsuchte er die anderen Räume nach brauchbaren Dingen wie Nahrung oder einem weiteren Kleidungsstück für die bevorstehende Nacht. Mehr brauchte er auch nicht. Das Letzte, was er wollte, war, hier drinnen auf jemanden zu treffen. Also beeilte er sich und gelangte in einen leerstehenden, länglichen Raum, der die Schlafkammer für einige Dutzend Menschen hätte sein können. Der Streiter konnte im Innern kaum mehr etwas sehen. Die Dunkelheit nahm bereits überhand. Das wenige Licht, welches noch vorhanden war, drängte sich durch schmale Spalten oder winzige Löcher zwischen den aufgeschichteten Steinen hinein. Es reichte gerade einmal, um Umrisse zu erkennen. Öllaternen wie auch Kerzen standen zwar auf dem Boden oder hingen von der Decke, doch den hellen Schein hätte man von draußen sehen können, weshalb sich Arn dazu entschied, die Hütte zu verlassen. Beim Herumlaufen klang es auf einmal hohl unter seinen Stiefeln und als er zurückging, um den Bretterboden zu untersuchen, fühlten seine Finger einen Metallring. Sofort zog er daran, worauf sich knarrend eine Falltür öffnete. Eine stockdunkle Grube lag zu seinen Füßen und beim Hineinfassen spürte er die Stufen einer Leiter. Rasch griff er zu einer nahestehenden Kerze, begann, mit den beiliegenden Feuersteinen Funken zu scheuern, bis der Docht aufflammte, und hielt sie in die Grube, um nach draußen keine Helligkeit abzugeben. Schemenhaft erkannte er einen hohen Fellstapel. Die Leiter führte ihn nach unten, derweil er Spinnfäden aus seinem Gesicht entfernte.

Gräuliche Felle von Steinböcken, borstige Felle von Gämsen und mächtige Bärenfelle in Brauntönen wurden in der engen Kammer gelagert – beste Ware, die man für gute Preise auf Märkten hätte verkaufen können. Arn schnappte sich eines der Stücke und warf es sich über die Schulter. In einer Kiste lagen Fackeln, in einer anderen weitere Kerzen. Zwei kleine, verschlossene Holzfässer standen in einer Ecke und gegenüber noch mehr Kisten mit allerlei Gebrauchsgegenständen wie Feuersteinen, Nadeln, Garnen und Werkzeugen für die Gewinnung von Baumharzen.

Im Gehöft traf er nichts an, was ihm auf seiner Reise hätte helfen können. Außer jeder Menge losem Heu, einem abgewetzten Sattel und einer Werkbank mit aufgehängten Hämmern, Sägen, Messern und Nägeln, die auf der Tischplatte lagen, war nichts Nützliches zu finden. Doch der Stall glich eher einem einfachen Pferdeunterstand, in dem vorrangig so viele Tiere wie möglich festgebunden werden konnten. Deshalb zogen sich auch robuste Pfähle kreuz und quer über die offene Innenfläche.

So leise wie nur möglich schlich er von der Stalltür zum Felsen, wo die Reiter spurlos verschwunden und wie aus dem Nichts wieder aufgetaucht waren. Die Geräusche jedoch nahmen zu, als Arn über knirschende Steinfelder schritt. Spuren der Vierbeiner waren aufgrund der Dunkelheit nicht mehr zu erkennen, weshalb der Kämpfer nach Öffnungen im Gestein tastete. Plötzlich verloren seine tappenden Hände den kalten Stein, worauf er merkte, dass er den Durchgang wohl gefunden hatte. Denn die gewaltige Wand vollzog eine sanfte Krümmung nach innen, bis sie parallel zur Außenwand weiterlief und so einen schmalen Korridor bildete. Der gerade mal wenige Ellen breite Gang war nach oben hin offen und zeigte die fahlen Lichter der Sterne durch die leichte Wolkendecke.

Da der schwere Krieger diesen Ort nicht kannte und von ihm auch noch nie gehört hatte, setzte er äußerst langsam einen Fuß vor den anderen, wobei die Ferse immer als Erstes auf den Kiesel aufsetzte: »Krsch ... krsch ... krsch.« Äußerst gespannt auf das, was vor ihm lag, geriet Arn ins Grübeln und fragte sich: »Weshalb kam das Heer hierher? Und was sucht ein Späher hinter einer Felsspalte?«

Denn an diesem Ort, in den Höhen des Eisengebirges sowie anderen Bergketten Armariens endete die bekannte Welt. Die Gipfel waren bald zu hoch zu erklimmen, die Abhänge zu steil, das ewige Eis zu kalt, Geröll- und Schneelawinen zu gefährlich, die Nahrung zu knapp, stürmische Scherwinde zu kräftig und dichte Nebelschwaden heimtückisch verwirrend. Viele mutige Abenteurer machten sich zu den Grenzen der Welt auf – keiner war jemals zurückgekommen.

Mit den Fingerspitzen ertastete Arn jede Unebenheit des Gesteins. Furchen, Risse, Dellen oder glatte wie auch raue Oberflächen glitten über die vernarbte Haut, ehe das Schwarz der Nacht plötzlich geringfügig aufzuklaren schien. Sofort blieb er wie angewurzelt stehen und horchte, währenddessen er gebannt nach vorne in die noch dunkelgraue Umgebung starrte. Nicht etwa der weißliche Schein des Mondes erhellte eine Stelle unweit, in der nächsten oder übernächsten Biegung, sondern gelbliches Licht flackerte – erschaffen von Menschenhand. Beinahe lautlos glitt die scharfe Klinge zwischen Gürtel und Hosenbund hindurch, bis sie kampfbereit vor Arns Armen lag. Hätte in diesem Augenblick jemand die vor ihm liegende Biegung passiert, wäre das Letzte, was dieser Jemand zu sehen bekommen hätte, glänzender Stahl gewesen, welcher scheinbar in der Luft schwebte. Doch mit jedem weiteren Tritt erhellten sich auch die Umrisse des Streiters zunehmend. So weit, bis die eine Gesichtshälfte aus dem Schatten fuhr, um zu jener Felskante zu spähen, hinter der die Quelle des Lichts lag.

Vor seinen Augen öffnete sich eine rundliche Aushöhlung, an deren linker Gesteinswand auf Kopfhöhe eine Fackel, in einem rostigen Metallring angebracht, friedlich vor sich her züngelte. Direkt darunter waren eingemeißelte Zeilen zu sehen und unter den Schriften lag ein eckiger Stein, der einem Altar ähnelte, auf dem Betende ihre Arme hätten abstützen können, derweil man im sandigen Boden kniete. Ansonsten ragten einige Eisenadern aus dem Berge, die wie Zweige sich gabelten. Hinter dem Fackelschein, wo die Schlucht erneut enger wurde und in eine Kurve überging, vertrieb die Dunkelheit das Licht von Neuem.

Arn trat näher und begann angeregt, aber im Stillen zu lesen:

»– honoris imperium –»

»Geboren, um zu dienen,
geboren, um zu kämpfen,
geboren, um zu sterben»

»Kehre um, Wanderer.
Hier gibt es nichts außer den Tod für dich»

Das furchteinflößende Haupt des Kriegers neigte sich sogleich ehrerbietig in die Tiefe, während er sich langsam hinkniete und das Schwert vor sich in den Sand steckte, indessen beide Hände den Griff fest umklammerten.

Nach einer Weile setzte er den Pfad fort, welcher sich inmitten einer bis zu zwanzig Mann hohen Klamm mit teils überhängenden Felswänden hinzog. Nach den ersten spitzen Biegungen verlief der Marsch meist geradeaus in leichter Steigung bergauf. Ab und zu begleiteten ihn Rinnsale, die sich an einigen Stellen tief in das Gestein gefräst hatten, wie auch der Geruch von rostigem Eisen, der in der kühlen Luft lag. Des Öfteren unterbrach tropfendes Wasser die Stille, bis sich die Schlucht schließlich auftat und die Sicht auf Unerwartetes freigab.

Dort in der Ferne, hoch oben zwischen düsteren Bergkämmen, lag ein dunkler Streifen beinahe verborgen. Nur die regelmäßigen Strukturen hoben sich schemenhaft von den natürlichen ab. Mit ungläubigem Gesichtsausdruck kratzte er sich am Barte und trat rasch an eine andere Stelle, um dem fahlen Licht des Mondes auszuweichen, welches die Umrisse des unbekannten Gebildes zu sehr verschleierte.

»Eine Festung! Hier oben?« Verblüfft starrte Arn den kargen Hang hinauf und erkannte überdachte Wehrgänge und mehrere Türme, die sich über der baumhohen Mauer erhoben – von Menschen keine Spur.

Das Schwert steckte er wieder in den Gürtel und überdeckte das schimmernde Eisen mit seinem Umhang, als er sich dazu entschied, den gezackten Weg in Richtung Festung einzuschlagen. Und da er im Schatten wanderte, kümmerte es ihn nicht, aufrecht zu gehen. Inmitten des von scharfkantigen Felsen umgebenen Talkessels ertönten auf einmal seltsame dumpfe Laute. Der Streiter hielt an und versuchte, die Geräusche einzuordnen. Doch kaum verstummten seine eigenen Schritte, war nichts mehr zu hören. Für ihn klang es nach einer fernen Eislawine, welche irgendwo zu Tale gedonnert war, aufgrund dessen er sich nicht weiter darum scherte. Aber als Arn tief in der Nacht nahe am Gemäuer sich auf die Lauer legte, erklangen jene Laute erneut, die nun seine volle Aufmerksamkeit erhielten. »Krzzz – klagg.« Zögernd rollten seine Augen zum Boden hin, von wo die Geräusche herkamen. »Tsssklagg – klag ... tschag ... tschag.« Vor seinen Füßen, tief unter dem Erdreich, schien sich etwas zu regen. »Herabfallende Steine – eine Mine?« Nachdenklich sah er zu den weißen Sternen hinauf, als suchte er die Antworten im Jenseits, als bald nochmals die Laute ertönten. »Welcher Bergbauer schürft zu dieser Stunde?«, fragte er sich selbst im Stillen.

Dass diese hohe Festungsmauer nur für eine Mine errichtet worden war, hielt er für unwahrscheinlich. Und dass das Heer in jene Richtung marschiert und trotzdem wieder abgezogen war, fand der Kämpfer ebenfalls rätselhaft.

Arn hielt nach einem Zugang Ausschau und entdeckte inmitten von wucherndem Efeu eine Art Torbogen, wo er eine Tür vermutete. Nachzusehen, ob sie hätte geöffnet werden können, wagte er nicht. Denn wäre er aufgeflogen, wäre Blut geflossen. So gab es für den Kämpfer nur die eine Möglichkeit: Zusammenkauern und die Kapuze über das Gesicht.

18

Leise knirschend drehten sich die großen Kutschenräder nahe zu seiner Rechten, während der Fuhrmann die Zügel auf seinem Schoß hielt und gelangweilt nach vorne blickte. Arns Pferd schnaubte, als eine Schmeißfliege in die Nüstern gelangte, und schüttelte genervt das gepanzerte Haupt. Der junge Anführer der fünfzig Mann starken Truppe strotzte vor Wachsamkeit, als er neben dem königlichen Gespann trabte.

Die Morgensonne schien friedlich durch die Lücken des grünen Blätterdachs hinab und wärmte Mensch und Tier gleichermaßen.

»Sss – sss. Tschogg!« Erschrocken schnellten Arns Augen zu seinem Unterleib hinab, von wo nun ein seltsames Ziehen ausging. Er erkannte eine schwarze Befiederung, die am Ende eines eingekerbten Holzstücks befestigt war. Seine starren Augen wanderten den Fremdkörper entlang bauchwärts, wo er im Metall der Rüstung endete. Von da an merkte er, dass die Spitze des Pfeiles in das Fleisch eingedrungen war. Doch noch ehe der Streiter reagieren konnte, bäumte sich sein Ross panisch in die Höhe und warf ihn vom Sattel hart zu Boden. Während Arn rücklings nach Atem rang, fegte ein Schwall aus Geschossen unter den Baumkronen hindurch. Klagende Schreie vermischten sich wie auf einen Schlag mit heiseren Rufen und schluchzendem Gejammer, durchzogen von schrillem Pferdegewieher.

Noch benommen stemmte er die Ellenbogen in das Laub und drückte sich mit den Armen vom Boden ab, um auf die Beine zu kommen. Um ihn herum brach das Chaos aus – alles verlief sehr schnell. Derweil zur Linken mehrere Angreifer mit schwingenden Schwertern über niederes Buschwerk hetzten, um hinter Arns Rücken die Gefolgschaft des Königs zu attackieren, schwebte sein Haupt zur Kutsche, wo das Geschrei einer Frau die

Aufmerksamkeit auf ihn zog. Oben saß der Kutscher regungslos auf der Bank, dessen Schädel von einer Wurfaxt gespalten worden war. Wutentbrannt zog Arn das Schwert aus der Scheide, griff hastig zur Türklinke und riss daran. Entsetzt musste er feststellen, dass die überdachte Kabine leer war. Die gegenüberliegende Tür stand weit offen.

»Wer bist du?!«

- 19 -

»**W**er bist du?! Was tust du hier – antworte!«
Verwirrt schnellte Arns Waffenhand zum Schwertgriff,
derweil er in Rage aufsprang, um sogleich mit einer Mischung
aus müdem und äußerst aggressivem Gesichtsausdruck in ein
Dutzend gespannter Bögen zwischen den Zinnen zu blicken.
Sofort wurde ihm bewusst, dass er auf der Lauer eingeschlafen war. Augenblicklich, aber mit ruhigen Bewegungen, zog er
die Klinge aus dem Gürtel und warf sie scheppernd vor sich auf
das kahle Gestein.

»Keine Bewegung oder wir schießen!«

Besonnen hob er die Hände bis auf Wangenhöhe, um zu zeigen, dass er keine bösen Absichten hegte, währenddessen er nach
oben sah, um in das Gesicht des Bogenschützen zu schauen,
welcher ihm den Befehl erteilt hatte. Als er einem erfahrenen
Soldaten in die Augen sah, nickte Arn respektvoll. Dann wurden hinter dem Torbogen hörbar Bretter aus der Verankerung
geschlagen, das Schloss klackend aufgeschlossen und ein Krieger trat heraus – gefolgt von mehreren Männern, die ihn rasch
umkreisten. Jeder von ihnen war etwas nervös – außer einem.

Bereits kleinste Gebärden fielen dem kampferprobten Streiter ins wachsame Auge: Angespannte Körperhaltung, zitternde
Hände oder unsicheres Auftreten. Die Fähigkeit, Menschen zu
durchschauen und ihren Schwächen gegen sie zu verwenden,
gehörte zu seinen Fähigkeiten. Selbst in äußerst kritischen Lagen, wenn die meisten den Mut verloren oder sich gar einnäss-
ten, schärften sich Arns Sinne nur noch mehr.

Und der eine war es, welcher kühn vor ihm stehen blieb und
keine Miene verzog, als er ihn von Kopf bis Fuß zu studieren
schien.

»Wer bist du, Fremder, und was tust du hier?« Dem Mann fehlten einige Zähne. Quer über die Lippen zog sich eine längst verheilte, aber hässlich wulstige Narbe. Außerdem verbarg sich eine krumme Nase hinter dem Nasenschutz seines Helmes und am kahl rasierten Unterkiefer lagen weitere vernarbte Stellen.

Der Streiter schwieg vorerst und nickte begrüßend, ehe er sein Schweigen brach: »Mein Name ist Arn und ich stand einst unter dem Befehl des Königs.« Seine Worte klangen rau.

»Ehemaliger Anführer der Königsgarde. Habe ich das richtig gedeutet?« Das Gegenüber zeigte keine Reaktion – weder Bewunderung noch Misstrauen.

Arn nickte leicht und fügte hinzu: »Vor siebenundzwanzig Sommer gerieten meine Männer und ich in einen Hinterhalt, als wir Ivay, unsere geliebte Königin, und Thordir, unseren geliebten Königssohn, ausführten.«

»Aha, sieh an.« Es war nicht verwunderlich, dass er sich dafür zu interessieren schien. Auch die anderen gerieten schlagartig in Erregung, wobei sich die älteren Soldaten eher betroffen zeigten als die Jüngeren unter ihnen.

»Um das spurlose Verschwinden von Ivay und Thordir ranken sich noch bis zum heutigen Tage etliche Mythen und Legenden. Als Junge wäre ich an den Lügen beinahe erstickt – meine Eltern waren Märchenerzähler, musst du wissen.« In den Worten lag Verachtung. »Nun denn, Fremder.« Seine Gemütslage kippte allmählich. »Was ist wirklich passiert?«

»Alle fanden den Tod.« Sichtlich berührt, mit tiefstem Bedauern, blickte Arn empor, dem klaren Morgenhimmel entgegen und sprach weiter: »Ivays Hilfeschreie rauben mir noch immer den Schlaf. Nachdem sie aus der Kutsche gerissen wurde und die Rufe inmitten des Schlachtlärms bald verstummten... verschwand sie spurlos.«

»Infolgedessen wurde sie entführt?«

»Ja.«

»Die Leiche wurde nie gefunden?«

Arn verneinte.

»Und der Säugling?«

»Thordir verschwand ebenfalls wie vom Erdboden verschluckt. Jedoch griff ich ihn vor wenigen Tagen auf. Er ist in guter Gesundheit und unterwegs an einen sicheren Ort.«

»Was?! Du hast ihn gefunden – nach siebenundzwanzig Sommern?« Bestürzt von dieser Botschaft riss er seinen Helm vom Schopf und starrte dem Streiter aggressiv in die Augen. »Stöcke!«, schrie er sogleich in die Luft hinaus. Damit waren eiserne, aber unscharfe Übungsschwerter gemeint und dies galt als Aufforderung für einen Zweikampf. Arn deutete das Verhalten seines Gegenübers nicht als töricht – im Gegenteil. Dieser Mann hatte für den Streiter jedes Recht dazu, ihn vorerst als Hochstapler anzusehen oder gar als Feind. Selbstverständlich nahm er die Herausforderung als Sache der Ehre an, auch wenn er keine andere Wahl hatte.

Derweil die beiden auf die Stöcke warteten, entnahmen zwei Krieger den Harnisch des Befehlshabers und entfernten die Rüstungsplatten an Armen und Beinen. Schließlich forderte er Arn auf, seine Oberbekleidung auszuziehen, um verborgene Waffen auszuschließen.

»Mein Name ist Pietr. Ich bin der Hauptmann dieser Feste«, stellte er sich dem Kämpfer vor, als er gerade dabei war, sein löchriges Unterhemd auf den Rüstungshaufen zu werfen.

Auch Arn stand mittlerweile mit nacktem Oberkörper da, worauf vor allem einer der unerfahrenen Jünglinge aus dem Staunen nicht mehr herauskam, als er die Erscheinung eines wahrhaften Kriegers vor sich sah. Und als ihn Arns weißliches Auge von der Seite einfing, schluckte der junge Soldat ängstlich und wandte den Blick ab.

Dutzende Narben in allen erdenklichen Formen und Größen durchzogen die Haut, unter denen gewaltige Muskelstränge lagen. Und auch hierbei wirkte der Hauptmann unbeeindruckt davon, wie der Gegner aussah. Er schien in Gedanken bereits zu kämpfen, mutmaßte Arn und er hätte einen Eid schwören können, dass der Hauptmann das Elend des Tötens bereits hatte erleben müssen.

Die Schützen auf der Wehrmauer hatten ihre Bögen inzwischen entspannt. Hie und da hörte man leises Flüstern von oben, bis die Stöcke gebracht wurden, da verstummte das Gerede abrupt. Ein großgewachsener Soldat warf die stumpfe Klinge zu Arn herüber, worauf er den Einhänder geschickt abfing, nachdem Pietr die Waffe überreicht bekam. Ohne Worte begab sich Pietr in Angriffsposition, indem er leicht in die Hocke ging, die Beinstellung etwas verbreiterte und den glänzenden Stock mit beiden Händen, senkrecht zur Seite führte. Arn hielt seine Klinge fest in der rechten Hand, ihr Stumpf zeigte zu Boden. Abgesehen davon hätte man denken können, er stünde in einer Warteschlange am Gemüsemarkt und wartete, bis er an der Reihe war.

Die Ruhe vor dem Sturm kehrte ein, bis Pietr nach vorne schnellte. Zwei Armlängen vor Arn sprang er flink zur Seite und setzte den ersten Schlag mit voller Wucht auf Höhe des Brustraums. Doch Arn warf sich gekonnt in den Schlag hinein und blockte mit einem ohrenbetäubenden Klirren, wobei sich Stahl mit Stahl kreuzte. Wegen dieses aggressiven Schrittes nach vorne geriet der Hauptmann in einen unsicheren Stand und war gezwungen, dies mit einem seitlichen Hüpfer auszugleichen, um nicht zu stürzen. Jene Schwachstelle nutzte der Streiter sofort mit einem nachgesetzten Fuß aus, um seinem Gegner nahe zu bleiben, und begann, mit kräftigen Schlägen von allen Seiten auf ihn einzudreschen. Die meisten Hiebe konnte Pietr abwehren, wenige jedoch knallten schmerzvoll an Arme und Beine, ehe es reichte, um strauchelnd in Rückenlage zu geraten. Zu Fall brachte ihn dann ein blitzschneller Fußtritt in den Bauch. Mit einem dumpfen Ächzen stürzte der Hauptmann nach hinten, rollte sich dabei aber gekonnt zusammen und nutzte den Schwung, um wieder auf die Beine zu kommen. Ungeachtet dessen konnte der Gefallene gerade noch die herabstürzende Klinge von Arn abfedern, worauf er aber sein Schwert aus der Hand verlor. Und da der Kämpfer unmittelbar vor Pietr stand, ließ er seine Waffe ebenfalls fallen, um ihm mit dem Ellenbogen einen taktischen Schlag zu verpassen. Die Spitze des Armknochens traf Pietrs Mund knallhart – Blut spritzte.

Arn gab seinem Gegner aus Güte einen Moment, damit er sich benommen wieder aufrappeln und den Stock greifen konnte. Der Abstand der beiden vergrößerte sich dann wieder, worauf der Hauptmann seine Klinge wie zuvor mit beiden Händen griff und sich rastlos erneut auf das Gegenüber stürzte. Diesmal bestand der Angriff nicht aus einem einzigen harten Schlag, sondern es folgten mehrere Schneidbewegungen, gepaart mit flinken Zwischenschritten. Ohne einen Treffer zu landen, geriet Pietr bald in die nächste Bedrängnis, als der Kämpfer einen zur Hälfte ausgeführten Schlag zur Linken vortäuschte, das Schwert jedoch im letzten Augenblick blitzschnell zurückzog, um sogleich mit aller Kraft zuzustechen. Nur haarscharf verfehlte der Stich Pietrs Kehle, da dieser rechtzeitig ausweichen konnte. Doch die anschließende Schneidbewegung hätte den Kampf sofort beendet. Denn noch bevor der Hauptmann überhaupt merkte, was gerade passierte, war das kalte Eisen bereits gewaltsam über die Haut des Halses geschliffen und hinterließ ein längliches Verbrennungsmal. Wäre die Klinge scharf gewesen, hätte sie den Mann nahezu enthauptet. Und dieses grausame Gefühl spiegelte sich nun in Pietrs Gesicht wider, als er erschrocken die Kehle nach einer klaffenden Wunde betastete, während die andere Hand das Schwert in die Höhe hielt, um sich zu ergeben. Arn hatte dieses Handeln bereits erwartet, da Weiterkämpfen keinen Sinn ergab, und senkte den schweren Stock. Die wulstigen Lippen des Hauptmanns waren aufgesprungen, Blut ergoss sich über das Kinn und färbte die wenigen Zähne, die er noch besaß, rot, als er ein demütiges Grinsen in Arns Richtung verlor. Schließlich senkte auch er den Stock, steckte ihn kraftlos in das Erdreich und nickte respektvoll. Der Streiter tat es ihm gleich.

»Nun, Fremder, du bist wohl der beste Gegner, dem ich jemals entgegentreten durfte. Ich will dir Glauben schenken, was deine Vergangenheit betrifft. Doch weshalb bist du hier?«

»Was geschah in Tromstadt und dieser Festung – wofür wurde sie gebaut?« Derweil er mit gelassener Stimme sprach, suchten seine Augen zwischen Mauerwerk und Wehrturm nach

Antworten. Pietr zögerte. Anstatt zu antworten, blickte er zu seinen Männern hinüber, als brauchte er deren Zustimmung, und schluchzte hörbar. Im selben Moment wurde das Schloss hinter dem Hauptmann entriegelt und ein dunkel gekleideter Mann trat heraus. Arns Aufmerksamkeit galt ab sofort dieser Gestalt, welche die Kapuze tief ins Gesicht gezogen hatte. Er erkannte ihn als den Späher, der so eilig den Berg hinaufgehetzt war. Pietr trat einen Schritt zur Seite, um für den Dahergelaufenen Platz zu schaffen, währenddessen er mit gespreiztem Daumen und Zeigefinger in seinem blutenden Maul herumtastete, um sogleich einen abgebrochenen Zahn auszuspucken.

Mit kraftloser Stimme begann der geheimnisvolle Mann zu sprechen: »Wenn mich meine Sinne nicht täuschen, dann steht ein Totgeglaubter vor mir – spurlos verschwunden vor dreihundertvierundzwanzig Monden, wie die Menschen, die er hätte beschützen sollen.«

»Druin.« Arn erkannte den Kriegsstrategen wieder und nickte achtungsvoll. Daraufhin schob der Mann mit seinen knochigen Händen die Kapuze nach hinten, sodass sie auf dem haarlosen Schädel ruhte. Hervor kam ein altes, hageres Gesicht mit eingefallenen Wangen, Altersflecken und faltiger Haut. Unter den buschigen, grauen Brauen blickten vertraute Augen zum Streiter. Freude lag aber nicht darin – eher Enttäuschung.

»Du kennst die Strafe für Deserteure, Arn.« Ausdruckslos verließen die Worte die schmalen Lippen des Greises.

»Ebenfalls die Strafe, die ich bekommen hätte, wäre ich vor siebenundzwanzig Sommern mit schlechter Botschaft nach Ehrelon zurückgekehrt.«

»Ja. Ein ehrenvoller Tod durch das Schwert wäre es gewesen und …« Arn unterbrach ihn in strengem Tonfall: »Und ohne mich hätten sie Thordir zu Tode gequält – unsere eigenen Männer!«, brüllte der furchtlose Kämpfer die letzten Worte. Sein Erzürnen weckte die Bereitschaft der Soldaten um ihn herum, worauf sie rasch an ihre Klingen griffen.

»Ich werde nach Ehrelon aufbrechen und mich von Thordirs Wohlergehen überzeugen. Die Entscheidung, was mit dir geschieht, liegt gänzlich bei Torn. Doch erwarte kein Erbarmen. Du kennst ihn ja. So lange wirst du hier verwahrt.« Der hochrangige Stratege kehrte ihm den Rücken zu und schritt langsam zum Torbogen zurück.

»Actus recte, Druin«, sprach ihm Arn hinterher.

Pietr streckte zögerlich die Hand aus, um die Waffe des eben Verurteilten einzufordern. Ohne Widerstand übergab er sie ihm und ließ sich von den Soldaten festnehmen. Seine breiten Handgelenke wurden gepackt, hinter dem Rücken zusammengeführt und mit einem Strick festgezurrt. Währenddessen ergriffen zwei weitere Krieger Arns mächtigen Oberarme. Der Hauptmann spazierte daraufhin zu seiner Rüstung, welche neben der Mauer lag, packte den am Gürtel befestigten Dolch und zog ihn aus der Scheide. Dann holte er Arns Umhang, schnitt davon einen Streifen heraus und verband damit die Augen des Gefangenen. »Sobald du frei bist, bekommst du einen Neuen.«

Durch den dicht verwobenen Stoff konnte er nicht das Geringste sehen. Nur zwischen Wange und Nase drang etwas Licht herein, wobei gerade so die Beschaffenheit des Bodens zu erkennen war. Zum Abschied spürte er Pietrs Hand auf seiner vernarbten Schulter – eine freundschaftliche Geste. Dann wurde er abgeführt.

Nach dem Torbogen, bei dem er aufgefordert wurde, seine Füße zu heben, bogen sie nach rechts ab, wobei die Tür knirschend ins Schloss fiel und schwere Holzbalken in eine eiserne Vorrichtung fallen gelassen wurden. Arn zählte lautlos seine Schritte mit, prägte sich die jeweiligen Laufrichtungen ein und merkte sich Umgebungsgeräusche, um eine Vorstellung der Festungsräumlichkeiten zu erhalten. Nach kurzem knarrte die nächste Tür, worauf sie zu seiner Rechten in einen dunklen, kalten Raum schritten. »Stufen«, berichtete eine kratzige Stimme. Arn hob den Fuß und weiter gings mit hallenden Schritten eine steinerne Wendeltreppe hinauf – zwei Stockwerke hoch. Die Vermutung lag nahe, dass sie sich in einem der Türme befanden. Oben angelangt wurde es schlagartig etwas wärmer, obwohl der Streiter leicht fröstelte. Girrender Bretterboden unter den Füßen – nach links. Nun liefen sie gemächlich durch einen Raum oder Flur, in dem sich hellere mit dunkleren Stellen regelmäßig abwechselten. »Wahrscheinlich die Schießscharten«, dachte sich Arn, da er sie von außen, teils hinter herabwachsendem Efeu, gesehen hatte. Bald darauf, vorerst leise und gedämpft, ertönten Stimmen aus einem fernen Raum. Und je weiter sie vorankamen, desto deutlicher wurden sie, bis der Streiter jedes einzelne Wort deutlich verstehen konnte. Eine rege Unterhaltung von mindestens drei Männern war im Gange.

»Hee! Kennt ihr die Geschichte von der Schankmaid und dem Krüppel?«

»Hahaha. Ja, Magnus, die hörte ich schon dutzende Male.«

»Die anderen aber nicht. Also hört zu – sie ist zum Brüllen komisch.«

»Jaa … du hast dich mit deinen Brüdern im heulenden Wolf betrunken … blabla.«

»Genau so war es, werte Herren. Ich habe mich mit meinen drei Brüdern eines Abends betrunken. Nein! Wir haben uns die Seele aus unseren Leibern gesoffen – haha! Herb kotzte bereits am frühen Abend die Schenke voll und Tin pinkelte unter den Tisch wie ein räudiger Hund. Und … na ja, irgendwann kam die Schankmaid angerannt und beschimpfte uns mit wüsten Flüchen und Drohungen. Und als sie die Schweinereien erbost aufwischte, stand Herb mit wackelnden Beinen auf, torkelte hinter die Maid und griff an ihr fettes Hinterteil – haha. Ihr hättet Herbs zufriedenen Gesichtsausdruck sehen sollen. Sein breites Grinsen werde ich nie vergessen.«

»Hehehe!« Ein herausgepresstes Lachen erklang.

»Und die ach so fette Maid erschreckte sich, drehte sich um und begann, auf Herb einzudreschen. Vorerst kicherte Herb wie ein altes Weib, während er ihre Schläge fuchtelnd abwehrte. Aber als sie ihm einen Fußtritt in die Klöten versetzte, krächzte er aus vollem Halse, sodass sich alle Blicke auf uns richteten. Der heulende Wolf war wie immer rappelvoll, müsst ihr wissen. Aber dann ballte Herb seine Faust, holte weit aus und schlug zu – haha! Doch leider verfehlte er die Hure von einem Weib und knallte bäuchlings auf den Boden. Ich sage euch, Männer, hätte er getroffen, wäre sie wohl tot umgefallen. Was haben wir gelacht ... aber ihr werdet es mir nicht glauben – das Beste kommt noch! Kaum haben wir uns vom Lachen erholt, Herb lag übrigens noch regungslos schnarchend zwischen Pisse und Rotz am Boden, öffnete sich die Tür und ... hmpff ... ihr werdet es mir nicht glauben. Ein Krüppel kam hereingehumpelt. Sofort erstickte der ganze Raum in absoluter Stille – stellt euch das mal vor! Jedenfalls schauten alle zu diesem buckeligen Geschöpf herüber. An seinem Nacken ragte ein ekelerregendes Geschwür empor und es verhielt sich ganz still, als es in die Raummitte trat. Und als es uns mit seinen grausigen Augen anglotzte und allen einen guten Abend wünschte, platzte das Lachen aus uns heraus – haha! Und als es...« Abrupt verstummte das Gerede, als Arn offensichtlich gesichtet wurde. Abgesehen von den marschierenden Schritten des Gefangenen und seiner Wachen war kurz darauf nur ein aufgesetztes Husten und ein Zurechtschieben eines Stuhles zu hören – so, als wollten sie die rasch eingetretene Ruhe auflockern.

»Oha, schaut euch den an. Wo habt ihr denn diesen Vagabunden aufgegabelt?«

»Halt dein Maul, Magnus.«

»Er hat Pietr, ohne eine Schramme abzukriegen, im Zweikampf besiegt und war einst Anführer der Königsgarde – also etwas mehr Respekt.« Die stolze Stimme gehörte zu einer der Wachen, welcher den Streiter am Arm festhielt. Daraufhin blieb Arn stehen, ehe die beiden Soldaten, die ihn führten, ebenfalls verharrten, ihren Griff jedoch fühlbar verstärkten. Der Kämpfer schwenkte seinen Kopf zu jener Stelle, wo er das Großmaul vermutete und sprach mit ruhiger Stimme: »Magnus, hm. Diesen Namen werde ich mir merken.« Mit dem Stofffetzen vor den Augen starrte er nun für einige Augenblicke stumm in die unbekannte Richtung. Kein Mucks erklang. Schließlich fügte er gelassen hinzu: »Ich werde dich finden und dir den Kopf abschneiden.« Noch immer war es still. Erst als sie wieder vorwärts marschierten, rief Magnus hinterher: »Das Loch liegt auf der anderen Seite! Wo bringt ihr ihn hin?!«

Nach einer Weile fing es plötzlich an, zu stinken. Der Geruch von vergammeltem Fleisch und menschlichen Fäkalien biss sich in die Nase des Kriegers. »Die Latrine«, dachte sich Arn. Kurz darauf näherten sich ihnen Schritte, worauf sie von mehreren Soldaten gegrüßt wurden. Dann wurde es immer heller, bis er schließlich die Wärme der Sonne spürte. Ganz in der Nähe zwitscherte ein Vogel, derweil die melodischen Laute von schlagendem Eisen übertönt wurden.

»Wir sind da.« Schlagartig verfinsterte sich die Umgebung wieder und kühle Luft umhüllte den Krieger. Die Männer setzten ihn behutsam auf den kalten Steinboden, banden einen Strick um die Füße und eine der Wachen nahm daraufhin das Tuch von seinen Augen. Alle bis auf einen der Männer verließen die düstere Kammer. Der Jüngling zögerte beim Fortgehen und lächelte verlegen, als sich Arns Blick mit seinem kreuzte.

»P...p...pietr und Druin werden s...si...iicherlich bald nach dir sehen«, stotterte der sichtlich nervöse Soldat, nickte rasch und eilte ebenfalls hinaus. Die Tür fiel diesmal leise ins Schloss – ein rostiges Klacken folgte und Schritte entfernten sich.

20

Fröstelnd lief Thordir am Rande der weiten Lichtung zum unbefestigten Weg zurück, wo die zahlreichen Soldaten und Rösser tiefe Furchen im durchweichten Erdreich hinterlassen hatten. Anhand der Schrittlänge sowie der Abdrucktiefe konnte der erfahrene Spurenleser erkennen, dass die Männer eilig marschiert waren und dabei schwere Rüstung trugen, auch wenn er das Heer am Vorabend nicht gesehen hätte.

Ein feiner Nebel lag an diesem frühen Morgen zwischen den Baumkronen. Und die Sonne verbarg sich noch knapp hinter dem Gebirgshorizont, als der Mischwald allmählich zu erwachen begann. Irgendwo war ein Specht dabei, ein Loch in die Rinde eines Baumes zu hämmern, und in weiterer Ferne vernahm er das Röhren eines Rothirsches. Schlagartig überkam ihn die Wehmut an die Pirsch mit Grom zusammen.

Besonders in der Jahreszeit, in der sich das Laub rostig orange, tiefrot bis goldfarbig verfärbte und einzelne immergrüne Fichten und Tannen das Landschaftsbild vollendeten, hatte es Thordir geliebt, mit Vater unterwegs zu sein. Frühmorgens, wenn der Tau noch wie unzählige Perlen auf den saftigen Wiesen lag, kühle Luft bei jedem Atemzug durch die Nase strömte und ein heiteres Gefühl der Freiheit auslöste.

Tagsüber jagten sie mit Pfeil und Bogen schweißtreibend dem Wild hinterher und abends blickte ihnen das freudige Gesicht von Alaya entgegen, wenn sie mit Beute über den Schultern nach Hause kamen. Die Vorfreude auf das bevorstehende Mahl war kaum zu übersehen, weshalb die beiden Männer sofort damit begannen, das Fell von der Haut zu trennen und die Innereien herauszuschneiden. Derweil dann die Mutter den Braten über dem Feuer brutzelte, wuschen sich Vater und Sohn hungrig, aber fröhlich im nahgelegenen Fluss, wobei sie oft herumalberten oder über abenteuerliche Tage berichteten. Und dieser Augenblick, als Alayas Stimme erklang: »Soll ich das Schwein alleine essen?«, oder: »Ich glaube, heute genehmige ich mir die saftige Keule« – spätestens dann sprangen die beiden kichernd aus dem Wasser, hetzten nackt durch den Garten in die Hütte hinein, warfen sich einen Umhang um die Hüfte und setzten sich an die Tafel – herrlich duftete das ansehnliche Abendmahl mit den traditionellen Knollenkartoffeln, gebratenen Herbstzwiebeln, dem farbenfrohen Gartengemüse und dem dazugehörigen Braten.

Trotz der langwierigen Arbeit nach dem Gaumenschmaus, bis meist tief in die Nacht hinein, schätzte der Schwarzhaarige die Tätigkeit. Schließlich war ihm bewusst, dass das Fell, welches sie dann weiterverarbeiteten, ihnen künftig an eisigen Winterabenden Wärme spenden würde. Oder dass das Entfleischen und Säubern der Knochen bald für neues Werkzeug sorgen würde. Ebenfalls gewannen sie mit der Entnahme der Sehnen neues Bindematerial. Und die in Alkohol sowie Salz eingelegten Innereien hielten sich lange frisch – überlebenswichtig in Tagen der Dürre oder anhaltenden stürmischen Schneefällen.

Thordir merkte erst, als er an eine Weggabelung stieß, wie unaufmerksam er soeben durch den Wald spaziert war. Das Einzige, was er in jenem Moment wollte war, so schnell wie möglich nach Ehrelon zu gelangen.

In der Mitte der Y-Gabelung lag ein mannshoher Fels, auf dem der Name der Hauptstadt eingemeißelt war und ein eingekerbter Pfeil in die linke Richtung zeigte. Thordir hätte sich auch ohne Wegweisung für diese Seite entschieden, da von hier eine gepflasterte Handelsstraße wegführte, begrenzt von einem niedrigen Steinwall am Rande. Der zweite Weg, zu seiner Rechten, glich jenem, von dem er gekommen war – schlammig, schattig und sich durch den Forst schlängelnd.

Sorge über das Bevorstehende und Trauer darüber, was geschehen war, begleiteten den Armarer, als er über die flachen

Steine lief. Aber auch ein tiefes Gefühl des Stolzes übermannte ihn plötzlich. Es wurde ihm nun wahrhaftig bewusst, welch schlimme Dinge er hatte durchleben müssen, und dass er noch immer in der körperlichen und geistigen Verfassung war, das zu tun, was er für richtig hielt. Oder nahm ihm das Schicksal die Wahl ab, dorthin zu gehen, wo er überleben konnte?

Thordir rieb sich die Tränen aus den Augen und sputete sich. Immer wieder blickte er aufgeregt in die Ferne, um die ersten Häuser von Ehrelon erkennen zu können oder Teile der Wehrmauer, die gewaltig sein musste, wie er gehört hatte. Das Einzige jedoch, was er bald zu sehen bekam, war eine Rauchsäule über den Baumkronen des lichten Waldes vor ihm. Und in jenem Moment, als es ihm seltsam vorkam, wie wenig Menschen er antraf, eilten zwei Gestalten auf ihn zu. Sofort schnellte Thordirs Blick zu ihren Gürteln und Händen. Doch die beiden trugen keine sichtbaren Waffen bei sich. Erleichtert grüßte der Schwarzhaarige sie, als sich bald ihre Wege kreuzten.

»Tag, der Herr«, grüßte der alte Mann mit kräftiger Kehle, den schulterlangen Haaren, dem zerzausten, grauen Bart und den tiefen Gesichtsrunzeln zurück. »Unsichere Zeiten, was?«

»So ist es«, antwortete Thordir teilnahmslos. Ein Gespräch zu führen, war das Letzte, was er wollte, weshalb seinerseits ein kurzes Nicken folgte und er den Weg fortsetzte. Des alten Mannes Weib, eine schlanke, sonnengebräunte Frau mit geflochtenen Zöpfen, sah ihm schon lange, bevor sie aufeinandertrafen, misstrauisch entgegen. Als ihr Gefährte das Gespräch suchte, drängte sie ihn mürrisch zum Weitergehen.

Den Argwohn konnte der Schwarzhaarige verstehen. Wahrscheinlich klebte ihm noch immer vertrocknetes Blut irgendwo im Gesicht – abgesehen von der auffälligen Verletzung an der Stirn. Die Wunden an Arm und Schenkel konnten mit dem Zurechtrücken des Umhangs etwas verdeckt werden. Trotzdem hätten alle geglaubt, er sei obdachlos, da die Kleider verdreckt und teils zerrissen waren.

Später, als die Sonne bereits hoch oben am Himmel stand, zog sich die Handelsstraße aus Pflastersteinen noch immer in die Länge. Nach jeder Biegung hoffte Thordir, auf ein Gewässer oder einen Brunnen zu stoßen. Sein Rachen war bereits staubtrocken und der Durst nagte an seinen Kräften. Leichter Schwindel setzte ein, welcher die Sicht allmählich trübte. Dann lag auf einmal der Geruch von verbranntem Holz in der Luft. Die einsetzende kühlende Brise kündigte ein Feuer an. Von Rauch oder anderen Anzeichen einer Siedlung war aber nichts zu sehen, bis er stehen blieb und aufhorchte – »Wasser!« Der Schwarzhaarige lächelte und eilte sogleich an die Stelle, an der er ein Fließgewässer vermutete.

In seinen Gedanken floss zwischen sauberen, rundlichen Steinen, saftigen Grasbüscheln und hellem Kiesbett ein rauschender, klarer Bach mit Forellen und Barschen. Er stellte sich bereits vor, wie er sein lädiertes Gesicht in das kalte Wasser tauchte und davon herzhaft trank. Wohltuend würde es den trockenen Rachen durchspülen, um sodann die Kehle zu erfrischen. Nach dem Auftauchen aus dem sprudelnden Nass würden die kalten Wassertropfen abwärts über die verschwitzte Haut rinnen und ihm ein herrliches Gefühl von Geborgenheit vermitteln.

Nach wenigen Schritten abseits der Straße, hinter Büschen und kantigen Felsen, fand er, wonach er suchte – Wasser. Jedoch hegte er jetzt laut fluchend den Verdacht, an eine Abwasserrinne gelangt zu sein, die aus Ehrelon stammte. In Wahrheit war es auch eine von Menschenhand gegrabene Rinne, jedoch diente sie zur Feldbewässerung und war von den heftigen Regenfällen, welche Massen an Erdreich mitspülten, bräunlich verfärbt. Wären keine Höfe in der Nähe gewesen, hätte er davon trinken können. Als Thordir aber den Kuhmist schwimmen sah und es in der Nähe irgendwie nach verdorbenen Eiern roch, kehrte er durstig zur Straße zurück.

Misslaunig gelangte er schließlich zu einigen Gehöften, die beide Seiten der Handelsstraße säumten. Kein Mensch war zu sehen. Rasch steuerte er auf die nächstgelegene Wohnhütte zu und klopfte ungeduldig an die Tür – es rührte sich nichts. Also ging er zur gegenüberliegenden Hütte, klopfte erneut an die Brettertür und als sich auch hier niemand meldete, umrundete Thordir das kleine Steinhäuschen in der Hoffnung, Wasser zu finden. In eine der insgesamt zwei Fensteröffnungen konnte der Durstige durch einen schmalen Spalt zwischen Sims und verschlossenen Klappläden hineinspähen. Das dunkle Innere bestand aus einem einzigen Raum. Nebst einer primitiven Feuerstelle, wie man sie auch behelfsmäßig unterwegs baute, erkannte er ein Strohbett, welches aus einem Rahmen von Buchenlatten bestand. Und ein kniehoher Holzblock war das einzige Möbelstück, was er erkennen konnte. Davor lag ein steinerner Mörser mit dem dazugehörigen Stößel und einigen anderen Dingen. Für Thordir wirkte es so, als hätte der Besitzer dieser ärmlichen Hütte das wenige Hab und Gut mitgenommen.

Auf der weiteren Suche nach Wasser stieß der Schwarzhaarige auf größere und kleinere Regenfässer, die jeweils unter den hölzernen Dachrinnen standen. Doch allesamt waren leer, ehe sich der Jäger daran erinnerte, weshalb: Die Bauern taten dies für strategische Zwecke, um ankommenden Feinden möglichst viele Ressourcen zu entziehen. Es waren auch keine anderen Vorräte, Werkzeuge oder Waffen zurückgelassen worden, bemerkte er nach und nach. Auch das Vieh war mitgenommen worden. In den Gärten war sogar das Gemüse noch hastig ausgezerrt worden, ob reif oder unreif, bevor die Armarer jene Siedlung verlassen hatten. Nur die allerlei Kräutersorten, welche zwischen niedrigen Zäunen sprießten, hatte man unberührt gelassen.

Doch dies änderte nichts an der Tatsache, dass der Durst unerträglich wurde. Auf einem abgeernteten Weizenfeld hinter einem der vielen mannshohen Heuhaufen, die hier verstreut herumlagen, verbarg sich endlich ein ovaler Ziehbrunnen. Hastig ließ er den Eimer am Strick hinuntergleiten, bis er am Ende des Schachtes pflatschend auftraf und sich mit dem füllte, was er so begehrte. Wie ein Verrückter zog er am Strick, derweil die Seilrolle unter dem Gewicht des Wassers kreischte. Und als das kühle Nass endlich greifbar war, verließen ihn seine Kräfte in den Armen. So lehnte er sich eilig über das Mäuerchen und tauchte seinen Kopf in den gefüllten Eimer. In den Brunnen zu fallen wäre nicht möglich gewesen, da ein befestigtes Eisengitter dies verhindert hätte. Gierig trank er so viel, wie sein Magen nur aushielt und schnappte nach Luft, als er wieder aus dem Wasser tauchte.

Die überschaubare Landschaft mit den sanften Erhebungen, auf denen sich Weizen- und Kartoffelfelder reihten, lag verlassen da. Zwischen eckigen Ackerfeldern und schmalen Rinnsalen gediehen Himbeer- und Brombeersträucher in Hülle und Fülle. Einzelne Eichen oder Buchen an den Wegesrändern schufen schattige Stellen, die an heißen Tagen sicherlich liebend gerne zur Rast in Anspruch genommen wurden.

Als er auf den Hauptweg zurückkehrte, frischte der Wind auf. Hinter seinem Rücken von Norden her glitten bereits die ersten gräulichen Wolken in Richtung Süden. Immer wieder blickte er sich über die Schulter und spähte in die fernen Ebenen rundherum, um sich nähernde Feinde so rasch wie möglich auszumachen. Auch dachte er über mögliche Fluchtmöglichkeiten oder Verstecke nach. »Was würde Arn an meiner Stelle tun, wenn plötzlich fremde Gestalten auftauchen würden?«, fragte er sich. Dabei stellte er schmunzelnd fest, dass er die Antwort kannte – »Kämpfen.« In jenem Moment hätte er seinen letzten Taler ausgegeben, um zu erfahren, wo sich der Streiter befand. »Und wo ist Bahl gerade?« Wenn Thordir an die beiden außergewöhnlichen Männer dachte, ging es ihm sofort besser. Die Zuversicht nahm zu. Er konnte es noch immer nicht glauben, wie die zwei in sein Leben getreten waren.

Nur hie und da fehlten Pflastersteine, deren Löcher ernste Gefahren für Wagen und Tier hätten sein können. Ansonsten schien die Oberfläche der Handelsstraße immer glatter zu werden, je näher sie ihn an die Stadt des Königs brachte. Thordir hatte noch nie eine derart solide Straße gesehen, welche die Fortbewegung zu Fuß, mit Karren oder mit Ross um ein Vielfaches vereinfachte.

Als hätte er laut gedacht, näherte sich schrilles Pferdegewieher aus der entgegenkommenden Richtung. Panisch hechtete er hinter die hüfthohe Mauer ins hohe Gras und rollte sich sogleich an die flachen Findlinge, um nicht gesehen zu werden.

Und kaum lag er regungslos in der Ecke, donnerten auch schon die ersten Reiter unmittelbar neben ihm vorbei. Das Erdreich schien zu beben. Dutzende Hufe preschten über die steinige Straße – begleitet vom beschwerlichen Schnauben der allesamt gepanzerten schwarzen Rösser.

Erst als alle vorbeigeritten waren und einen Steinwurf entfernt um eine Biegung hetzten, konnte er sie sehen. An die hundert Mann, schätzte er. Es stellte sich zwar heraus, dass es armarische Krieger waren und keine Aufständischen oder dergleichen. Trotzdem war es klüger, ihnen aus dem Weg zu gehen. Abgesehen davon hätte die Gefahr bestanden, überrannt zu werden.

Gänsehaut überzog noch immer seinen Körper als er mit wild pochendem Herz über die Mauer hüpfte. Einen halben Zollstock weiter vorne und er wäre in einer dichten Brennnesselstaude gelandet.

Die Sonne stand schon tief, als der Schwarzhaarige auf einer steilen Anhöhe von kahlen Feldern, auf denen einige Raben nach Futter pickten, bald den Kamm erreichte und wie angewurzelt stehen blieb. Denn was vor ihm lag, übertraf seine kühnsten Vorstellungen darüber, wie groß eine Stadt und wie mächtig eine Festung überhaupt aussehen konnten. In Erzählungen wurde Ehrelon als Meisterwerk menschlicher Baukunst beschrieben. Thordir hatte sie dabei immer für maßlos übertrieben gehalten. Aber er musste feststellen, dass der Anblick am Ende der flachen Ebene direkt vor den Ausläufern der Gebirgsketten wahrhaftig unübertrefflich war.

Gewaltige Mauern aus massivem Stein, ausgestattet mit hunderten Schießscharten, mannshohen Zinnen aus Eisen, überdachten Wehrgängen aus gehärteten Ziegeln, Abwehrtürmen, dutzenden Plattformen – besetzt mit imposanten Katapulten, und ein Tor, wie er es niemals für möglich gehalten hätte. Nicht die Größe war beeindruckend, denn im Vergleich zur umliegenden Mauer wirkte es sogar winzig, sondern der Rohstoff, welcher dafür verwendet worden war, versetzte ihn ins Staunen. Kein Holz mit beschlagenen Eisenriemen sollte Feinde vor dem Eindringen bewahren, wie ein Zugang üblicherweise verschlossen wurde – nein. Wenn er seinen Augen Glauben schenken konnte, bestand das zweitürige Portal aus reinem Felsen. Und hinter der Außenmauer konnte er noch zwei weitere Innenwälle erkennen, welche um einen niedrigen Berg errichtet waren, welcher der Form eines Kegels nahekam. Zur Mitte hin erkannte er steile Gesteinsformationen, auf deren oberster Spitze wohl irgendwo der Königspalast thronte.

Im Tiefland vor der Stadt lagen noch viele andere Gehöfte, Stallungen und Hütten, die den vorigen glichen – kleine Steinhütten mit primitiv gezimmerten Holzdächern, Stallungen, deren Wände aus gestapelten Baumstämmen erbaut waren, und den dazugehörigen Strohdächern. Umliegende Äcker und Höfe verbanden schmale Wege oder Pfade miteinander, um die Güter von einem Ort zum nächsten zu bringen. Wo einst unzählige Kühe grasten, Schweine sich suhlten oder Federvieh nach Körnern pickte, war nun eine zertrampelte Graslandschaft übriggeblieben. Thordir erkannte nur eine Handvoll Menschen, die sich noch nicht in die schützende Festung zurückgezogen hatte.

In der Nähe, etwas unterhalb der Anhöhe, fielen ihm plötzlich zwei Männer auf. Derweil er ihnen entgegenmarschierte, begannen sie damit, einen Karren mit schweren Jutesäcken zu beladen. Von einer großen Windmühle transportierten sie sie ins Freie, um das abgepackte Korn anschließend mit aller Kraft auf die Ladefläche zu hieven. Etwas eilig grüßte er sie und erkundigte sich ohne viele Worte nach der Gefahrenlage.

»Du siehst erschöpft aus, Fremder«, sprach der eine Müller besorgt, als er ihn von Kopf bis Fuß betrachtete. Ohne zunächst auf Thordirs Frage einzugehen, fuhr er fort: »Wurdest du angegriffen?« Dabei starrte er auf die Stirnwunde. Die Handgelenke verbarg der Schwarzhaarige unter den Ärmeln, so gut es ging. Denn jene Verletzungen hätten ihn sofort als entlaufenen Gefangenen entlarvt.

»Nein – gestürzt«, log er überzeugend. »Ich war auf der Durchreise und hätte schwören können, dass Tromstadt während der Nacht angegriffen wurde. Dann nahm ich die Beine in die Hand und bin gerannt.«

»Dann hast du unsere Feinde nicht erkannt?«, fragte der Müller mit enttäuschtem Gesichtsausdruck.

Mit einem Kopfschütteln verneinte Thordir und erkundigte sich nochmals nach den Zuständen in Ehrelon.

»Wir Landarbeiter hören ja nur das Nötigste. Aber ein Bauersweib soll von einem dunklen Reiter berichtet haben, der, so wird gemunkelt, in jener Nacht mit schwersten Verletzungen aus nördlicher Richtung kam und vom Angriff berichtet haben soll.« Der zweite Müller stand währenddessen schweigend etwas abseits der anderen und verlor den Horizont, sichtlich nervös, nie aus den Augen.

»Nun denn – lass uns rasch alles aufladen, Elm. Und dann weg hier.«

»Ich helfe euch«, bot sich der Schwarzhaarige an.

»Mich nennt man Björn und das ist mein Bruder Elm.« Thordir nickte freundlich. Dann eilte er hinter den beiden Männern in die Mühle und begann, die prall gefüllten Getreidesäcke auf den bereits halbvollen Karren zu hieven. Als bald auch der Letzte verladen war, sprang Björn auf das Sitzbrett und griff zum Zügel. »Der Stille sitzt auf der Ladefläche«, erwähnte er, den Jäger dabei auffordernd, sich neben ihn zu setzen. Elm hatte noch kein Wort gesprochen und sein Verhalten war etwas sonderbar. Mittlerweile glaubte der Lädierte, dass dessen Verstand unterentwickelt war.

»Hooo!« Der großgewachsene Maulesel stemmte sich in das Geschirr, worauf sich der Wagen langsam knarrend in Bewegung setzte. »Hoo, hoo!«, feuerten des Kutschers Rufe den Vierbeiner an.

Dunkler werdende Wolken zogen nun hoch oben am Abendhimmel über das Land der Armaren, um das näherkommende Ehrelon Schritt für Schritt in düstere Schatten zu tauchen. Die Sonne verschwand allmählich und kalter Westwind begann, über die weite Ebene zu fegen. »Hoo, hoo!« Der Karren holperte zügig über den unebenen Weg, bis sie in einer scharfen Spitzkehre mit knirschenden Vorderrädern in die Handelsstraße einbogen. Der tüchtige Maulesel schnaubte und keuchte unter der Schwere der Last.

»Reiter!«, schrie der bisher so stille Elm plötzlich wie am Spieß. Erschrocken von den abrupten Lauten blickte Thordir hastig über die Schulter. Als er aber weit und breit keine Rösser erkannte oder sonstige Gestalten, sah er erzürnt zu Elm hinüber, welcher direkt hinter seinem Bruder auf den Getreidesäcken hockte und starr in die Landschaft glotzte, als hätte er Geister gesehen. Das Geschrei verursachte dem Schwarzhaarigen ein Ohrensausen. Den Kutscher schien es nicht zu stören. Wahrscheinlich deshalb, weil er verbissen nach Schlaglöchern Ausschau hielt und den Wagen geschickt um Biegungen lenken musste.

»Da! Reiter!«, plärrte Elm nochmals in die Ebene hinaus, sodass jedermann in weitem Umkreise ihn auch hören konnte. Doch nun erkannte auch Thordir die Umrisse, nachdem er seine flatternden Haare eilig aus dem Gesicht gewischt hatte.

»Was seht ihr?«, erkundigte sich Björn, ohne den Handelsweg aus den Augen zu lassen.

»Etwa ein halbes Dutzend Berittene, die uns rasch aufholen – noch einen Acker entfernt«, erklärte der Jäger.

»Ho!«

Mittlerweile waren Elms Fingerspitzen vom anfänglichen Nuckeln gänzlich in seinem Mund verschwunden. Und als er sich alsbald zum Schwarzhaarigen wandte, offenbarte der bleiche Gesichtsausdruck seine abgrundtiefe Furcht. Schweißperlen lagen auf der Stirn und es fiel auf, dass er sich soeben einnässte.

»Sie sind bald da ... schneller, Bruder ... schneller«, bat der Stille mit schlaffer Stimme, welche aufgrund des wehenden Windes kaum zu hören war. Daraufhin peitschte Björn mit den Zügeln und rief: »Der Esel kann nicht schneller – er wird uns noch tot umfallen! Wir sind einfach zu schwer!«, derweil die Achsen gebrechlich ratterten und knatterten und sogar die erschöpften Geräusche des Grautieres übertönten. Schließlich begann der ängstliche Müller, mit den Beinen panisch die Kornsäcke von der Ladefläche zu schieben, ehe sie auf die Straße purzelten und teils aufgerissen liegen blieben.

»Nicht – es sind unsere Leute!«, beruhigte ihn Thordir rasch, indem er ihm an den Arm fasste. »Fahr langsamer.«

»Unsere Männer?« Und als Björn seinen Kopf wenden wollte, um sich selbst zu überzeugen, preschten die Reiter sogleich vorbei. Nur der Vorderste trug eine armarische Rüstung. Die anderen drei waren wie gewöhnliche Bürger gekleidet. Dabei war auch ein Junge, der in der Mitte der Kolonne ritt. Mit ihnen drehte sich auch der Schwarzhaarige wieder nach vorne und verfolgte die Gruppe mit den Augen.

»Elm? Geht es dir gut?«, fragte sein Bruder, der den Esel beiläufig dazu aufforderte, langsamer zu gehen. Keine Antwort folgte. Man sah es Björn an, dass er wusste, wie es um den Müller auf der Ladefläche bestellt war. Erst später begann der Ängstliche, irgendwelche unverständlichen Worte zu murmeln.

Obwohl die Sonne noch nicht hinter dem Horizont verschwunden war, verbarg sie eine dichte Wolkendecke und der Tag war bereits halb zur Nacht geworden. Auf den überdachten Wehrgängen sowie den Türmen von Ehrelons gewaltigen Mauern wurde eine Fackel nach der anderen entfacht. Und bald flammten unzählige Lichter darauf – ein schöner, zugleich aber auch unheimlicher Anblick bot sich ihnen. Im Schein der winzigen Flammen erkannte Thordir nun einzelne Krieger. Einige standen still da. Einige marschierten umher und wiederum andere schienen Dinge herumzuschleppen.

»Das Tor – es öffnet sich.« Björn zeigte mit dem Finger auf einen dunklen Fleck weiter vorne und freute sich sichtlich. Kaum war es etwas geöffnet, trabten die wartenden Reiter hinein. Die drei Gefährten waren nun so nah, dass die Schießscharten und die Mauerstrukturen deutlich zu erkennen waren. Wahrscheinlich beobachteten in jenem Moment dutzende Soldaten den Schwarzhaarigen, von denen er nur wenige wahrnahm.

Der Müller lenkte den Wagen geschickt in einem runden Bogen über den steinernen Weg, um sodann geradlinig durch die Pforte fahren zu können. Tatsächlich bestand das Tor aus reinem Felsgestein, in welches sechs ansehnliche Kriegshäupter eingemeißelt waren. Die äußerst detailreiche Kunst zierte die ganze Höhe und Breite des Tores und wirkte einschüchternd. Und gleichzeitig konnte man nur erahnen, wie das Innere der

Stadt aussehen würde, wenn bereits das Äußere solch pompöse Züge annahm. »Wahrscheinlich herrschten diese Männer einst über das Reich – Könige aus vergangenen Zeitaltern oder Krieger, die Heldentaten vollbrachten«, dachte sich Thordir bewundernd.

Als der trabende Maulesel die Biegung vollendete und mit dem Karren geradewegs in die Öffnung fuhr, erkannte der Schwarzhaarige die unglaubliche Dicke der Pforte. Es war ihm ein Rätsel, wie Menschen so etwas bauen konnten. Und kaum sah er sich daran satt, öffnete sich ein gut dreißig Zollstock langer, hell erleuchteter Tunnel. Dutzende Laternen hingen mit eisernen Vorrichtungen an den hellen Sandsteinwänden, welche im Luftzug umherschaukelten und gespenstische Schatten warfen. Jeweils dazwischen, jedoch weiter oberhalb gelegen, waren längliche Scharten eingearbeitet. Sie dienten den armarischen Bogenschützen dazu, Feinde innerhalb des Stollens zu beschießen. Und als Thordir plötzlich Stimmen über sich vernahm, rollten seine Augen verwundert nach oben. Er sah weitere in den Stein gehauene Schlitze. Jedoch zogen sie sich beinahe durch die ganze Breite des Tunnels – drei an der Zahl, in gleichmäßigen Abständen erbaut.

»Pechnasen«, erklärte Björn, als er Thordirs erhobenes Haupt bemerkte. »Noch nie gesehen?«

Der Jäger verneinte mit verdutztem Antlitz.

Das Ende der strategischen Schleuse markierte ein zur Hälfte hochgezogenes Fallgitter aus vernieteten Eisenstangen mit spitzen Zacken. Und als sie den Korridor verließen, bot sich für Thordir aus dem Finstertal ein weiterer erstaunlicher Anblick dar, den er sich nie hätte träumen lassen. Ein mit etlichen Lichtern beleuchteter Innenhof tat sich auf, in dessen Mitte, auf einem runden Sockel ruhend, eine riesige Statue aus edlem Stein stand. Die Skulptur stellte einen armarischen Krieger in schwerer Rüstung dar, wie er einen imposanten Dreiecksschild schützend vor seinen Körper hielt. Abgesehen von der etwas schmaleren Statur und der Form des Mundes ähnelte der Krieger Arns Erscheinung.

Aus der von hohen Wällen umgebenen eiförmigen Arena führten insgesamt zwei gepflasterte Straßen, welche jeweils zwischen dem Torbogen mit einem weiteren Fallgitter gesichert waren. Direkt darüber wurden die Ankömmlinge bereits von wachsamen Blicken beäugt. Thordir sah neugierig in alle Richtungen, während das Fuhrwerk gemächlich über die Platten holperte, und merkte sofort, dass dieser Ort für ankommende Feinde nur eines zu bedeuten hatte – den Tod. Denn er war umgeben von Stein, Eisen und Soldaten. Ohne geeignete Kriegsgeräte oder lange Leitern wäre man hier eingeschlossen gewesen, während ein Regen aus Pfeilen die Leiber durchlöchert hätte.

»Die Kammer der Verzweiflung, wie sie liebevoll genannt wird«, verriet Björn gelassen.

Die ovalen Wälle rundherum maß dieselbe Höhe wie die Statue, wirkte aber im Vergleich zur Außenmauer wie ein Gartenmäuerchen mit schützenden Kronen darauf.

Hinter den dreien, irgendwo oberhalb des Tores, begannen Rufe, die Stille zu durchbrechen. Sodann brüllte eine andere Männerstimme aus voller Kehle: »Tooor –schließen!« Und kaum war der Befehl erteilt worden, ertönte ein lauter Knall. Dies war der Auslöser für einen ausgeklügelten Mechanismus, in Gang gesetzt von einem kräftigen Burschen, der mit einem mannshohen Hammer auf eine Eisenplatte schlug. Klackende Geräusche hallten über die Festung hinweg, ehe sich das Tor bewegte und sich bald mit einem dumpfen Gepolter schloss.

»Gitter – schließen!« Kurz darauf geriet eine zweite Zahnradmechanik in Schwung und die schwere Falltür fiel ungebremst, bevor sie auf dem Boden ohrenbetäubend aufschlug.

Björn lenkte den Wagen in die linke der beiden Straßen, brachte den Maulesel zum Stillstand und grüßte die Wachen vor ihnen mit erhobener Hand. Thordir tat es ihm gleich. Unauffällig verbarg er seine Handgelenke unter den Ärmeln und seine Anspannung hinter dem müden Gesicht. Ein breitschultriger Soldat trat näher – die Finger auf dem Schwertgriff ruhend. »Es freut mich, dass ihr vor Einbruch der Nacht in die Stadt gekommen seid.«

»Noch dazu bringt ihr Korn«, erwähnte ein anderer mit einem Speer in der Hand. »Habt Dank, Müllersmänner«, sagte er mit Wertschätzung, indessen er die drei mit zufriedenem Ausdruck betrachtete.

»Ehrensache«, sprach Björn.

»Es verweilen noch immer einige Leute auf den Höfen«, berichtete der Schwarzhaarige.

»Dies ist uns bekannt!« Die barschen Worte erklangen aus dem Schatten einer Mauernische heraus. Thordir sah lediglich Umrisse des Soldaten und konnte nur erahnen, dass er ihn in diesem Moment misstrauisch anstarrte. Sofort überfielen ihn quälende Ängste vor Folter und Schmerz.

»Hab Dank für diese Nachricht. Bauern, die ihre Höfe nicht verlassen wollen, wird es wohl immer geben.« Um seinen Worten Ausdruck zu verleihen, blickte die Wache mit dem Schwertknauf in der Hand besorgt in Richtung Tor. So, als stünde der Feind bereits in den umliegenden Wäldern auf der Lauer – nur darauf wartend, dass die Finsternis der Nacht über Ehrelon hereinbrach.

»Nun denn. Ich nehme an, ihr kennt den Weg zur Mühle – gute Heimkehr.«

»Lebt wohl«, wünschte ihnen Thordir sanft nickend, wobei Björn den Abschiedsgruß wiederholte und Elm ebenfalls, nur murmelnd.

»Hoo.« Der Maulesel verlagerte seinen Körper nur zögerlich nach vorne, als hätte er keine Lust auf die Schufterei. So verstrichen einige Momente, bis sich das Geschirr endlich spannte und der Karren zu rollen begann sowie die Hufe zwischen den Steinspalten Halt fanden. Als sie die Wachen passierten, beäugte der Soldat in der Mauernische Thordir, ohne mit der Wimper zu zucken. Sein Auge folgte ihm nach, ohne dabei den Kopf zu bewegen. Wo einst sein zweites Auge geruht hatte, waren nur hässliche Vernarbungen zurückgeblieben. Björn begann sogleich ein Gespräch mit dem Schwarzhaarigen und lockerte den Moment ungemein. Doch selbst als der Jäger den Kopf wieder nach vorne richtete, spürte er den argwöhnischen Blick noch, welcher auf seinen Leib gerichtet war. Erst als sie ratternd hinter einer Hausecke verschwanden, konnte er aufatmen. Aber während der Müller von der Stadt erzählte, versank Thordir in zweifelnde Gedanken. Trotz der mysteriösen Fremden Bahl und Arn, die ihn davon überzeugt hatten, hierher zu wandern und an seine ursprüngliche Herkunft zu glauben, plagte ihn allerlei Skepsis. Grom hatte ihn ja von Kindesbeinen an gelehrt, mit dem Vertrauen sorgsam umzugehen – dafür gab es genügend Gründe. Denn so viele Menschen waren leicht zu beeinflussen, unschwer zu täuschen oder mühelos in die Irre zu führen.

Zur Linken führten zwischen den Hütten immer wieder Steintreppen zu den Wehrgängen der Außenmauer hoch. An mehreren Orten waren Männer damit beschäftigt, die mit Waffen und anderen Materialien gefüllten Seilzüge zu entladen. Wiederum andere beluden sie am Fuße der unüberwindbaren Wand in die dafür geeigneten Behältnisse. Soldaten verteilten die Ware auf den Gefechtslinien hinter den Zinnen. Pfeile und Bolzen wurden in die hunderten, dafür vorgesehenen Holzfässer gestellt, Armbrüste und Bögen in die dutzenden Waffenkammern gebracht, Wurfsteine oder mit Öl gefüllte Tontöpfe auf Karren gehievt und anschließend an die Katapulte verteilt. In den umliegenden Hochöfen schaufelten Männer unter größten Anstrengungen in der sengenden Hitze Braun- und Steinkohle in die Schächte, derweil sie mit klatschnassen Körpern vor der Feuersbrunst Pech herstellten. Vollgestopfte Fuhrwerke mit allerlei Kisten, Fässern, Krügen, Stoffen und Fellen girrten durch verzweigte Gassen. Zur gleichen Zeit kreuzten sie Wagen mit leeren Ladeflächen, die eilends ins Innere der Festung rollten, um weitere Ware abzuholen. Es wurde gerufen, gerannt, gestapelt, gebrüllt, festgezurrt, geflucht, befohlen. Überall stiegen dunkelgraue Rauchsäulen über den Ziegeldächern der Schmieden auf. Schwerter wurden über knirschenden Schleifsteinen kantig geschliffen, Stahl unter schweren Hämmern gerade geschlagen, glühende Klingen zischend in kalte Wassertröge getaucht, Rüstungsteile miteinander verbunden und verknotet.

Ehrelons Straßen rochen nach Metall, Schweiß, Feuer und Asche – es herrschte bedrückende Kriegsstimmung.

Überall ging es zwar hektisch und rau, aber geordnet zu. Beeindruckt sah sich Thordir um. Es schien ihm, als wüsste jeder Einzelne, welche Verpflichtungen zu erfüllen waren. Nur zu gerne hätte er jeden Ort zu Fuß erkundet. Doch am liebsten – und das ließ ihn seine Schmerzen vergessen – wäre er auf die Außenmauer gestiegen. Zwischen den mächtigen Zinnen zu stehen, in den weiten Talkessel zu blicken und zu vergessen, was geschehen war.

Belebt von dessen Gedanken, besann sich Thordir wieder, während sich der Karren immer weiter vom Außenring in Richtung Stadtkern bewegte. Von den beleuchteten Hauptwegen zweigten ständig halbdunkle Seitenstraßen ab und wiederum von diesen führten schmale, düstere Gassen zu Wohn- und Werkstätten. Bedeutsame Geschäfte lagen an den breiteren Haupthandelsrouten, welche an Sauberkeit und ordentlichem Zustand nicht zu übertreffen waren. Oder man fand sie an den angesehenen Orten von Ehrelon wie den meist großflächigen, mit weißen Steinen besetzten, rundlichen Plätzen. Dort, wo Edel- und Handelsleute sich trafen, um geschäftig um Waren von großem Wert zu feilschen. Silber, bunte Edelsteine, Kristalle, seltene Kräuter und Gewürze, hochwertige Felle, kostbare Holzschnitzereien oder Waffen – geschmiedet von den geschicktesten Stahlburschen des Landes.

Je adliger, reicher oder angesehener ein Armarer war, desto mittiger lag sein Anwesen in Ehrelon. Dagegen hausten Bewohner niedrigster Schichten wie Bauern oder Knechte in ärmlichen Hütten außerhalb des schützenden Walls. Eine Ausnahme galt bei einer sich nähernden Bedrohung. Da wurden die Feldarbeiter in der Stadt untergebracht. Wer Glück hatte, durfte die Tage bei Vertrauten überdauern. Ansonsten mussten sie zusammengepfercht in Viehställen zwischen Hufen und Krabbelgetier nächtigen. Die untere Mittelschicht bestand aus Handwerkern wie den Steinmetzen, Schmieden, Schlossern, Tischlern, Wagnern, Sattlern,

Schuhmachern oder Schneidern. Ebenfalls der Müller, Brauer, Fleischer und die Arbeit des Jägers wurden in der Gesellschaft als niedrig eingestuft. Viel angesehener waren die Heiler, Mediziner oder die Krieger. Letztere konnten gar den Stand des Adels erreichen, sofern heroische Heldentaten vollbracht und von der Oberschicht anerkannt wurden. Auch sie waren es, welche die Steinhäuser nahe der Außenmauer bewohnten. Somit war eine rasche Verteidigung im Falle eines Angriffs gewährleistet. Auch die meisten Werkstätten, welche Kriegsmaterialien herstellten oder bearbeiteten, lagen aus strategischen Gründen im äußeren Bereich. Vagabunden, Streuner und anderes Gesindel dergleichen existierten in Ehrelon nicht – dafür sorgten die Stadtwachen mit eiserner Härte. Ertappte Diebe, Mörder oder Vergewaltiger verweilten nur vorübergehend im berüchtigten Kerker von Ehrelon, wo sie wie Ratten in engen, stockdunklen Gemäuern eingesperrt tagelang in ihren eigenen Exkrementen kauerten, bis sie irgendwann an einen geheimen Ort verschleppt wurden.

Je weiter die drei Männer ins Innere der Stadt vorstießen, desto weniger Menschen waren auf den Straßen und Gassen unterwegs.

»Wo bringt ihr das Getreide hin?«, erkundigte sich Thordir neugierig.

»Zur großen Mühle – gleich da vorne um die Ecke«, antwortete Björn mit der Hand gestikulierend. In diesem Moment erhob sich ein weiteres Tor vor ihnen in die Höhe. Die Pforte zum zweiten Befestigungsring war erneut mit einer zur Hälfte geöffneten Falltür versehen. Diese Mauer ragte etwas niedriger in den dunkelgrauen Himmel als die äussere. Doch auch an ihr reihte sich Scharte an Scharte.

Das halbe Dutzend Wachen, jeder von ihnen mit Schild und Speer bewaffnet, ließ sie ohne weiteres passieren.

»Da ist es.« Damit meinte der Müller das langgezogene Haus am Rande eines großen Platzes, vor dessen offenem Schiebetor Fackeln brannten. Dazwischen waren gerade einige Leute dabei, volle Säcke aus den Ladeflächen der Wagen zu hieven. Björn lenkte den Karren neben einen soeben leer gewordenen,

zog stramm am Zügel und hüpfte vom Sitzbrett. Der Schwarzhaarige tat es ihm gleich, nur wirkte er dabei wie ein Achtzig-
jähriger und griff sich mit Elm zusammen, der bereits auf seine
Hilfe wartete, einen der schweren Kornsäcke. Der Stille grinste
schelmisch, als Thordir dabei einen Blick auf seine eingenäss-
ten Hosen warf. Während sich der Fuhrmann mit dem bewaff-
neten Lagerwart besprach, verluden die beiden einen nach dem
anderen in die spärlich beleuchteten Kammern.

Gelagert wurde das braune Korn auf freistehenden, meist
mehrlagigen Gestellen, die es vor Nagern schützten. Jeder ver-
schnürte Sack lag in geringem Abstand zum nächsten, sodass
der Lagerwart die schützende Jutehülle regelmäßig auf Schäden
durch Ungeziefer oder Pilzbefall kontrollieren konnte.

Nach dem Entladen erhaschte Thordir einen Blick in die
Mühle, von der die knarrenden Geräusche ausgingen, die er von
weitem gehört hatte. Inmitten des Raumes trottete ein Ochse
um einen hüfthohen, ausgehöhlten Felsen, in dem die Getreide-
körner leise knisternd, von einem mächtigen Mühlestein vor-
wärtsgetrieben zerdrückt wurden. Ein Holzpfahl verband das
Geschirr des Vierhufers mit dem rollenden Stein und dessen
Holzkonstrukt auf dem Felsen. In der ellentiefen Mulde hatte
sich bereits grobkörniges Mehl auf dem Grund abgesetzt, als
er nähertrat. Durch eine offene Luke in der gegenüberliegenden Wand erkannte er sodann das Backhaus, von dem dumpfe
Klopflaute ausgingen. Sofort lief ihm der Speichel im Mund zusammen. Und als sogleich der herzhafte Geruch von frisch geba-
ckenem Brot in die Nase des Ausgehungerten stieg, begann unerträglicher Kohldampf seinen Bauchraum zu plagen. In seiner
Fantasie biss er nun in einen goldig gebackenen, außen krusti-
gen, innen weichen, noch warmen Laib Brot, welcher herrlich
nach Hefe duftete.

Als Thordir unruhig zu den Brüdern zurückkehrte, halfen
sie noch den anderen Müllern, ihre Waren zu entladen. Und als
keine Arbeit mehr zu verrichten war, schloss der Lagerwart das
Tor und schlenderte in die Backstube. Einige verließen den Müh-
leplatz mit ihren Eselgespannen – andere eilten zu Fuß davon.

Björn schaute jetzt zufrieden zum Schwarzhaarigen und bedankte sich mit festem Händedruck. »Wie nennt man dich, Fremder?«

»Thordir ist mein Name.«

»Nun, Thordir, es ist uns eine Freude.« Der Müller strahlte.

»Die Freude teile ich ebenfalls.« Ein erleichterter, aber äußerst erschöpfter Blick wanderte zu den beiden vor ihm Stehenden, als er die Worte sprach und etwas unsicher hinzufügte: »Wo werdet ihr nächtigen?«

»Wir kennen einen Tischler, der uns die Tage in seinem Lagerraum schlafen lässt. Der gute Mann hat alle Hände voll zu tun, aber für einen rechtschaffenen Bürger, wie du einer bist, hat er sicherlich noch einen Platz frei.«

»Nur zu gerne – hab Dank.«

Björn klopfte ihm daraufhin freundschaftlich auf die Schulter. »Dann lass uns gehen.«

Elm hielt sich wie immer im Hintergrund, trat mit den Füßen gegen kleine Steine, welche auf dem Weg herumlagen, um sie dabei zu beobachten, wie sie auf den Steinplatten umhersprangen. Nur einen Steinwurf entfernt stießen die drei Männer schließlich auf die Hütte des Tischlers. Björn öffnete die unverschlossene Tür und fragte sogleich nach Samiel. »Er ist wohl noch unterwegs – wahrscheinlich in der Taverne«, spottete er im dunklen Raum stehend, mit den Händen nach etwas suchend. Elm folgte ihnen als Letzter in der Reihe nicht ins Innere und als Thordir nach ihm sah, war er gerade dabei, seine ausgezogene Hose ins Regenfass neben dem Eingang zu tauchen.

»Wäre es nicht eine gute Idee gewesen, zuerst alle von uns trinken zu lassen und dann unsere Leiber zu säubern, bevor du deine Hose im Wasser wäschst?« Der Lädierte guckte ihn stirnrunzelnd an, worauf dieser spitzbübisch die Lippen verzog.

»Wenn ich sie nicht reinige, bekomme ich rote Pusteln an den Beinen und die jucken höllisch«, ehe er gleichgültig sein Haupt senkte und mit einem Stofffetzen eifrig begann, sein Glied und die klebrigen Schenkel abzuwischen. Abgestoßen von dem Anblick schnellte Thordirs Blick zur Seite, worauf er die Flucht ergriff und kopfschüttelnd über die Türschwelle in den Raum trat.

Björn hielt schützend die Hand vor das aufflammende Streichholz, um es vom kühlen Frühlingswind zu schützen, welcher noch immer durch die dunklen, teils in Rauchschwaden gehüllten Gassen von Ehrelon fegte.

»Unser Gastgeber wird sich den Magen verderben, wenn er vom Fass trinkt.« Des Jägers Worte klangen gefühllos, worauf das Lachen aus dem Müller herausbrach. Sein ganzer Körper bebte, derweil er sich nach vorne krümmend, sich kaum erholen konnte. Thordir lächelte herzlich mit, obwohl ihn die Schmerzen sehr plagten. Der Getreidebauer wischte sich mit dem Zeigefinger die Tränen aus den Augen und entzündete die Dochte dreier Kerzen.

Erst durch den Schein der Kerzen erkannte man die gestapelten Holzscheite neben einem kleinen Kamin. Daneben stand ein bildschön gezimmertes Bett mit allerlei feinen Schnitzereien, die in den breiten Rahmen eingearbeitet waren. Als Matte dienten mehrere vom Liegen abgewetzte Rehfelle. Ein schlichtes Wollkissen lag am Kopfende und eine mit allerlei Flicken bestückte Wolldecke ragte über das abgerundete Eichenholz. In einer Ecke standen zwei aufeinandergestapelte Stühle sowie ein Tisch, bei dem eines der Beine fehlte. Auf einer robusten Werkbank lagen Bretter in verschiedenen Größen herum, ein paar gerade und gekrümmte Nägel, ein abgenutzter Zollstock, zwei Arten von Hämmern und mehrere Feilen. Darunter, auf dem rauen Steinboden gelegen, diverse Tontöpfe, ein Mörser mit Stössel, Kisten mit gebündelten Lederbändeln, mehrere Messer mit mehr oder minder gebogenen Klingen, ein kleines Beil und dutzende armlange Dielen.

Während Thordir den Raum in Augenschein nahm, wühlte Björn in Samiels Vorratsschrank herum und packte bald mehrere Brotlaibe und etwas löchrigen Käse auf einen intakten Tisch.

»Greif zu. Samiel wäre damit einverstanden.« Der Schwarzhaarige nickte dankend und langte zu, passte jedoch auf, dass sein Gegenüber die Verletzungen an den Handgelenken nicht bemerkte. In diesem Augenblick stolperte Elm in die Hütte. Die nackte Überraschung zwang den Armarer ein weiteres Mal, seinen Blick vom entblößten Unterleib zu entfernen. Doch Elm blieb einfach regungslos, mit einem großen Eimer in der Hand, im Halbdunkel stehen und guckte seltsam, als er die beiden sitzend sah.

»Verdammt, schließ schon die Tür – es zieht!«, befahl sein Bruder mit vollem Mund. Daraufhin streckte Elm sein Hinterteil zur Tür und schob sie mit der linken Backe girrend zu.

»Überall hin, nur nicht auf den Tisch. Ni...!«

Wasser schwappte über den randvollen Eimer über die Tischplatte und verfehlte den Laib nur knapp, worauf sich Björn genervt an die Stirn fasste.

»Zum Trinken und Waschen.« Des Entblößten Worte klangen so, als hätte er soeben eine Meisterleistung vollbracht.

»Ist es Wasser vom Fass?«, fragte Thordir misstrauisch.

»Ja.«

Björns eifriges Kauen stoppte abrupt, ehe sein amüsierter Gesichtsausdruck die Zwei verharrend beobachtete.

»Wasser von diesem Regenfass?«, wiederholte er und zeigte in Richtung Tür.

»Ja.« Elm strengte sich außerordentlich an, die ernste Miene aufrechtzuerhalten, worauf der Schwarzhaarige mitspielte und gelassen zum Stehenden hochschielte. Keiner rührte sich – nur das Pfeifen des Windes war von draußen zu hören. Augenblicke später begannen Elms Lippen, immer mehr zu zittern, bis er sich schließlich nicht mehr beherrschen konnte und lautstark, die Hände vor dem Mund, auflachte. Björn holte tief Luft, stopfte sich einen großen Bissen Käse in den Schlund, beäugte den noch Lachenden und wollte von ihm wissen, ob er den Eimer beim Nachbarn gefüllt hatte. Wie an einem Hebel gezogen verfinsterte Elms Gesicht schlagartig.

»Du weißt, was mit Dieben passiert – also reiß dich zusammen!« Wütend schlug Elm mit der Faust in den Eimer. Das Wasser spritzte über die Tischplatte und durch den halben Raum. Wie ein mürrisches Kind verschränkte er seine Arme und sprang mit einem Hüpfer ins Bett. Jedoch unbeirrt davon widmeten sich Jäger und Müller der feuchten Mahlzeit und teilten sich den löchrigen, gelben Käse. Ohne zu zögern, schöpfte sich Björn mit einem Krug Wasser vom Eimer und trank es gierig. Als er den leeren Krug auf die Holzplatte zurückstellte, sagte er, ohne dass Thordir danach fragte: »Es schmeckt gut«, daraufhin es der Schwarzhaarige ihm freudig gleichtat und sich den Inhalt des stämmigen Bechers im Nu hinter die Binde goss.

Mittlerweile drang ein leises Schnarchen zu ihnen herüber, worauf der Müller plötzlich betrübt zu erzählen begann: »Mein Bruder... er war einst ein gewöhnlicher Mann.« Björn schluckte. »Ein Streit mit einem anderen Bauern, einem Nachbarn, geriet eines Tages außer Kontrolle – nur wegen dieser blöden Kürbispflanze. Das Wildgewächs lag genau zwischen unserem Weizenfeld und dem des Nachbarn. Genau genommen wurzelte es auf unserer Seite, aber seine Früchte, die beachtliche Maße annahmen, lagen nebenan.« Mit zittrigen Lippen und feuchten Augen legte er eine kurze Pause ein und fuhr dann fort: »Jedenfalls nahm Odo sie alle in Anspruch – es kam zum Streit. Und Elm soll so lange auf ihn eingeschlagen haben, bis Odo das Bewusstsein verlor. Mein Bruder scherte sich offensichtlich nicht um ihn und erntete stattdessen alle Kürbisse mitsamt den unreifen. Am Abend klopfte es dann an unserer Hoftür. Elm öffnete sie – rasend vor Wut. Und ich verstand nicht, was geschah, da er mir nichts über den Streit erzählt hatte.« Eine Träne kullerte über Björns Wange, derweil er auf den Tisch starrend seufzte. »Hätte ich es doch gemerkt, dann wäre nichts passiert.« Trauernd ruhte er eine Weile, ehe er mit ruhiger Stimme die Erzählung fortsetzte: »Wüste Flüche hagelten aus Elms Kehle. Ich eilte rasch zur Tür, um nachzusehen. Doch als ich da war, lag er bereits regungslos auf dem Boden. Aus seinem Schädel rann Blut. Odo stand schockiert daneben – mit einer Mistgabel in den Händen. Ich ... hhm ... ich legte ihn in meine Arme und wusste nicht, ob er tot war. Aber als sich wie aus dem Nichts sein Brustkorb anhob und ein schwerfälliger Atemzug folgte, Elm sogar die Augen öffnete, war ich der glücklichste Mann des Landes. Aber an jenem Tag änderte sich einfach alles. Meines Bruders Verstand ...«

Thordir blieb noch eine Weile ruhig sitzen, bevor er einfühlsame Worte sprach, die seinem Gegenüber sichtlich guttaten. Er selbst wollte die eigene Vergangenheit nicht erläutern, um Björn nicht noch mit weiteren schlechten Gedanken zu belasten, weshalb er aufstand und dem Getreidebauern den Unterarm entgegenstreckte. Aufmunternd half er ihm auf die Beine.

»Morgen wird es dir wieder besser ergehen.«

Der Schwarzhaarige bestand darauf, auf dem Fußboden zu nächtigen, worauf der Müller ihm zwei großflächige Felle aushändigte. Bald darauf schlief er erschöpft ein und wachte erst am späteren Morgen wieder auf. Aufgrund der ausgeprägten Müdigkeit vom Vorabend weckten ihn die schmerzlichen Wunden nicht dauernd, sodass er sich gut ausruhen konnte.

Elm lag noch unter Fellen begraben, aber von Björn wie auch von Samiel fehlte jede Spur. So leerte er einen Krug in einem Zug, wusch sich rasch das Gesicht, öffnete so leise es ging die Tür und trat nach draußen. Kühler Nordwind wehte ihm sogleich durchs Haar, ehe er zu frösteln begann. Irgendwie roch es nach Schnee. Und tatsächlich lagen jene fernen Gipfel des Eisengebirges unter einer neuen weißen Schicht begraben, erkennbar nur durch eine rundliche Lücke in der gräulichen Wolkendecke. Unweit vom Mühlplatz hing gar dichter Nebel in den Gassen – es war merkwürdig still.

Nur eine Handvoll Menschen begegnete ihm, als er auf der Suche nach Björn über die steinigen Wege schritt. Allesamt waren sie in wärmende Umhänge gehüllt, die Kragen hochgezogen und ihre Köpfe mit Wollmützen oder Kapuzen bedeckt.

Eigentlich hatte er immer gedacht, dass stets reges Treiben Ehrelons Straßen belebte, doch wirkte die gewaltige Stadt nun wie ein verschlafenes Nest.

Die Hauptstadt stand im Vergleich zu anderen Siedlungen sehr sauber, gepflegt und äußerst fortschrittlich da – dafür wurde unter den wachsamen Augen von Wachen und Mitbürgern gesorgt. Harte Strafen erwarteten jene, welche die Gesetze missachteten.

Aufgrund des natürlichen Gefälles des hohen Hügels, auf dem die Festung erbaut worden war, hatten die besten Bauherren des Landes einst dutzende geschlossene Abflusskanäle aus Stein errichtet. Diese leiteten die Fäkalien rasch aus der Stadt heraus und verhinderten so die Entstehung von Krankheiten und Gestank. Auch wegen des nahen Gebirges waren die Menschen selbst in Dürrezeiten mit frischem Quellwasser versorgt. Außerdem war Armarien ein regenreiches Land. Ausgedehnte Wälder und nährstoffreiches Erdreich sorgten für meist gesättigte Bäuche. Dadurch wuchs aber die Bevölkerung. Aufmerksam dokumentierten die Kammermeister die Vorratsbestände und merkten bald, dass die Kornernten, das erlegte Wild und der Gemüseertrag immer knapper ausfielen – langsam, aber stetig. Daher hatte ein längst verstorbener Herrscher eines Tages beschlossen, alle Missachtungen von auferlegten Regeln äußerst hart zu bestrafen. So sollte es den Rechtschaffenen gut gehen und dem unnützen Gesindel schlecht. Alles, um die Vorräte zu schützen. Verurteilte wurden weggebracht, um weniger Mäuler stopfen zu müssen. Wohin, blieb geheim.

Der riesige Talkessel, aus dem Armarien einzig bestand, beherbergte in den Tiefen der Berge schier unerschöpfliche Eisenerzvorkommen und verhalf den Armaren auch deshalb zu jener wohlhabenden Kultur, welches sie zu dieser Zeit waren – umringt von unüberwindbaren, spitzen und immer vereisten Gipfeln. Waghalsige Abenteurer gab es bereits viele, die sich eines Morgens aufmachten, um mögliche Länder dahinter zu entdecken. Viele verabschiedeten sich von ihren geliebten Familien und kehrten nie mehr zurück. Viele versprachen ihren Freunden, wiederzukehren, um von fremden Gefilden zu berichten. Niemandem gelang, wovon etliche träumten. Und alle, die inmitten von zerklüfteten Hängen scheiterten, aber überlebten, kehrten halb verhungert mit erfrorenen Gliedmaßen oder Verletzungen durch Steinschläge, klaffenden Wunden von Wolf oder Bär zurück.

Umso mehr Rätsel gaben Angriffe aus längst vergangenen Zeiten auf, in denen wilde Horden, aufgetaucht aus dem Nichts,

Dörfer überfielen. Meist wurden aber nur einzelne Menschen gesichtet und aufgegriffen, deren Kleidung teils von jener der Armaren abwich. Die befremdlich wirkenden Gestalten besaßen manchmal seltsame Waffen oder Werkzeuge. Erst recht die Worte, welche ihre Kehlen verließen, hörten sich absonderlich an.

Bergleute berichteten immer wieder von unerforschten Höhlensystemen, die sich vor staunenden Gesichtern ausbreiteten, wenn ihre Spitzhaken ab und an Wände aus Gestein durchbrachen. Regelrechte Irrgärten von Felsspalten lagen dann zu ihren Füßen oder Grotten, höher als fürstliche Hallen, in denen sich ganze Seen befinden konnten. Ebenfalls machte einst Gerede von unergründlichen Abgründen in einigen der Höhlen die Runde. Es sollten Tiefen existieren, in die man eine Fackel fallen lassen konnte und man sie niemals aufschlagen sah, ehe die Flamme von der Finsternis verschluckt wurde – die Tore zur Hölle, so nannten die Entdecker jene unbekannten Orte.

Im Inneren eines Berges lauerten viele Hindernisse und Gefahren. Man verirrte sich und fand nie mehr heraus, stürzte in eine Kluft, erlitt Vergiftungen durch Schwefelstaub, verbrannte sich an heißen Dämpfen von vulkanartigen Gebilden oder erfror.

Die Erzer, so wurden sie auch genannt, waren sich einig: Fremde Menschen gelangten durch Höhlen nach Armarien. Nur wenige glaubten daran. Die meisten betrachteten ihr Land als einziges.

Thordir eilte schlotternd zur Mühle, wo er auf eine Ansammlung von Männern, Frauen und Kindern stieß. Es gesellten sich immer Weitere dazu, während es unter den Wartenden bereits zu regen Gesprächen kam. Einige gestikulierten energisch mit ihren Händen. Andere verschränkten sie vor ihren Bäuchen. Zustimmendes Nicken von wenigen, zuckende Schultern von vielen, Kopfschütteln, ein mutiges Grinsen einer Stadtwache. Vor allem aber fielen ihm die ängstlichen, verwirrenden und verweinten Gesichter der Jüngsten auf. Dann erspähte er am Rande der Menschenmenge Björn. Der Müller sprach mit einem hochgewachsenen Mann, der sich als der Tischler Samiel entpuppte.

»Wird es eine Kundgebung geben?«, fragte Thordir neugierig.

»So ist es«, antwortete der Tischler mit kratziger Stimme und fügte hinzu: »Ein Abgesandter des Statthalters – und da ist er auch schon.« Er deutete mit einer kurzen Armbewegung zum Mühleneingang. Die Gespräche verstummten allmählich, als dort vorne ein Wagen von vier Wachen herangeschoben wurde und ein dicker Armarer mittleren Alters, in edle Samtstoffe gekleidet, die Ladefläche bestieg. Er blickte hochmütig in die Menge, bis Totenstille herrschte. Nur ein leises Husten war kurz darauf aus der Ferne zu vernehmen.

»Nuuun, ihr Bewohner von Ehrelon.« Seine Stimme klang hochgradig arrogant. »Vor was habt ihr Angst – hm?« Er beäugte stirnrunzelnd eine einzige Person, die direkt unter ihm stand und wartete mit vorgestrecktem Ohr auf eine Antwort. Geduldig verharrte er in dieser Stellung, währenddessen sich die Menschen untereinander verächtliche Blicke zuwarfen. Erst jetzt merkte Thordir, wie weitere Wachen von allen Seiten der Straßen dazukamen und die Menschenmenge einkreisten. Als keine Antwort folgte, fuhr der Abgesandte des Statthalters mit langen Ruhepausen fort: »Angst – sie ist eine Krankheit und Kranke wollen wir hier nicht. Kranke sind lästig.« Nachdem er diese Worte sprach, drang sein kleiner Finger in die Nasenöffnung. Er bohrte darin herum, bis klebriger Rotz haften blieb, zog den grünlichen Popel heraus und spickte ihn mithilfe des Daumens dem Publikum entgegen. Anschließend schob er sich mit gespreizten Fingern die prachtvollen Ringe zurecht, so, dass sie jeder sehen konnte. Er betrachtete die silbernen, mit Edelsteinen besetzten Schmuckstücke, als wären sie nichts Besonderes für ihn. Und als er damit fertig war, schweifte sein schwabbeliges Kinn über die Menge und fügte hinzu: »Verrichtet eure Arbeit. Erfüllt den Zweck, für den ihr geboren wurdet, und schuftet. Führt aus, was man euch befiehlt – das ist ja nicht so schwer. Nun!« Des Abgesandten Zeigefinger schnellte dabei mit einer gestreckten Bewegung in die Höhe, worauf er mit übertrieben aufgesperrtem Maul rief: »Ich, der Abgesandte des Statthalters, Herr Friedrich Rupert, verkünde hiermit des Königs Anweisungen!« Daraufhin übergab ihm einer der Soldaten ein zusammengerolltes Pergament, welches versiegelt war. Als er es müßig entgegennahm und öffnete, streckte er es mit langen Armen vor sich aus. »Es besteht gegenwärtig die Gewissheit, dass Tromstadt angegriffen und für eine Nacht belagert worden ist. Doch unsere dort stationierten Krieger kämpften mutig gegen diese Unruhestifter. Laut dem Bericht konnten sie sie zerschlagen.« Sofort machten sich erleichterte Gesichtsausdrücke bei den Frauen breit und die Männer jubelten stolz oder schlugen mit der geballten Faust ins Leere, um ihren Gefühlen Ausdruck zu verleihen.

»Ruhe!«, rief einer der Wachen.

»Seid still«, ertönte eine feine Stimme aus der Menge.

Der Abgesandte verzog währenddessen keine Miene und starrte weiterhin auf das angerissene Pergament, bis erneut Stille einkehrte. »Da aber eine ungewisse Anzahl dieser Feiglinge fliehen konnte, nun in den umliegenden Wäldern umherirrt, werden nur vom König bewilligte Männer unsere Stadtmauern verlassen dürfen. Die Schenken bleiben vom heutigen Tag geschlossen – vorerst.« Friedrich grinste höhnisch. »Ebenfalls werden die Mahlzeiten von jetzt an, bis nächste Weisungen eintreffen, nur von den markierten Märkten herausgegeben. Sie sind auf den Anschlagbrettern verzeichnet.«

Derweil Thordir das von der Sonne kaum bestrahlte Gesicht beobachtete und dessen abschätzige Züge musterte, wuchs in ihm der Wunsch, diesen aufgeblasenen Schweinehund abzumurksen.

»Dummen Betrügern und feigen Dieben werden auf der Stelle die Hände abgehackt. Zu guter Letzt: Alle, die bisher außerhalb der Tore gearbeitet haben, haben sich unverzüglich am großen Marktplatz zu melden. Der Stadtrat höchstpersönlich wird dort weitere Meldungen kundtun«, sprach Friedrich mit hochgestrecktem Kinn. Sowie er die letzten Zeilen zu Ende las, rollte er in aller Ruhe das Pergament zusammen und steckte es in seinen mit feinen Mustern verzierten Ledergurt. Dann hob er sein feistes Haupt noch höher als zuvor in die Lüfte und sprach

verächtlich: »Dummen Ungehorsamen und unnützen Arbeits-
verweigerern werden die Hände abgehackt.«

Ohne ermutigende Worte stieg der Abgesandte sodann vom
Wagen herunter und spazierte mit seinen vier Wachen hinfort.
Auch die anderen Wachen verließen alsbald ihre Posten, ehe sie
im dichten Nebel verschwanden. Unter den Bewohnern wurde
nicht viel gesprochen. Bald schon zerstreuten auch sie sich in
alle Richtungen der Stadt.

»Dieser Bastard von einem Hundesohn«, ärgerte sich Samiel.

»Das war er schon immer«, erwiderte Björn mit kühler Stimme. »Lasst uns zum großen Marktplatz gehen, Freunde.«

Die gepflasterte Handelsstraße, an der die drei entlang-
schritten, war nun voller Leben – Ehrelon erwachte. Vielen Leuten sah man es aber an, dass sie bis tief in die Nacht geschuftet
hatten oder es noch immer taten. Eine Magd kippte gerade ihren Nachttopf in den Abwasserkanal, ein Greis fegte mürrisch
herumliegendes Stroh von der Straße, zwei Handelsmänner
tauschten Dörrobst gegen Münzen und besiegelten dies kurzerhand mit einem flotten Händedruck. Klimpernde Ladeflächen mit Schwertern, Äxten und Speeren rollten an ihnen vorbei. Zur Rechten, in einer engen Gasse, spaltete ein Junge mit
hochgekrempelten Ärmeln Brennholz. Eine bildhübsche Frau
lenkte mit ihrem Hüftschwung die Aufmerksamkeit einer Gruppe Soldaten auf sich und ein Mädchen wurde schreiend an den
Ohren ins Haus gezerrt.

»Messer, geschärftes Schneidwerkzeug – Messer!«, rief ein
Händler vom Straßenrand aus. Der glattrasierte und vornehm
gekleidete Kaufmann blickte zu Thordir, grinste freundlich und
zeigte mit einer geschwungenen Handbewegung auf seine Ware,
die ausgebreitet auf einem Tisch lag. »Schneidware von bester
Schmiedekunst, der Herr?« Im Vorbeigehen begutachtete Thordir die Klingen und nickte dem Händler ebenfalls freundlich zu.
»In der Tat schöne Handwerksarbeit«, bestätigte er beeindruckt.
Kampfmesser wie auch Fleischermesser oder Jagdmesser befanden sich unter ihnen. Etliche Formen und Größen standen im

Angebot – mit hölzernen Griffen, schlichten Eisengriffen oder Griffen mit hochwertigem Horn versehen.

Je näher der Schwarzhaarige ins Innere der Stadt gelangte, desto nervöser wurde er. Eigentlich hatte er nicht vor, den Kundgebungen des Statthalters zu horchen, da er seinem Schicksal nun endlich auf den Grund gehen und die Wahrheit im Königshaus erfahren wollte. Derweil er darüber nachdachte, wie er es angehen sollte, zog sich der Weg leicht bergauf dahin. Der Nebel hatte sich mittlerweile aufgelöst, aber noch hingen dichte Wolkenfelder in der Luft. Es war windstill geworden, aber noch immer kalt. Von den Mündern der Menschen stieg dampfender Atem empor, als sie miteinander sprachen. Und als der Tischler, der Müller und der Jäger schließlich an den großen Marktplatz gelangten, begann es sogleich, leicht zu tröpfeln.

»Muss das jetzt sein?«, nörgelte der hochgewachsene Samiel und zog sich die Kapuze über den Kopf. Thordir hatte sich in diesem Moment entschieden, die beiden in der Menschenmenge unbemerkt zu verlassen, da er keine unnötige Aufmerksamkeit auf sich ziehen wollte. Er dachte auch an Arn, wie er ihm heldenhaft das Leben gerettet und ihn mit seinem Leben beschützt hatte. Der Streiter hätte gewollt, dass er sich so rasch wie möglich zum König begab.

Der Schwarzhaarige aus dem Finstertal staunte jedenfalls nicht schlecht, als sich plötzlich ein riesiger Platz auftat, auf dem sich hunderte Menschen tummelten. Der Ort strotzte von Leben. Berittene Soldaten patrouillierten gemächlich dahin. Kinder spielten Fangen. In der Mitte stand ein auf einem steinernen Podest errichteter Galgen und am Rande des Hofes, direkt an die Häusern angrenzend, reihten sich dutzende Marktstände. Allerlei Gemüsesorten wurden angeboten. Eine Bäuerin schob gelbe Äpfel über eine Ladentheke einem Käufer entgegen. Es gab braune Schopfbirnen, Kastanien, Baumnüsse, Wald-, Höhlen- und Wiesenpilze, getrocknete Wurzeln, Bienenhonig, Süß- und Pellkartoffeln, orangegrüne Kürbisse sowie gefüllte Schalen mit verschiedensten Samen und Blumenkernen.

Eher hektisch ging es zu. Schrilles Gelächter vermischte sich mit dem Wiehern von Pferden. An einer Ecke roch es nach Fisch und an der nächsten nach gebratenem Schweinefett.

»Da. Falls du dich eines Tages einsam fühlen solltest.« Samiel guckte zu einem Zunftschild an der Hausmauer.

»Zum zufriedenen Manne«, las Thordir halblaut vor. Ihm war im Augenblick nicht zu Scherzen zumute, er lächelte aber trotzdem gehemmt. Denn auf der gegenüberliegenden Seite des Marktplatzes war ihm ein weiteres Tor ins Auge gefallen, welches, etwas erhöht, den Eingang des dritten Verteidigungsrings darstellte – bewacht von rund zwei Dutzend Soldaten. Als er hinter seinen Gefährten durch die Menge schlenderte, beobachtete er den Zugang unaufhörlich. Jeder Einzelne, der passieren wollte, wurde angehalten und befragt. Er fürchtete sich, dass die Reaktionen auf seine Botschaft, der Sohn des Königs zu sein, erneut qualvoll für ihn enden könnten.

Die Kundgebung fand offensichtlich auf dem Podest vor ihnen statt, wo eine Menschenschar bereits geduldig wartete. Als die drei einen knappen Steinwurf davon entfernt stehen blieben, starrte Samiel sorgenvoll zum Galgen hoch und tastete nach seinem Kehlkopf. Thordir wendete sich sofort ab und suchte irgendwo in der Ferne nach Ablenkung.

»Habt ihr euch auch schon vorgestellt, was das für ein Gefühl sein muss, dort oben zu hängen?« Dem Schwarzhaarigen wurde schlagartig übel. Die schrecklichen Erinnerungen von Tromstadt blitzten auf.

Weshalb er an diesem Ort noch verweilte, konnte er sich auch nicht erklären. Eigentlich sollte er schon längst weg sein. Es gestaltete sich aber schwierig, unbemerkt die Gruppe zu verlassen, da sich der Tischler nun vor die beiden stellte und eine Debatte in Gang setzte. Beim langwierigen Gespräch ging es um die Frage, was wohl jenseits der Berge lag.

Björn war der Meinung, dass fremde Völker existierten, was wiederum Samiel vehement bestritt: »Weshalb sollte es denn andere Menschen geben? Das ergibt keinen Sinn. Wir wären sowieso nicht fähig, andere Völker mit ihren Gepflogenheiten zu ak-

zeptieren, und diese wahrscheinlich genauso wenig. Dauernde
Kriege wären die Folge, bis nur noch einer übrig bleiben würde.«

»Ich gebe dir Recht, alter Freund. Das Wesen Mensch ist alles andere als tolerant oder genügsam. Mit Silber, Landgut oder
angesehenen Titeln kann bestimmt jeder gekauft werden – davon bin ich überzeugt«, argumentierte Björn besorgt. »Aber wie
zum Geier stellst du dir jene Landstriche dahinter vor?«

»Endloser Himmel«, erklärte der Tischler selbstbewusst.

»Und alle diese seltsamen Männer und Frauen, die seit Anbeginn der Zeit unsere Dörfer angreifen? Du denkst, irgendwelche Aufständischen belagerten Tromstadt?« Björn schüttelte ungläubig den Kopf.

»So ist es. Aufständische, Gesetzlose und Mordlustige – das
Tal ist groß.«

»Aber so zahlreich, dass Ehrelon sich derart für eine Schlacht
vorbereitet? Dem kann ich keinen Glauben schenken.« Der Müller wedelte dabei mit erhobenem Zeigefinger und stemmte sogleich die Hände in die Hüfte. Dann vergrub Samiel die rechte
Hand in seiner Hosentasche, kramte einen Taler heraus und hielt
ihn vor Björns Nase: »Ich wette einen Taler, dass ich recht habe.«

»Pah! Da halte ich mit.«

Per Handschlag besiegelten die Männer ihr Abkommen, wobei beide einen siegessicheren Gesichtsausdruck aufsetzten und
einander freudig angrinsten. Ein Weib neben Samiel hatte die
Debatte von Anfang mit Ende aufmerksam verfolgt und sagte
belustigt: »Gebt mir Bescheid, wenn der Sieger feststeht, ja?«
Der Müller und der Tischler guckten zugleich überrascht zum
Weib, erkannten ihren Zynismus und lachten.

»Ich würde ja nachschauen gehen, aber meine Alte lässt mich
nicht«, spottete Björn.

»Welche Alte?«, fragte Samiel schmunzelnd.

»Berta – mein Hausschwein.«

»Hahaha!«

»Hehe!«

Ein Augenblick später und Thordir wäre wortlos verschwunden. Doch als die Menge plötzlich aufmerksamer wurde, blickten die zwei Freunde wieder nach vorne und verstummten abrupt. Offensichtlich schritt jemand dort vorne in Richtung steinernes Podium. Einige Leute streckten ihre Köpfe in die Höhe oder stellten sich auf ihre Zehenspitzen, um besser über die Häupter der vorderen Reihen sehen zu können. Aus irgendeinem Grund gerieten die Menschen immer mehr in Aufruhr, bis der Erste in der Nähe des Galgens rief: »Hängt diese Missgestalt!« Direkt anschließend verbreiteten sich weitere Rufe und wüste Flüche wie ein Lauffeuer über die Menge. »Verbrennt sie!«

Während der Schwarzhaarige auf den richtigen Moment wartete, gerieten immer mehr Armarer in aggressive Stimmung, obwohl die meisten gar nichts sehen konnten. Bald flog das erste Gemüse durch die Luft – Zwiebeln, Karotten, Salate. Hass lag in der Luft. Rasch wurde das Gedränge dichter. Vor allem die Hinteren pressten sich nach vorne, um dem Spektakel näherzukommen, und schufen so geschlossene Reihen. So war es Thordir nicht mehr möglich, zu verschwinden.

Auf einmal erschien eine Wache auf einer der oberen Treppenstufen, welche zögerlich rückwärts die Stufen hochstieg, derweil er eine Kette in den Händen hielt. Unmittelbar danach tauchte die Glatze eines Greises auf, von dessen kahler Haut einige schulterlange, dünne Haarfäden herabhingen. Als das Gesicht zum Vorschein kam, erschrak der Schwarzhaarige und viele andere Schaulustige mit ihm. Denn die uralt aussehende Gestalt, Thordir wusste nicht, ob es ein Mann oder eine Frau war, wirkte gespenstisch blass – fast schon weißlich. Tief eingefallene Wangen, weit hervorstehende Backenknochen und beinahe purpurfarbene Augenringe verliehen dem Geschöpf ein grausiges Aussehen.

»Was für eine Krankheit ist das denn?«, fragte ein Herr in Arbeitsschürze, sichtlich angewidert.

»Erlöst dieses Ding! Ist ja nicht mitanzusehen!«, schimpfte ein kräftiger Bauer weiter vorne.

Als es schlendernd die Stufen emporstieg und seinen restlichen Leib dem Publikum offenbarte, wurde es still. Dafür gab es jeglichen Grund. Durch den blutleer wirkenden Leib stachen dunkle Venen heraus, die sich wie ein verzweigtes Astwerk über den bleichen Rumpf sowie Arme und Beine zogen. Jede einzelne Rippe war zu erkennen, wobei an den knochigen Gliedmaßen kaum noch Fleisch vorhanden war.

»Selbst ein durch den Hungertod verendeter Mensch sieht nicht so aus«, dachte Thordir irritiert, ehe ihm jener Traum einfiel, den er eines Nachts gehabt hatte, wo sich die Leute versammelt hatten, um ihm bei der Hinrichtung zuzusehen und den er verblüfft, nun als eine Art Vorhersehung wertete.

Unablässig starrte er auf die Haut, welche auf ihn ganz und gar durchscheinend wirkte. Aus dieser Entfernung war es jedoch schwierig, Kleinigkeiten zu erkennen. Jedenfalls hatte er plötzlich das Gefühl, Organe hinter der Bauchdecke sehen zu können. Aber etwas Seltsames, was ihm noch auffiel, war, dass das Wesen am ganzen Körper keine Haare besaß – keine Wimpern, keine Brauen, nichts. Und es war nackt.

Die zweite Wache erschien bald darauf und stieß dem Geschöpf sogleich von hinten in den Rücken, als es zu langsam emporschritt. Oben angekommen wurde es unsanft gepackt und zu den starrenden Menschen gedreht. In den Gesichtern der Zuschauenden erkannte der Schwarzhaarige Furcht und Ekel zugleich. Aber ebenfalls fragende Blicke mischten sich darunter. Einige hielten die Hand vor den Mund, wiederum andere schluckten.

Vorerst stand das Wesen regungslos vor dem breiten Publikum. Nur sein Bauch hob und senkte sich im gleichmäßigen Rhythmus, indessen es mit halbgeöffnetem Mund lautlos atmete. Thordir lief es schaurig über den Rücken.

»Tötet die Missgestalt!« Ein einziger Ruf hallte über den weiten Platz. Was dann geschah, ließ dem Jäger den Atem stocken. Das Geschöpf schnellte mit seinen teuflischen Augen zur Lärmquelle hin und zog den Mann, der geschrien hatte, regelrecht in seinen Bann. Schwarze Pupillen ruhten mittig in den übergroßen Augäpfeln, die so aussahen, als würden sie demnächst aus der Aushöhlung flutschen.

»Da hat wohl einer die Hosen gestrichen voll«, flüsterte Samiel neckend zu Björn, dessen Blick eingeschüchtert auf ein und derselben Stelle ruhte. »Dem wird die gerechte Strafe schon zugeführt«, sprach er leise weiter. Der Müller wie auch Thordir zeigten darauf keinerlei Reaktion.

Etwas später schritt der Stadtrat stolzen Hauptes die Stufen hoch. Dabei drehte das Wesen sein boshaftes Gesicht pfeilschnell zum Herannahenden und begann, den Stadtrat mit gezackten Kopfbewegungen von Schopf bis Fuß prüfend anzusehen. Doch der für sein hohes Amt noch unerwartet junge, gutaussehende Mann, gekleidet in die gleichen edlen Stoffe wie der Abgesandte, trat vor das unheimliche Geschöpf, als stünde keine dämonische Gestalt da.

»Hört her, Bewohner von Ehrelon!«, rief er in die Menge. »Diese Kreatur haben Soldaten in der Nähe der Stadt aufgegriffen. Sie wird für die erfolglose Belagerung von Tromstadt verantwortlich gemacht und hiermit gesetzeskonform aufgeknüpft!« Tosender Jubel blieb aus. Nur vereinzelt drangen kleinlaute Flüche durch den aufkommenden Nieselregen.

Mit einer Handbewegung gab der Stadtrat ein Zeichen, worauf die Wachen das Wesen hart ergriffen und zum Galgen schleppten – es wehrte sich nicht. Ein stämmiger Soldat warf die Schlinge um den abgemagerten Hals und zog sie mit einem kräftigen Ruck fest, sodass ein lautes Gluckern die Kehle verließ. Bereits das Zusammenziehen wirkte schmerzhaft, da es die Luftröhre quetschte und den Atem schon jetzt beinahe vollständig unterbrach. Aber das Geschöpf stand nur unbeweglich, sichtlich gefühllos da. Es zeigte keine Furcht vor dem bevorstehenden qualvollen Tod.

Noch ehe Weiteres geschah, knallte ein dumpfer Donner über Ehrelons finsteren Himmel. Wie aus Eimern gegossen, stürzte das Wasser in die Tiefe. In kurzer Zeit bildeten sich Pfützen und Rinnsale auf den Straßen. Ein unheimliches Bild bot sich auf dem weiten, gepflasterten Schauplatz dar. Gewaltige Naturkräfte entluden sich über der Stadt, während sich vom Ereignis gebannt niemand rührte.

Dann aber verschränkte der Stadtrat die Hände hinter dem Rücken, wandte sich vom Volk ab und spazierte zum Verurteilten. Er kam so nahe, dass zwischen ihnen nur eine Handbreite blieb. So, als wollte er ihm etwas zuflüstern. Es glotzte ihn an und er glotzte zurück, bis der Edelmann nach einer Weile mit erhobener Hand das Zeichen des Todes gab. Der stämmige Soldat fasste daraufhin mit beiden Händen den dicken Strick und zog mit einer kraftvollen Abwärtsbewegung daran. Just einen Augenblick davor lehnte sich die Kreatur nach vorne, sperrte ihr Maul auf und biss brutal in den Hals des Stadtrates. Durch die zügige Aufwärtsbewegung riss sodann ein Stück Fleisch heraus – schrille Schreie folgten. Und während das Opfer sich noch mit klaffender Wunde in Schockstarre auf den Beinen hielt, eilten die Wachen zu ihm, um die sprudelnde Blutung zu stoppen. Mit Entsetzen stellten sie aber fest, dass nicht nur Haut, sondern auch Teile der Atemwege weggerissen worden waren. Trotz der helfenden Hände torkelte der Stadtrat zu Boden, wälzte seinen blutenden Leib panisch umher und rang unter Todesängsten nach Luft. Derweil die Kreatur in luftiger Höhe zappelnd der Schwerkraft ausgeliefert war, verließen blubbernde Laute ihren Rachen. Bis sie innehielt, verstrich außergewöhnlich viel Zeit. Als das letzte Zucken aber endete, starrten die aufgesperrten Augen unheilvoll in die Ferne, während das tote Wesen im Luftzug des Windes umherbaumelte.

Die aufgebrachten Soldaten versuchten verzweifelt, die zerfetzte Schlagader in der Halswunde zu finden, um sie abzudrücken – doch dies gelang ihnen nicht. Jedes Mal, wenn sie die Vene zu fassen kriegten, glitt sie ihnen aus den Fingern und die Suche zwischen spritzendem Blut, welches in die Gesichter der Helfenden schoss, weißem Knorpel, strammen Sehnensträngen und weichen Muskelbändern begann von Neuem.

Allmählich verfärbte sich das Antlitz des Stadtrats bläulich, da er in seinem eigenen Blut zu ersticken drohte. Nach einigen gurgelnden Schnappatmungen, und letzten stummen Hilfeschreien begannen die Lippen, zu ruhen, und das Leben entwich aus den grünen Augen des Edelmannes.

Eine sanfte Berührung an der Schulter weckte den Schwarzhaarigen aus dem Entsetzen. Erst jetzt bemerkte er, dass jemand ganz nah hinter ihm stand. Er wusste vorerst nicht, wie er darauf reagieren sollte, denn Björn und Samiel standen noch an derselben Stelle neben ihm.

»Folge mir«, befahl eine ruhige Stimme. Als sich Thordir umdrehte, war der Fremde bereits dabei, durchnässte Männer und Frauen zur Seite zu schieben, um sich einen Weg durch die Menschenmenge zu bahnen. Er folgte dem Unbekannten. Die Gestalt lief strammen Schrittes vor ihm, eingehüllt in einen knietiefen Mantel und eine weite Kapuze über den Kopf gezogen. Obwohl der Fremde einer nach dem anderen zur Seite drückte, nahmen die Leute kaum Notiz von ihm.

Als die beiden endlich aus dem Getümmel gelangten, bog die mysteriöse Gestalt zielstrebig in eine enge Gasse ab, in der sich schäumende Pfützen angesammelt hatten und die Dachrinnen von den Wassermassen bereits überschwappten. Neben großen Vorratsfässern blieb der schwarz Gekleidete schließlich stehen und warf die Kapuze nach hinten. Thordir erkannte den Mann mit den gebundenen, grauen Haaren, dem fülligen, grauschwarzen Bart und den stahlblauen Augen, welche ihn vertrauensvoll anblickten.

»Bahl.« Überrascht, und erfreut zugleich, sah er seinen Retter vor sich. Er hatte zwar geahnt, dass es der Hexer sein musste, aber nie für möglich gehalten. »Wie hast du mich gefunden?«, fragte der Schwarzhaarige voller Verwunderung.

»Thordir, die Zeit drängt.«

»Du wirst doch gesucht – wie bist du in die Stadt gelangt?« Gerade als er die zweite Frage gestellt hatte, merkte er, dass es nicht der geeignete Moment dafür war. Bahl stand mit ernster Miene da.

»Geh nun zum König«, forderte der Grauhaarige ihn auf. »Berichte deinem Vater, dass das dunkle Tor in ernsthafter Gefahr ist. Er wird dir, so hoffe ich, Glauben schenken.« Doch der Jäger wendete hastig ein: »Aber von wo sollte ich diese Botschaft erhalten haben und was hat es mit dem dunklen Tor auf sich?«

»Erzähl Torn die Wahrheit. Sag ihm: Der zwölfte Hexer hat es dir prophezeit. Und er weiß, was mit dem dunklen Tor gemeint ist.« Bahl senkte nachdenklich den Kopf, atmete tief und hob ihn sogleich wieder. In den weisen Augen erkannte Thordir unerwartet Zweifel. Ungewissheit und Sorge. Dann packte der Hexer mit beiden Händen des Jägers Schultern und sprach mit lebhaften Worten: »Entsendet eine Armee zum dunklen Tor – so rasch wie möglich! Es eilt ungeheuerlich. Geh jetzt!«

Bahls Verhalten flößte ihm Angst ein. Doch er folgte den Anweisungen seines Retters und rannte sofort los. Als er nach einigen Schritten über die Schulter blickte, war Bahl bereits spurlos verschwunden. Dort, wo er gestanden hatte, prasselte nur noch Regen auf die gepflasterten Steine.

Noch immer blies ein kühler Wind über den offenen Marktplatz, der begleitet wurde von heranrollenden Donnerlauten – hoch oben im Nichts. Er fröstelte und zitterte in seinen klatschnassen Kleidern. Die Beine fühlten sich steif und kraftlos an, als er sich dem Tor langsam näherte. Die Kälte ließ ihn sich wie ein Blitz rasch und schmerzlich an jene fürchterliche Nacht erinnern. Die wirren Gefühle begannen im Kopf und endeten an der juckenden Brust. Die Narbe, welche die Form einer Sichel zeigte, ruhte nicht nur auf Haut und Muskel.

Nur gedämpft drang die Kundgebung aus der Ferne zu ihm herüber. Durch seine betrübten Gedanken merkte er nicht einmal, wie sonderbar es eigentlich war, dass die Botschaft an das Volk fortgeführt wurde, kurze Zeit nach dem grausamen Tod des Stadtrats. Nur flüchtig blickte Thordir zum Podium, wo nun ein Ersatzmann eine rege Ansprache hielt, derweil gerötetes Wasser an seine lederne Sohlen schwappte – es schien ihn nicht im Geringsten zu kümmern. Der ausgeblutete Stadtrat wurde allem Anschein an weggeschleift, wobei der Erhängte noch dort oben wie eine Puppe hin und herschaukelte.

Jedenfalls ließ man verkünden, dass ab diesem Tag weitere Pflichten nebst den alltäglichen Arbeiten dazukamen. Ein Holzhauer etwa wurde den Tischlern unterstellt, welche wiederum den Waffenmachern dienten. Vor allem Geschosse aus Holz oder Palisaden wurden gefertigt. Steinmetze mussten hauptsächlich Steine an die Zinnen der Außenmauern schleppen und wurden im Falle eines Angriffs damit betraut, diese für Verteidigungszwecke einzusetzen. Ebenfalls teilte man sie für das Beladen der Katapulte ein. Jäger waren nun Kriegsbogenschützen, da sie das Handwerk des Schießens bereits beherrschten. Ansonsten griffen die Weidmänner den Bogenmachern unter die Arme. Feldarbeiter und Bauern unterhielten weiterhin ihre Tiere in den vollgestopften Ställen der Stadt. Sollte es zu Belagerungen kommen, setzte man sie zudem als Brandbekämpfer oder Wundversorger ein. Um während einer möglichen Belagerung genügend Platz für kämpfende Krieger zu schaffen, würden sie Verletzte und Tote an bestimmte Orte bringen, an denen die Heiler ihre überlebenswichtigen Fähigkeiten einsetzten – Blutungen mit vielerlei Hilfsmitteln stoppen, Geschosse aus den Leibern ziehen oder stoßen, abgetrennte Gliedmaßen abbinden, verkohlte Körperteile durchtrennen oder Leidenden Mut zusprechen.

Thordir preschte an gleichermaßen schlotternden Gestalten vorbei. Einige sahen sich erschrocken um. Einander wärmend hielten sich Mütter und Kinder in den Armen, derweil die Männer meist mit verschränkten Armen und hochgezogenen Schultern still dastanden.

Das mächtige Tor zum dritten Verteidigungsring war jetzt ganz nah. Und als der erste Soldat den Dahereilenden erblickte, richtete er sofort seinen Speer nach vorne und forderte den Schwarzhaarigen brüllend dazu auf, anzuhalten. Andere taten es ihm gleich, zogen ihre Schwerter oder hielten schützend die Kriegsschilde vor ihre Brust. Eingeschüchtert davon verlangsamte er seine Schritte, worauf er alsbald keuchend stehen blieb und die flachen Hände zeigte.

»Weshalb die Eile?«, fragte der Vorderste misstrauisch.

»Ich bin Torns Sohn Thordir und muss ihn in höchster Dringlichkeit sprechen.« Jene Worte verließen seinen Mund einfacher, als er geglaubt hatte. Doch wohl dabei war ihm trotzdem nicht. Die Soldaten musterten ihn sogleich von Kopf bis Fuß, wobei einige schmunzelten und andere wiederum ohne Gefühlsregung dastanden.

»Der totgeglaubte Sohn aus dem Hause Armar – was?!«

»So ist es«, bestätigte der Schwarzhaarige selbstsicher. Sein Gegenüber, die Langwaffe noch drohend nach vorne haltend, war unschlüssig, was er dazu sagen sollte, und schielte zu einem der erfahrenen Wachen herüber. Daraufhin trat einer der älteren Krieger einen Schritt nach vorne und sprach in abgeklärtem Tonfall: »Erstens – du bist nicht der erste Mann, der behauptet, Thordir aus dem Hause Armar zu sein. Zweitens – wenn du nicht die Wahrheit sprichst, wirst du zum Tode verurteilt.« Vor ihm stand ein breitschultriger Hüne, der die Aufzählung mit ausgestreckten Fingern unterstrich. Unter seinem Kriegshelm kamen lange, blonde Haare zum Vorschein und sein krauser Bart, der ihm bis zur Brust reichte, war etwas unterhalb des Kinns geflochten. Als der Mann dann kurzzeitig innehielt, prasselte unaufhörlich Starkregen auf seine sowie der anderen Armarer Metallrüstung. Die Szenerie war beängstigend. Thordir schwieg unruhigen Gemüts.

Das raue Gesicht des imposanten Kriegers begann, sich allmählich in ein freudiges zu verwandeln, bis nach einem breiten Grinsen ein herzliches Lachen folgte. »Ich sehne mich nach der Wahrheit – das tue ich wirklich. So viele Winter sind seither verstrichen und nun soll der Totgeglaubte wie aus dem Nichts zurückgekehrt sein. Dies wäre eine schöne Geschichte für Abende wie diesen.« Es schien, als mochte er dieses Sauwetter, da er während der Rede seine langen Arme in den Himmel streckte und für einen Moment die Lider schloss, die kaum sichtbar im Schatten der Helmaussparung ruhten. Der Jäger aus dem Finstertal spürte, dass dieser Mann ein ehrbarer war und fühlte sich in seiner Anwesenheit gut aufgehoben.

»Grim, Farim und Aelfrick!«, rief er ins Leere, ohne sich zu seinen Leuten umzudrehen. »Ihr kommt mit uns! Wir begleiten dich zum König.« Thordir nickte dankend und schloss sich dem vorangehenden Befehlshaber rasch an. Sie marschierten strammen Schrittes durch die zwei Dutzend schwer bewaffneter Krieger hindurch, wobei sich die ausgewählten Wachen ihnen nacheinander anschlossen. Sie ließen ihn in der Mitte gehen. Erstaunlicherweise fühlte er sich aber keineswegs wie ein

Gefangener, sondern wie ein Königserbe. Und jene vier Soldaten galten für ihn in diesem Moment als persönliche Leibwache. Es fühlte sich schön an.

Eine breite Handelsstraße zog sich nun immer steiler bergauf. Von den kleinen, einfachen Hütten aus dem ersten Verteidigungsring war hier schon lange nichts mehr zu sehen. Sogar die robusteren Wohnstätten des zweiten Verteidigungsrings waren verschwunden. Hier im dritten Ring errichteten die Baumeister schon imposante Häuser mit luftundurchlässigen Steinmauern und Dächern aus regendichten Tonziegeln. Vor manchen Fensteröffnungen waren gar verzierte Metallgitter eingebaut worden, um ein Eindringen zu verhindern. Außerdem besaßen alle Häuser beschlagene Läden, die nun überall geschlossen waren. Nur zu gerne hätte der neugierige Thordir die Innenräume angesehen.

Unterwegs begegneten sie des Öfteren patrouillierenden Wachen oder Soldaten, welche in winzigen Wachhäuschen nach Dieben oder Unruhestiftern Ausschau hielten. Diese Häuschen standen an strategischen Orten wie öffentlichen Plätzen, Weggabelungen oder neben Adelshäusern und nur so weit voneinander entfernt, dass man die Blashörner der anderen gut hätte hören können. Bewohner trafen sie in diesem Wetter keine an. Dieser Teil der Stadt wirkte wie ausgestorben. So, als wütete eine ansteckende Krankheit in den Straßen von Ehrelon.

Ihr Weg führte sodann wieder sanfter ansteigend geradeaus, indessen seitlich dutzende Gassen abzweigten, die sich alle nach gewissen Entfernungen um den Berg entlang krümmten. Erst jetzt erkannte er die gewaltigen Ausmaße der Hauptstadt Armariens. »Wie viele Menschen hier wohl leben«, staunte er stillschweigend. Und die bloße Vorstellung darüber, dass ein Heer von Feinden diese kolossalen Mauern bezwingen, geschweige denn dieser mächtigen Armee gefährlich werden könnte, gestaltete sich für den Schwarzhaarigen als unmöglich.

Die vier Krieger schwiegen während des zügigen Marsches. Auch grüßten sie entgegenkommende Soldaten nicht. Und als Thordir in jenem Moment darüber nachdachte, wann der Königshof endlich kommen möge, hob er seinen Kopf und blickte an einen Felsen, auf den sie geradewegs zuliefen. Im ersten Augenblick sah es so aus, als verschluckte das Bergmassiv den breiten Handelsweg. Erst später, als sie näherkamen, von der Dunkelheit und dem Starkregen weniger getäuscht, bemerkte er das Fallgitter, welches den Eingang einer Höhle verschloss. Oberhalb, in einer Höhe von zwei Dutzend Zollstöcken, thronte ein breiter, aber niedriger Schlachtturm auf nacktem Stein. Und aus den zwei zum Turm hin spitz zulaufenden Felskanten, die dem Bug eines Schiffes glichen, waren Vertiefungen und Furchen herausgehauen worden, welche als Schießscharten und Zinnen dienten. Thordir bewunderte diese Handwerkskunst und den Einfallsreichtum der Menschen mit geöffnetem Mund und weit aufgerissenen Augen.

»Drei, eins, dreiunddreißig – dieser Mann behauptet, der verschollene Sohn von Torn zu sein.« Der Schwarzhaarige sah sich nach jemandem um, mit welchem der Blonde sprach, doch er erkannte niemanden. Der Hüne guckte starr geradeaus durch die Falltür ins Dunkle. Niemand erschien. Kein Kerzenschein oder das Licht einer Öllampe war zu sehen. Keine Stimmen – nichts rührte sich. Doch plötzlich: »Klack, klack, klack, klack!« Das schwere Fallgitter begann, sich ratternd zu heben. Während des Heraufziehens bemerkte Thordir eine Eisentür, die in das Gitter eingebaut war, und wunderte sich, weshalb man nicht den einfacheren Zugang benutzte. Mit geduckten Köpfen schritten sie unter den spitzen Enden hindurch und traten in die Finsternis. Die Höhle maß ungefähr eine Höhe von eineinhalb Mann und eine Breite von knapp zwei Karren. Thordir sah sich nach den Soldaten um, mit denen der Hüne vorhin gesprochen hatte – doch vergebens. Es war niemand da. Als er aber die Augen zusammenkniff, hatte er das Gefühl, eine enge Steintreppe zu seiner Linken zu erspähen.

Jene Geräusche von brummenden Donnern und aufklatschendem Regenfall verstummten allmählich, als man kaum noch die Hand vor dem Gesicht erkennen konnte. Es tropfte von der Decke, als die fünf mit hallenden Fußtritten voran-

schritten. Die beiden hinteren Wachen begannen nun, Thordirs
Oberarme festzuhalten, um ihn nicht zu verlieren, und leiteten
ihn um eine sanfte, langgezogene Biegung. Bald schon konnte
man einen schwachen Lichtschimmer hinter der Kurve erkennen. Gleichzeitig wichen die Laute von schweren Wassertropfen dem Tosen eines reißenden Flusses, welches immer lauter
in die Ohren drang. Schließlich erschien auch die Lichtquelle –
zwei Öllampen, aufgehängt an dem mit gelben Flechten bewach-
senen Felsen. Die Flammen tänzelten im kaltfeuchten Luftzug
und erleuchteten einen tiefen Abgrund vor ihnen, in dem schäumende Wassermassen sprudelten. Wäre man gefallen, so hätte
dies den sicheren Tod bedeutet. Denn der Bergfluss wirkte tief
und war gespickt mit aus dem Wasser ragenden Felsblöcken.
Viele kleinere sowie größere Wasserfälle bestimmten das Aussehen des unbändigen Stromes. So gefährlich er auch schien, so
wunderschön war er gleichermaßen. Und erst recht diese wohl
unberührte Klamm, von der aus der Jäger den Himmel sehen
konnte. Hunderte Moosfelder mit allerlei Arten von Nebelfar-
nen und seltenen Schattengewächsen bedeckten tausende von
Gesteinsvorsprüngen. Niedriges Schilf ragte hie und da aus den
winzigen Seitenteichen des Wasserlaufs und schmale Graswie-
sen zierten einige Uferstellen.

Quietschend wurde eine Zugbrücke auf der gegenüberliegenden Seite heruntergelassen, derweil Thordir diese überwäl-
tigende Landschaft bei Tageslicht zu sehen wünschte. Trotz
der Ablenkung kroch die Kälte allmählich in die Knochen des
Schwarzhaarigen, als sich das Wetter zu einem regelrechten
Sturm verwandelte.

Mit einem dumpfen Aufprall setzte die Zugbrücke auf und
gab die Sicht frei für einen weiteren Höhlengang, der ins Innere
des Berges führte. Und erneut waren keine Wachen anwesend,
aber diesmal – deutlich sichtbar, hell beleuchtet mit Fackeln –
eine aus dem Felsen gehauene Wendeltreppe. Sie führte seitlich
weit nach oben – so schien es, als die Handvoll Männer über
die knarrende Holzbrücke liefen. Durch den Tunnel, der knapp
einen Steinwurf lang war, gelangten sie schließlich zum Höh-

lenausgang, wo sie bereits von Soldaten erwartet wurden. Diese Stelle markierte den Beginn des Königshofes. Wer hier lebte oder arbeitete, gehörte entweder hochrangigen Adelsfamilien an, zählte zu den loyalsten und besten Kriegern des Landes oder war ein weiser Gelehrter.

Der Blondschopf eilte den wartenden Wachen entgegen und besprach sich mit einem, der noch größer war als er – ein Riese, staunte der Schwarzhaarige mit ungläubigem Ausdruck. Der Mann maß bestimmt zwei Köpfe mehr als er selbst und seine Körperlänge galt bereits als stattliche Größe.

Mächtige Pranken umschlangen die Schultern des Blonden, als der Koloss ihn inmitten des Gespräches berührte. Die Finger des Riesen reichten bis unter die Schulterblätter – größer als die Tatzen eines ausgewachsenen Bären, so schätzte der Jäger. Am Hinterkopf seines kahlen Schädels ragte ein faustgroßer Zopf heraus, der ihm bis knapp zur Hüfte reichte. Der Blonde hatte seinen Helm mithilfe eines kleinen Hakens an den Gürtel gehängt, als er zu ihm gelaufen war. Thordir glaubte, dass sich die beiden sehr gut kannten. Denn die Art und Weise, wie sie miteinander sprachen, verriet so einiges. Beide grinsten, gestikulierten und berührten sich immer wieder freundschaftlich. Aber die Größe des einen Mannes wirkte absonderlich. So jemanden hatte der Schwarzhaarige noch nie zu Gesicht bekommen. Selbst den überaus hochgewachsenen Kopfgeldjäger, den Bahl von der Klippe gestoßen hatte, wurde überboten. Und ebenso kräftig wirkte er.

Durch den Lärm des Regens konnte Thordir nicht verstehen, was man dort vorne sprach. Als der Blondschopf zurückkehrte, verabschiedete er sich vom Schwarzhaarigen mit einem höflichen Nicken und marschierte mit Grim, Farim und Aelfrick in den Schlund zurück. Schließlich stapfte der Riese auf ihn zu. Thordir schluckte. Und als er einen Zollstock vor ihm stehen blieb und zur Begrüßung verhalten nickte, erkannte der Jäger, was dessen Antlitz aus der Ferne so fleckig erscheinen ließ: Schwärzliche Stellen lagen auf Stirn, Wangen und Kinn. Aus der Nähe betrachtet waren es aber nicht nur eigenartige Flecken, sondern auch Streifen und Punkte. Es schien nicht verbrannte Haut zu sein, denn dafür waren die Ränder zu sauber abgetrennt. Außerdem wirkte die Haut unter dem Schwarz geschmeidig und glatt – wie gewöhnliche Haut.

»Folgen«, befahl der Koloss mit unerwartet feiner Stimme, worauf es Thordir sofort durch Mark und Bein schoss, als sein Gegenüber diesen Befehl aussprach. Denn aus seinem Mund klang es so seltsam befremdlich. Die Neugierde war zu groß, um zu schweigen, weshalb es aus dem Schwarzhaarigen herausplatzte: »Bei allem Respekt, aber was sind das für Male auf der Haut?« Der Große marschierte unbeirrt weiter, als hätte er nichts gehört. Stattdessen meldete sich eine Wache hinter ihm: »Sprich nur, wenn du angesprochen wirst.«

Es ärgerte ihn ungeheuerlich, dass er nicht fragen durfte. Den mysteriösen Krieger um eine Antwort zu bitten, würde demnach eine seiner ersten Handlungen sein, wenn seine königliche Blutslinie tatsächlich der Wahrheit entspräche. »Äußerst sonderbar. Die Aussprache, die Gesichtszeichnungen wie auch die Größe ...« In tiefe Gedanken versunken vergaß er bald, die ihm fremde Umgebung zu betrachten und in welcher Lage er sich befand.

Die mit flachen Steinen belegte Straße verlief in der Breite von zwei Karren weiter geradeaus aufwärts, während das Wasser an den Seiten in angefertigten Vertiefungen bergabwärts floss. Zur Linken lagen Übungsplätze für Schwert- und Speerkampf mitsamt den dazugehörigen ausgestopften Übungspuppen, die mit Schilden sowie Rüstungszeug bestückt waren. Gleich dahinter erspähte der Schwarzhaarige zwei regungslose Soldaten, die den Zugang eines bedachten Wehrgangs bewachten. Dieser schien über den Bergkamm in Richtung der Höhle zu verlaufen, von der sie gekommen waren. Zur Rechten, etwas erhöht, lag ein langgezogener Bereich aus Sand, an dessen Ende haufenweise mit Stroh gefüllte Jutesäcke aufgetürmt lagen. Beim näheren Hinsehen stellte es sich als der Übungsplatz der Bogenschützen heraus. Von jener Stelle aus ragte der Berg fast senkrecht aus dem Boden, bis das Dunkel des Abends die

Sicht verschluckte. Häuser reihten sich an den Seiten bis zu einer Rechtskurve aneinander, die alle über Mansardendächer miteinander verbunden waren.

Nur einzelne Menschen, vor allem aber Soldaten, waren draußen unterwegs. Hie und da knarrte Holz von irgendeiner Tür oder leise Stimmen drangen zu ihnen herüber. Was wiederum Thordirs Aufmerksamkeit erregte, war ein schmaler Pfad, der zu einer gebogenen Brücke führte, jenseits der Häusergiebel, zwischen blankem Felsgestein. Wie so oft fragte er sich gespannt, wo der Weg wohl hinführte.

Als sie sich der Biegung näherten, kam ein in den Berg gehauenes Bauwerk zum Vorschein. Es hob erneut die kunstvolle Handwerksarbeit der Steinmetze hervor – ein Kloster. Oberhalb der mächtigen, zweitürigen Pforte waren drei in Kutten gehüllte, bärtige Männerköpfe mit filigranen Verzierungen in den Stein gemeißelt. Im Gegensatz dazu war die massive Holztür schlicht gezimmert worden und weder mit Schnitzereien noch sonstigen Verschnörkelungen versehen. Etwas um die Biegung herum zog sich eine niedrige Galerie mit runden Säulen, in deren hinterstem Teil eine Gebetsstätte lag.

Danach stieg der Weg stark an. Rechts wurde er von lichtem Buschwerk sowie einigen Laubbäumen gesäumt, welche durch Wind und Regen viele ihrer Blätter verloren hatten. Zur Linken ragte ein glatter Fels empor.

Bald vernahm der Schwarzhaarige die behaglichen Geräusche von fließendem Wasser, als sie durch eine Engstelle marschierten, wo Zwerg- und Streifenfarne aus den Gesteinspalten wuchsen. Direkt anschließend zeigte sich eine kurze Bogenbrücke, neben der sich ein schmaler Wasserfall in einen kleinen See unter ihnen stürzte. Thordirs Blick folgte dem spitz zulaufenden Gewässer, bis es sich in der Ferne in zwei Flüsschen teilte, welche sogleich hinter Bäumen verschwanden. Trotz der Dunkelheit glaubte er ein langgezogenes Tal zu sehen, welches unbewohnt zu sein schien.

Nach der winzigen Schlucht marschierten die Männer durch eine Höhle, die an manchen Stellen zur Talseite hin tellergroße Öffnungen besaß. Thordirs Neugierde ließ aber allmählich nach, da seine müden Glieder immer mehr zu schmerzen begannen. Am liebsten hätte er die Wachen gefragt, wie weit es noch bis zum Königspalast war, doch der Stolz übermannte ihn.

Die Länge der Grotte hielt sich in Grenzen und die darauffolgende offenflächige Bergstraße schlängelte sich ebenfalls nur einen Steinwurf weit den steilen Hang entlang. Dann erschienen erste Häuser, von denen Rauchsäulen aufstiegen. Und schon bald duftete es herrlich nach verbranntem Holz, vermischt mit feinen Gerüchen von Harzen und Nadeln.

Ein beschauliches Dorf erhob sich vor seinen Augen. Edle Behausungen mit grosszügigen Vordächern, eisernen Schuhkratzern, hauseigenen Latrinen sowie von frischem Quellwasser gespeisten Trögen, Kellergewölben für allerlei Gebrauchsgüter, um die Kostbarkeiten zu konservieren, oder gar mit Öfen beheizbare Baderäume zählten zu den Annehmlichkeiten der reichen Gesellschaft. Außen um das Mauerwerk herum lagen meist gepflegte Gärten inmitten von Umzäunungen, in denen allerhand Stachel- und Johannisbeersträucher, Nuss- und Birnenbäume, Gewürz- oder Blütepflanzen gediehen.

Sanfte Gebirgsbäche durchquerten die Siedlung, flossen teils unter auf Stelzen gebauten Terrassen hindurch, sammelten sich in angelegten Teichen, in denen Löffelenten dümpelten, und mündeten am Ende in das geheimnisvolle Tal. Nahezu mittig des überschaubaren Dorfes gelegen drehte sich leise knarrend das Rad einer Kornmühle, welche von der Strömung des Wassers angetrieben wurde. Gleich daneben im Schutze eines Unterstandes schlummerten Gänse in ihren wärmenden Nestern und Laubfrösche sprangen von Pfütze zu Pfütze.

Einige Häuser wurden weit bergauf in den Hang hineingebaut, von denen befestigte Pfade herabführten und sich mit den breiteren Wegen unterhalb vereinigten. Manchmal drangen meckernde oder wiehernde Laute von Wollziegen und Hochlandpferden in Thordirs Ohren.

Aus einer der wenigen beleuchteten Gassen hier oben klangen alsbald feine Stimmen zu ihnen herüber, begleitet von verhaltenem Gelächter, und im ziemlich einzigen belebten Ort überhaupt, der Schenke, ließen es sich Väter mit ihren Söhnen, adlige Sippen mitsamt ihren Kinderscharen oder Frauen von edler Geburt nicht nehmen, an jenem Abend einen guten Schluck zu trinken – draußen wie drinnen. Unter freiem Himmel gestaltete sich die großzügig überdachte Wirtsterrasse nun als Segen, welche der Schwarzhaarige nur mit müden Augen kurzzeitig erblickte, da eine Abzweigung mit darauffolgender steinerner Brüstung seine Sicht rasch verdeckte. Jedoch sah er die vornehmen Gäste im Geiste neben knisternden Feuern, auf weichen Daunenkissen hockend, derweil sie sich schaumiges Weizengebräu einverleibten, dessen wohlriechender Saft die Gaumen mit ausgeprägtem Hopfenaroma verwöhnte, ehe ein Anflug von Geranien, trotz herbem Hefearoma die Trinkenden erfreuen würde.

Am Ende der Handelsstraße angekommen, verhinderte ein zwei Mann hohes Tor die Weiterreise. Seitlich davon zog sich ein Wall bis zur Bergflanke hin, wo zwei Türme deren Ende markierten.

Eilig trat der Riese vor und griff zum eisernen Türklopfer, welcher die Form eines Hirsches hatte und hämmerte damit viermal auf die metallene Platte. Es dauerte nicht lange, bis eine kräftige Stimme fragte: »Wer da?« Daraufhin antwortete der Riese flott: »Vier, ein, ein.« Und wieder klang die Stimme für Thordir so befremdlich, als hätte der Koloss nie richtig sprechen gelernt.

Momente später wurde eine winzige Luke am Tor in Höhe des Kopfes geöffnet und sogleich wieder geschlossen, ohne dass man das Gesicht der Wache hätte erkennen können. Beinahe gleichzeitig wurden hörbar schwere Eisenriegel aus einer Verankerung gelöst – beinahe lautlos öffnete sich die Pforte. Daraufhin berührte jemandes Hand Thordirs Schulter und schob ihn sachte nach vorne, um anzudeuten, dass er weitergehen durfte.

Vor ihm lag eine sechsstufige Treppe aus breiten Gesteinsblöcken, die zu einem hüfthohen Podium heraufführten. Darauf thronten nahe den Außenkanten gelegen ein Dutzend stämmige Granitsäulen, auf denen ein riesiges Stück Fels ruhte, welcher glatt geschliffen nicht dicker als eine Elle maß und als Überdachung diente. An jeder Säule hingen je zwei Laternen an aufwendig geschmiedeten Eisenringen. Das Licht der Flammen ließ die Stätte noch pompöser erscheinen, als sie ohnehin schon war.

Direkt dahinter im Halbschatten verborgen reihten sich einige Krieger in eindrucksvoller Rüstung. Sie versperrten den Weg zu einer weiteren Treppe, die geradeaus nach oben ohne Überdachung oder Licht bis zur Bergspitze führte. Vom Fuße jener Stufen aus wirkte es so, als läge auf dem Gebirgskamm nichts anderes als ein Aussichtspunkt.

Wenige Schritte, bevor sie zu den wartenden Wachen vor ihnen stießen, bemerkte der Schwarzhaarige plötzlich, wie seitlich zwischen den Säulen Gestalten auftauchten und damit begannen, Bögen in ihre Richtung zu spannen. Der Mann, der hinter Thordir ging, übernahm schließlich das Wort und erklärte der wartenden Truppe, weshalb sie hier waren. Ein hochdekorierter Hauptmann, das sah man seiner Rüstung an, trat sodann vor den von Eindrücken überwältigten Jäger ins Licht. Er blickte stillschweigend durch die Helmaussparung in Thordirs grüne Augen, ohne dass auch nur einer seiner Untergebenen einen Mucks von sich gab – nur der unaufhörliche Regen, durchzogen von donnernden Schlägen, unterbrach die Stille. Doch er zögerte den Moment nicht heraus, sondern hob bald den Helm vom Kopf und klemmte ihn unter seinen Arm. Hervor kam ein fürchterlich entstelltes Gesicht – völlig zerbeult und vernarbt. Über seinen kahlen Schädel, vom Scheitel bis zum Nasenbein, verlief eine scheußlich verheilte Wunde. Was auch immer sie verursacht hatte, war mit Sicherheit bis zum Knochen vorgedrungen. Seine Nase wies eine starke Biegung auf. Vermutlich war sie bereits mehrmals gebrochen worden. Direkt unter dem linken Auge, welches leicht nach außen schielte, klaffte die nächste hässliche Narbe. Sie begann dort fingerdick und reichte schmaler werdend bis zum linken Ohr, dessen obere Hälfte fehlte. Über die rechte Wange des Kriegers zeichnete sich eine Verletzung in Form eines Ypsilon, wobei sich der Schnitt schräg über den Mund bis zum ausgeprägten Kinn zog. Die Verletzung ähnelte einer einseitigen Lippenspalte, welche aber bis zum Wangenknochen reichte.

Dieser Mann strahlte eine sehr hohe Aggression und Gewaltbereitschaft aus – das konnte Thordir spüren. Auch er hatte wohl schon viel Leid und Schmerz erfahren. Im Wesen glich er dem Streiter, obwohl Arn irgendwie menschlicher wirkte.

Für den Schwarzhaarigen fühlte sich jener Moment wie eine Ewigkeit an, als er vom düsteren Haupt des Kriegers gefesselt wurde. Er nahm es ihm nicht übel, dass er ihn derart prüfend anstarrte. Denn kein Geringerer als er war es, der die Verantwortung dafür trug, wer passieren durfte und wer nicht. Und genau dieser Mann wäre es gewesen, da war sich Thordir sicher, der sein eigenes Leben, ohne mit der Wimper zu zucken, für das eines anderen geopfert hätte. Und alles für das Wohlergehen Ehrelons.

»Zeig mir deine Hände«, befahl der Hauptmann mit rauer Stimme. Thordir streckte ihm sofort die Hände mit gespreizten Fingern entgegen. »Des Königs Augen. Des Königs Nase und des Königs Hände – alles Zufall oder steht da wirklich der verschollene Sohn aus dem Hause Armar vor mir?«

»Vor einigen Tagen lebte ich noch in einer Hütte im Finstertal, bis mir erzählt wurde, dass Torn mein leiblicher Vater sei …« Er unterbrach seine Erzählung, da der Anführer lebhaft aufhorchte, indem er die Lippen zusammenpresste, den Kopf etwas anhob und die Augenlider aufsperrte.

»Schau an.« Verlangsamte Worte verließen seine Kehle, worauf er zögerlich fortfuhr: »Du wurdest darauf hingewiesen – von einem mysteriösen Fremden?« Thordir war sich nicht sicher, wie er die Gemütslage des Hauptmanns deuten sollte. Jedenfalls begann der Krieger, wieder zu sprechen, bevor er überhaupt Rede und Antwort stehen konnte: »Lass uns drinnen reden – es eilt ja, haben sie gesagt.« Noch bevor der Schwarzhaarige nickend bestätigen konnte, drehte sich der Hauptmann um und eilte voraus, wobei ihm seine Männer augenblicklich Platz schufen. Im selben Moment wurde er erneut hinterrücks sanft angeschoben.

Wie viele Soldaten die steilen Stufen hochmarschierten, um den Ankömmling zu begleiten, wusste er nicht, da er sich nicht darum scherte. Dafür war er viel zu angeschlagen und zerstreut. Stattdessen folgten seine müden Augen den Stufen in die Höhe, wo schwarzer Himmel von gleißenden Blitzen zischend durchzogen wurde. Am ganzen Leibe frierend, schossen Thordir die kalten Tropfen auf die Gesichtshaut – erschöpft schlossen sich seine Lider. Die Schwere von durchnässter Kleidung und die Steife unterkühlter Gelenke ließen keuchenden Atem aus Kehle und Mund entschwinden, während bedrohliche Klänge von gegeneinanderreibenden Rüstungsplatten, derben Kettenhemden und klimpernden Waffen die stürmische Luft erfüllten.

21

Abermals erklangen jene Laute, die Arn in der Nacht zuvor gehört hatte. Doch dieses Mal war er sich sicher, dass sie aus dem Erdinnern kamen – wie von einem Beben, nur ohne Erschütterungen. Die gedämpften Geräusche drangen durch feine Ritzen im Mauerwerk in die finstere Kammer hinein. Da bemerkte der Streiter einen schmalen Spalt in der porösen Wand neben ihm und schleppte sich sogleich mit gefesselten Gliedmaßen vorwärts zu diesem fahlen Lichtschein. Liegend spähte er in die Öffnung, in der einige Kakerlaken herumkrochen, die ihm die Sicht nach draußen verdeckten. Er pustete kräftig hinein, worauf sie sich krabbelnd davonmachten. Die Stirn an den kühlen Stein haltend, blickte er in nicht allzu weiter Ferne an eine gräuliche Felsformation. Um mehr erkennen zu können, hob und senkte er seinen Kopf und bewegte ihn hin und her. Unterhalb des Gesteins bemerkte der Kämpfer schließlich eine angrenzende Mauer und noch etwas weiter darunter das obere Stück eines Tores. Es war mit Ruß dunkel geschwärzt und schien die Pforte zu einer Höhle zu sein. Arns Neugierde war nun sichtlich geweckt, er geriet ins Grübeln, zu welchem Zweck jener Durchgang versperrt worden war.

Armariens Mienen waren zwar bewacht, je nach den zu schürfenden Rohstoffen schwer, aber für gewöhnlich nutzte man sie ohne verschließbare Vorrichtungen, wusste der Streiter.

Wann das dunkle Tor ungefähr erbaut wurde, war anhand der rußigen Planken undeutlich zu bestimmen. Doch die Festung mit ihren rostigen Stahlbeschlägen, dem archaischen Mauerwerk und dem witterungsverfallenen Holz gab ihm Rätsel auf. Offensichtlich existierte die Burg bereits seit vielen Menschenleben und dass er nie davon erfahren hatte, stieß ihn etwas vor den Kopf. »Eine uralte Festung, hoch oben im Nordosten des

Eisengebirges verborgen – geheim gehalten und bewacht von Soldaten ...« Was Arn aber noch immer am meisten beschäftigte, war die Frage, weshalb das Heer bis in den kleinen Talkessel vorgerückt war.

Die Lage, in der sich der Gefangene befand, wurde ihm bald zuwider. Allmählich zornig geworden, widmete er sich dem Strick, den er nun mit aller Gewalt loswerden wollte. Als Erstes versuchte er, seine zusammengebundenen Hände hinter dem Rücken unter dem Gesäß nach vorne zu drücken. Doch der Streiter merkte bald, dass dies unmöglich war, denn hierfür waren seine Arme zu gewaltig. Ebenfalls reichten die Finger nur geringfügig an die Fessel heran, da sie direkt am Daumenansatz straff saß. Bei jeder Bewegung schnitten die strammen Fasern in die Haut, vor allem, als er sogleich versuchte, mit Gewalt die Arme auseinanderzuzerren. Und beim kraftvollen Drehen, um den Strick zu lockern, wurden seine Gelenke wundgescheuert. An seine Füße gelangte er bei Weitem nicht, als er zur Seite rollte und die Beine so nah ans Gesäß anzog wie nur möglich, um mit gestreckten Armen an das Seil zu kommen. Von jenen Versuchen bald kapitulierend, hockte sich Arn wieder hin und schleppte seinen wuchtigen Leib im finsteren Raum von Wand zu Wand, um etwas zu finden, was ihm hätte helfen können. Doch das Einzige, was herumlag, war Rattendreck in der einen und Spinnweben in der anderen Ecke. »Hundesöhne«, fluchte der Kämpfer erbost, worauf der fahle Lichtschimmer wie auf einen Schlag verschwand – es wurde stockdunkel.

Geräusche von wehenden Winden kamen auf, ehe sie zu heulen begannen und pfeifend durch die Ritzen der Mauern strömten. Mithilfe seiner Füße rutschte Arn wieder an die Öffnung, legte sich hin und spähte hinaus. Das dunkle Tor war beinahe nicht mehr als solches zu erkennen – eher wie ein klaffendes Loch im Gestein lag es da.

Ebenso schien das umliegende Gebiet hinter den Zinnen, auf den überdachten Wehrgängen oder in den Räumen in Stille zu versinken. Jenes friedliche Vogelgezwitscher verstummte. Menschen schwiegen. Wo zuvor Stahl geschlagen worden war, ruhten nun Schmiedehammer und Klinge. Hoch auftürmende Gewitterwolken hatten sich vor die blasse Sonne im Westen geschoben und verschluckten die hellen Strahlen wie ein Schlund. Immer mehr geriet Armarien unter dichte Wolkenschichten. Kräftiger werdende Windböen zogen herauf – feiner Regen setzte ein.

»Krzzz – klagg!«

»Was zum Teufel…!«, brüllte eine heisere Stimme irgendwo unterhalb von Arns Fußboden. Beinahe zur selben Zeit rief jemand aus der Ferne unverständliche Worte, woraufhin in der Nähe des Tores die Stimmen zweier Soldaten erklangen, die jenem aus der Ferne zu antworten schienen.

»Pom, pom, pom.« Jemand klopfte an die Tür, welche zum Ruheraum des Hauptmanns führte. »Hauptmann?«

»Komm herein!«

»Sollen wir nachsehen? Die Geräusche häufen sich und scheinen lauter zu werden.« Ruriks Stimme klang gelassen und abgeklärt.

»Einverstanden – seht nach«, befahl Pietr.

Der Rotschopf nickte und marschierte sogleich mit weiten Schritten über das flache Felsplateau zur großen Kaserne hinüber, welche teils in den Berg gehauen war.

»Männer!«, rief der Stämmige, bevor er überhaupt an der klobigen Tür eintraf. »Männer!« Mit einem Ruck schob er sie quietschend auf und stellte sich breitbeinig, die Hände in die Hüfte gestemmt, vor das gelangweilte Dutzend Krieger. Zur Linken erwachte soeben ein gähnender Soldat. Um den stattlichen Tisch, der in der Mitte des großen Raumes ruhte, saßen eine Handvoll Armarer, welche sich dampfenden Haferbrei in Tonschüsseln einverleibten. Einige waren bereits dabei, ihre geschwärzten Harnische über die Schulter zu ziehen oder sich die Lederstiefel überzustülpen.

»Tsklagg … tschag … tschag – groll!« Die seltsamen Geräusche aus dem Berginnern wiederholten sich erneut.

Jeder in der Stube hielt sofort inne, egal was man gerade tat, sogleich sich ihre argwöhnischen Blicke zur nahen Felswand richteten, welche die Rückseite des geräumigen Raumes bildete. »Deswegen bin ich hier. Esst rasch eure Grütze auf und dann marsch, nach draußen – beeilt euch.« In Windeseile wurden Kettenhemden übergeworfen, Eisenplatten zusammengeschnürt, Schwerter an die Gürtel gehängt und Helme aufgesetzt. Jene Krieger, die abmarschbereit waren, stellten sich draußen auf das Plateau und warteten wortlos und unbeweglich, bis auch der Letzte der insgesamt zwölf in Reih und Glied dastand. Rurik ließ alle Anwesenden kurzerhand durchzählen. Dann schaute er stirnrunzelnd in die Augen seiner Untergebenen und rief: »Honoris imperium!«

»Imperium honoris!«, brüllten sie zurück. Daraufhin machte der Rotschopf kehrt und marschierte voraus in Richtung dunkles Tor. Dort warteten bereits zwei Wachen mit brennenden Fackeln auf sie.

»Öffnen«, befahl Rurik. Mit geschickten Handgriffen holte einer der Wachen einen schweren Schlüssel hervor und steckte ihn girrend ins Schloss der Seitenpforte. »Klick, klack.« Währenddessen entfernte der andere mehrere Stahlrohlinge aus dem Befestigungsrahmen, griff sich die angerostete Klinke und öffnete sie, sichtlich bemüht, so leise, aber auch so rasch wie möglich zu sein. Eilig drangen die Krieger mit vorgehaltenen Schilden und gezogenen Schwertern in die Vorkammer ein – einer nach links, einer nach rechts, wieder einer nach links und erneut einer nach rechts, bis alle drinnen waren. Durch den Lichteinfall von der Tür aus erkannte man die gräulichen Felsen an den Flanken, die sich bis zu einer hochgelegenen Decke zogen, wo eckige Kanten deren Struktur dominierten. Vor ihnen ragte nun ein weiterer solider Torbogen empor.

»Licht.« Vier Männer steckten auf diesen Befehl hin ihre Klingen in die Schwertscheiden, zückten die an den Gürteln befestigten Fackeln und hielten sie geschwind an die Feuer der Wachen. Rasch flammte das Öl-Harz-Gemisch auf. Es erhellte den schmalen Bereich, während kriegerische Schatten an den Wänden entstanden. In diesem Moment fiel die Pforte hinter ihnen ins Schloss – »Klick, klack.«

Für einen Moment verharrte das Dutzend Menschen, um zu lauschen. Aber nichts als der eigene Atem war zu hören. Das Einzige, was jeder fühlte, war der eigene Herzschlag in der Brust. Mancher pochte schneller, mancher langsamer. Und die feuchte Bergluft war das Einzige, was man roch.

Vor den eisenumhüllten Männern lag der in nahezu puren Stahl gefasste Torbogen, derweil hinter ihnen das mit glänzenden Beschlägen verstärkte Tor erdrückend wirkte.

Schließlich nahmen die Krieger doch noch ein Geräusch wahr. Zuerst leise und bald darauf klar hörbar. Der einsetzende Regen drang von draußen ins Innere, welcher sich in Kürze in einen regelrechten Starkregen verwandelte – durch die Pforte mit gedämpftem Rauschen zu hören.

Auf Ruriks Handzeichen wurden noch mehr Fackeln angezündet und nacheinander durch eine vom Rotschopf geöffnete Luke geworfen. Ein hochgewachsener Soldat beobachtete dabei die sich durch die Luft drehenden Lichtkegel und versuchte gespannt, Bewegungen im Inneren der Höhle ausfindig zu machen. Die erste Fackel knallte an eine spitze Felsformation und blieb auf sandigem Untergrund flackernd liegen. Die Zweite schlug auf steinigem Boden auf und rollte einige Zollstöcke weit, bis sie liegen blieb. Die dritte und vierte Fackel kamen auf einer mit Kieselsteinen bedeckten Senke zum Stillstand. Die letzte flog im hohen Bogen über einen winzigen See, bis sie zischend ins Wasser klatschte. Der Hüne spähte wie gebannt von einer brennenden Flamme zur nächsten – nichts rührte sich. Nur die erloschene Fackel dümpelte im Wasser vor sich her, von der sich feine Wellen kreisförmig nach außen über den See ausbreiteten. Mit einem Nicken bestätigte der Große, dass der Weg frei war, worauf der Rotschopf einen Schlüssel ins verwitterte Schloss steckte und am knirschenden Griff drehte. Je weiter er drehte, auf desto mehr Widerstand traf er. Unter ächzenden Lauten ließ sich die Tür nur einen Spalt weit öffnen – sie klemmte. Laut schallte es durch die Grotte, was die Truppe eigentlich hatte vermeiden wollen.

»Verfluchter Mist!« Rurik stemmte sich mit aller Kraft gegen die Tür, wodurch es noch lauter quietschte und krächzte.

Als es keinen Erfolg brachte, trat er einen Schritt zurück, holte mit dem rechten Bein Schwung und preschte einige Male auf die Tür zu, sodass sie schließlich aufbrach und hinten gegen die Wand krachte. Ohne zu zögern, eilten die Krieger durch die Öffnung und bildeten geübt einen Wall aus Schilden. Der Rotschopf untersuchte währenddessen die Rückseite des Schlosses. Verdutzt stellte er fest, dass es beinahe geschmolzen war. Aber noch etwas anderes riss seine Aufmerksamkeit an sich. Er hob langsam die Fackel von der kaputten Pforte nach oben und erweiterte das Sichtfeld. Und was er sah, konnte er nicht begreifen. Der ganze Zugang war regelrecht verkohlt – Holz wie Eisen. Für einen Moment stand er wie angewurzelt da und fand hierfür keine Erklärung. Ein beklemmendes Gefühl fuhr ihm plötzlich durch den Leib. Rurik horchte misstrauisch. Feine Bewegungen seiner Männer regten sich hinter seinem Rücken. Sprachlos griff er in eine der tiefsten verkohlten Stellen des Torbogens und kratzte den Ruß weg, bis die Finger auf noch hartes Holz stießen. Und als er glaubte, sich beinahe durch die gesamte Breite gewühlt zu haben, nahm er den Dolch zur Hand und rammte ihn in die Kuhle. Sodann lief er in die Vorkammer zurück, wobei die Spitze tatsächlich aus der Oberfläche ragte.

»Was zum ...«, murmelte der Befehlshaber mit finsterer Miene.

In Gedanken vertieft huschte er zum Außentor zurück und brachte durch vereinbarte Klopfzeichen die Wachen dazu, ihm die Pforte zu öffnen. »Klick, klack.« Kaum war sie einen schmalen Spalt geöffnet, blies dem Stämmigen ein eisiger Wind entgegen, schoss ins Innere der Kammer durch den zweiten Zugang zwischen den Kriegern hindurch, kräuselte das Wasser im See dahinter und verschwand sogleich in der Finsternis der Grotte. Draußen brummte bedrohliches Donnergrollen über dem schwarzen Himmel, derweil gleißend helle Blitze zuckten – ein Unwetter braute sich zusammen.

Mit hochgezogenen Schultern sowie pitschnassen Rüstungen blickten die beiden Wachen erwartungsvoll drein. Doch ihre Gesichtsausdrücke änderten sich schlagartig, als sie Ruriks Bestürztheit erkannten.

»Der innere Torbogen wurde beinahe zerstört!«, rief der Rot-schopf in den prasselnden Regen hinein. »Warnt die anderen – hier ist etwas faul!«

»Wööööö!« Die Männer erschraken und verharrten bei geöff-neter Tür regungslos, währenddessen das Blut in den Venen wie zu Eis erstarrte. Das dumpfe Dröhnen eines Kriegshornes hall-te aus den Tiefen der Stollen zu den Kriegern herauf – wie ein Laut aus dem feurigen Herzen der Hölle, herausgepustet vom Schlunde eines teuflischen Dämons, so klang es. Etwas Böses lag in diesem Geräusch, das konnten die Soldaten spüren. Sie alle spähten mit vorgehaltenen Schilden und gezückten Schwertern zu den erhellten Stellen sowie in das Schwarz dahinter, bemüht suchend, Bewegungen zu erkennen. Doch die Flammen züngel-ten unbeschwert und lautlos vor sich hin. Es rührte sich nichts.

Augenblicke fühlten sich an wie Ewigkeiten, während das Dutzend Männer aufgeregt schnaubend ausharrte, um auf das Ungewisse zu warten.

»Schließt das Tor!«, brüllte Rurik kräftig. Im jungen Antlitz der einen Wache lag Unbehaglichkeit, als ihm der Befehl zum Verriegeln erteilt wurde. Und in den Worten des Rothaarigen lag haufenweise Adrenalin, welches seine Kampfeslust befeu-erte. Mit kampfeswütiger Miene marschierte der Befehlshaber zu seinen Untergebenen, welche wie gebannt in die Ferne starr-ten und auf Befehle warteten. Rurik trat eilends vor die Schild-mauer und schrie aus Leibeskräften: »Ihr Krieger Armariens! Was auch immer aus diesem Berg herauskriecht – es wird ster-ben! Bleibt standhaft, kämpft ehrenvoll! Vergesst nicht, wer ihr seid!« Ruriks Halsvenen blähten sich aufs Äußerste, wäh-rend Speichel aus seinem Mund schoss und sein Haupt erröte-te. »Honoris imperium!«

»Imperium honoris!« Ein Dutzend raue Kehlen wiederhol-ten brüllend im Gleichtakt die Worte des Mannes, dem sie in die Schlacht folgen würden.

»Deckung!«, rief einer der Armarer warnend. Blitzschnell setzten alle die Schilde auf den Boden auf – »Taff!« Denn aus der Dunkelheit flog ihnen etwas Rundliches in der Größe eines Kür-

200

bisses entgegen. Als es wenige Schritte vor ihnen auf den harten Stein stürzte, erklang ein grausiges, platschendes Geräusch, es rollte weiter holpernd über unebene Felsen, bis es liegen blieb. Schockiert blickten sie an einen abgetrennten, halb verfaulten Menschenkopf, dem die Augen herausgebrannt worden waren. Daraufhin nahm Rurik an mehreren Stellen gleichzeitig Bewegungen wahr. Was folgte, waren weitere Köpfe, die wie aus dem Nichts herangeschleudert wurden, ehe einige auf die eisernen Schilde knallten, manche an den Höhlenwänden aufschlugen, um alsbald regungslos liegen zu bleiben. In Kürze war der Bereich um die Truppe übersät von grässlichen Häuptern, in deren zerfressenen Hautöffnungen unzählige Maden wühlten oder Würmer sich aus Ohren, Nasen und Augäpfeln wanden – es stank bestialisch. Selbst für erfahrene Soldaten unter ihnen war dies ein schockierender Anblick.

Ein paar begannen, am Leib zu zittern oder schlotterten gar, als wäre es frostig. Der Hochgewachsene, welcher die Fackeln zuvor geworfen hatte, konnte vor Angst kaum noch das Schwert halten. Die Furcht fraß sich regelrecht in seinen Verstand.

»Meine Brüder! Eure Treue wird hiermit eingefordert!«, schrie der Rotschopf mit heiserer Stimme. »Bleibt standhaft, kämpft ehrenvoll und vergesst nicht, wer ihr seid!«

»Wööööö – wö!« Kaum endeten die bedrohlichen Laute des Kriegshorns, da schossen dutzende Bolzen aus der Dunkelheit heraus und prasselten wie ein Hagelsturm auf Schilde und Rüstungen nieder – »tschog, tschag, pling, fletsch, tsching, tsagg, fletsch!«

»Aahh!«

»Hhm.«

»Argh!«

Schreie erfüllten die stinkende Luft, während unaufhörlich weitere Geschosse aus den Schatten herauskatapultiert wurden. Die spitzen, mit Widerhaken besetzten Geschosse bohrten sich tief in Holz, Eisen und Fleisch. Einer nach dem anderen wurde getroffen. Einer nach dem anderen fiel – der Schildwall brach zusammen.

»In die Kammer zurü ... höargh!« Sogleich bohrte sich ein Bolzen in Ruriks Hals, welcher ihm sofort die Stimme zerschlug und den Atem unterbrach. Röchelnd schnappte er nach Luft, derweil große Mengen Blut aus der klaffenden Wunde flossen. Sodann endete der Bolzenregen. Wankend hielten ihn seine Beine aufrecht. Krächzend vor Schmerzen blickte der tapfere Krieger nach vorne zum See, wo sich die Wasseroberfläche nun vielerorts unheimlich zu bewegen begann und sich daraus fast unmerklich schauerliche Gesichter erhoben. Dann schritt der zuvor verborgene Feind aus den Schatten, trat hinter schroffen Gesteinstrümmern und Stalagmiten hervor.

Immer mehr trübte sich sein Sichtfeld, wodurch er nur noch Umrisse von herannahenden Zweibeinern wahrnahm. Seine Kräfte schwanden nun rasant. Er sackte auf die Knie. Die Lider schlossen sich langsam und das Letzte, was Rurik hörte, bevor das Leben aus seinem Körper entwich, waren die kläglichen Laute seiner verwundeten Männer.

Der noch unerfahrene Wachmann wie dessen erprobter Gefährte draußen vor dem Tor mussten sich das ganze Gemetzel in gedämpften Geräuschen anhören. Dazu hatten sie ihre Ohren an die rußigen Eisenbeschläge gedrückt, da die lauten Donnerschläge, die zischenden Blitze und der klatschende Starkregen jene Geräusche im Inneren der Höhle beinahe übertönten. Und als es still um die Truppe wurde, entfernten sie ungläubig ihre kalten Wangen und verkündeten rasch ihren Kameraden die schockierende Botschaft. Sofort befahl der Hauptmann Eilboten nach Ehrelon zu schicken, welche sodann auf die schnellsten Rösser sprangen, die Zügel packten und im Galopp davonritten.

Kriegsglocken schallten durch den eisigen Regen – »tong, tong, tong, tong!« Soldaten erhoben sich von Stühlen und schreckten aus ihren Betten auf, eilten die überdachten Wehrgänge entlang, stellten sich zwischen die Zinnen, verriegelten Türen und Tore, griffen zu den Speeren und nahmen Pfeil und Bogen zur Hand.

Erwartungsvoll starrte die ältere Wache in Pietrs nachdenkliche Augen. Er hatte es sichtlich noch nicht begriffen, was geschehen war. »Wie zur Hölle ist das möglich!«, schrie der Hauptmann plötzlich, außer sich vor Wut und Schuldgefühlen. Sich seiner Verantwortung bewusst, fügte er ruhiger werdend, aber mit misslauniger Stimme hinzu: »Wenn sie tatsächlich überrannt wurden, dann möchte ich den besten Kämpfer an unserer Seite – bringt Arn her.« Auf den Wunsch des Hauptmanns hin eilte die Wache davon.

»Was ist hier los? Die verdammten Glocken läuten wohl nicht zum Spaß! Lasst mich raus – ich werde kämpfen!« Wutentbrannt brüllte der gefesselte Streiter, als er auf dem Rücken liegend an die schmalen Holzplanken der Kammertür trat. Kaum hatte er damit angefangen, wurde sie knarrend aufgerissen. Arn blickte in die ernsten Gesichter dreier Krieger. »Habt ihr Geister gesehen oder passt euch das Wetter nicht?«, spottete er gelassen. Daraufhin zückte einer der Männer ein Messer und beugte sich über des Kämpfers Leib.

»Genau so habe ich mir das vorgestellt – haha! Für das Kämpfen bin ich gut genug, was?«

Mit geschickten Schneidbewegungen durchtrennte ihm der Gebeugte Fuß- und Handfesseln und sprach: »Pietr möchte dich sehen.«

»Aber sicherlich möchte er das«, erwiderte Arn belustigt, worauf ihm die anderen zwei Krieger je einen Arm entgegenstreckten, um der respekteinflößenden Erscheinung mit einem Schwung auf die Beine zu helfen.

»Kämpfst du für uns, Fremder?« Alle drei guckten gespannt in das lebhafte Auge des Streiters, neben dem das blasse Auge tot ins Nichts zu starren schien.

»Noch nie tat ich etwas anderes – dafür wurde ich geboren.« Die junge Wache nickte ehrfürchtig und musterte Arns gewaltigen Brustmuskel. Dann geleiteten sie ihn zügig in die Waffen- und Rüstungskammer nahe der Schmiede. Sie überreichten ihm Schwert, Schild, Helm, Beinrüstzeug und den dazugehörigen Dolch. Ein passender Harnisch in seiner Größe lag keiner herum, weshalb der Stahlmeister persönlich vorbeikam, um die Rüstungsteile behelfsmäßig zu vergrößern und bestmöglich anzupassen.

Über einen engen Treppenturm gelangten Arn und seine Begleiter hinauf bis zur höchsten Ebene, von wo sie entlang einer überdachten Verteidigungsmauer Pietr erreichten. Mit verschränkten Armen stand der Hauptmann zwischen zwei Zinnen und blickte über den weiten Platz mitsamt dem dahinter gelegenen dunklen Tor.

Wortlos verschwanden die drei Soldaten, nachdem sie Arn hergeführt hatten, worauf sich Arn neben Pietr stellte und ebenfalls die Arme vor der Brust verschränkte. Spannungsgeladen beobachtete der Streiter die düstere Szenerie vor seinen Augen, indessen beide schwiegen. Nach einer Weile fragte er dann äußerst neugierig: »Der Feind steht hinter diesem Tor?« Pietr nickte mehrere Male hintereinander. »Und wer sind sie – ich meine, was liegt dahinter?«

»Armariens Gefangenenschar.« Ungläubig schaute Arn zu Pietr herüber, wobei sich ihre Blicke kreuzten.

»Hierher wurden sie also gebracht, all die Verurteilten von Ehrelon?«

»Das ist richtig – zu Hunderten und zu Tausenden.« In des Befehlshabers Gesicht lag tiefstes Bedauern.

»Wie zur Hölle sind sie aus den Zellen entkommen?«

»Keine Zellen.« Leise Worte verließen den aufgeschwollenen Mund.

Arn drehte sich naserümpfend zum Hauptmann um und sah ihn an, als würde er dessen Wange demnächst mit einer geballten Faust zerschmettern. Doch des Kämpfers Antlitz wirkte nur so grimmig. Dann sprach er in abgeklärtem Tonfall: »Seit Menschengedenken werden Verurteilte demnach hierhergeschleppt, frei in die Höhle geworfen, unter keinerlei Aufsicht ...«

«... in Fesseln, ohne jegliches Licht, frierend, teils unter Krankheiten leidend«, unterbrach ihn Pietr. Daraufhin wurde Arn stutzig und hob seine raue Stimme stark an: »Und in welcher Art sind sie nun eine Bedrohung für uns, wenn sie doch so frierend und in völliger Dunkelheit dahinsiechen müssten?!«

»Die seltsamen Geräusche aus dem Inneren des Berges haben uns geradezu aufgefordert, nachzusehen. Ich schickte zwölf

Männer hinein ...« Pietr seufzte, während ihn sichtlich die Schuld plagte. »Unsere beiden Wachen vor dem Tor ... sie hörten drinnen plötzlich unzählige Einschläge, so, als wäre die Truppe von Pfeilen oder Bolzen beschossen worden. Die Wachen glaubten, keine Laute von Schwerthieben oder dergleichen zu hören, was bedeutet, dass sie nur durch Fernwaffen niedergestreckt wurden und es keinerlei Möglichkeit zur Gegenwehr gab.« Arn hörte aufmerksam zu und schwieg vorerst. »Und Rurik, einer unserer Befehlshaber, berichtete zuvor von geschmolzenem Eisen auf der Innenseite des Inntentors sowie von verkohltem Holz.« Mit halb geöffnetem Mund und ratlosem Ausdruck zögerte der Kämpfer mit seiner Aussage. Kopfschüttelnd erwähnte er dann, dass nur äußerst heißes Feuer, etwa das eines Hochofens, Eisen zum Schmelzen bringen könnte. Schließlich stellte er den Hauptmann harsch zur Rede: »Welche Rohstoffe befinden sich in dieser Grotte und wie weit erstreckt sie sich in den Berg hinein?!« Man sah es Pietr an, dass es ihn allmählich erzürnte, vor den Pranger gestellt zu werden, doch er riss sich zusammen. »Wir wissen von Schwefelablagerungen, spärlichem Eisenerzvorkommen und mehreren kleinen Seen – so die Überlieferung meines Vorgängers.«

»Wo Wasser existiert, gedeihen ohne Weiteres auch essbare Pilze oder gar seltene Pflanzen. Und wo solches Gewächs wuchert, sind Fledermäuse sowie allerhand Krabbelgetier meist nicht fern.«

»Meiner Meinung nach lässt ebendieses knappe Nahrungsangebot manche von diesen Bastarden geradeso überleben – ein qualvolles Dasein, wie es sich für Verbrecher gehört!« Pietr geriet nun in Rage und fuhr beinahe ohne Unterbrechung fort: »Aber wie zum Teufel bauten sie sich Armbrüste oder dergleichen?!« Der Hauptmann geriet derart in Wallung, dass er mit der Faust auf die Steinzinne vor ihm schlug. Dabei hinterließ er einen blutigen Abdruck.

Der Streiter starrte auf das rote Gestein, derweil ein schauriges Gefühl seinen Leib durchfuhr. »Wenn es tatsächlich Geschosse waren, die unsere soliden Rüstungen und widerstandsfähigen Schilde durchschlagen konnten, müssen sie an hochwertige Rohstoffe gelangt sein.«

»Oder sie wurden ihnen ausgehändigt, was aber der Unmöglichkeit gleichkommt, da nur dieser Zugang existiert, das dunkle Tor außerdem Tag und Nacht von einigen Männern überwacht wird. Zudem wurde aus der Waffenkammer noch nie etwas gestohlen«, erklärte der Verwundete nun verhalten, indessen des Streiters erzürnten Augen jenen finsteren Fleck anstarrten, als wollte er hindurchsehen, was dort drinnen geschah. »Haben Gesteinsverschiebungen einen Durchgang in ein verborgenes Tal geöffnet, wobei sie an Holz, Eisen, Fasern und Sehnen gelangten?« Arn kratzte sich am Nacken, als glaubte er selbst nicht an seine Vermutung. Allmählich ungeduldig geworden verneinte Pietr: »Nein. Vielmehr glaube ich, dass sich die Wachen schlicht verhört haben und eine Horde wildgewordener Gefangener sie in Überzahl überrannten. Ich nehme mir jetzt ein paar der besten Krieger und stürme dieses verfluchte Rattennest!«

»Nein, etwas stimmt hier nicht – denke an das geschmolzene Eisen. Lass uns Vorkehrungen für eine mögliche Verteidigung treffen.«

»So sei es.« Daraufhin hob der Hauptmann die Hand, drückte mit dem Daumen einen seiner Nasenflügel zu und schnäuzte sich zur Seite lehnend auf den Boden. Plötzlich kam ein Krieger angerannt und deutete hastig auf das knapp zwei Steinwürfe entfernte dunkle Tor, wo die erfahrene Wache im strömenden Regen aufgeregt mit den Armen fuchtelte. Sofort hetzten die Befehlshaber über den Wall in einen der Türme, die Wendeltreppe nach unten und rannten durch den mit Pfützen übersäten Platz. Die Wache horchte angespannt am rußigen Holz, ehe er die Dahineilenden mit einem Zeichen darauf hinwies, leise zu sein. Rasch taten sie es ihm gleich und legten ihre Ohren flach an einen der nassen Eisenbeschläge. »Tssssspschs …« Ihren Gesichtsausdrücken zufolge hätte man meinen können, sie hörten Dämonen. Selbst dem furchtlosen Kämpfer lief es kalt den Rücken hinunter, als er die Geräusche von schmelzendem Eisen hörte. Pietr entfernte schlagartig seinen Schädel von der Wand und gestikulierte ungläubig mit den Händen vor der Brust. Eilends griff er dann nach der kauernden Wache, die noch immer horchte, zog ihn zu sich heran und sprach für Arns Gehör unverständliche Befehle, worauf der Wachmann strammen Schrittes in Richtung Festungspforte verschwand.

Arn horchte währenddessen weiter, als plötzlich klimpernde Laute im Innern erklangen, so, als wäre etwas Schweres zu Bruch gegangen. Und als Pietr wieder nähertrat, knirschte es hinter der stabilen Tür – punktgenau auf Arns Kopfhöhe. Reflexartig entfernte sich der Streiter eine Ellenlänge und beobachtete die Stelle, als wäre etwas herausgetreten. Anschließend drangen mehrere seltsame Geräusche zu ihnen nach draußen. Zum einen, als zöge jemand einen spitzen Gegenstand über die unebenen Holzfasern. Zum anderen, als räusperte sich eine heisere Kehle darin. Die beiden Krieger verständigten sich lautlos mit Augen und Lippen.

»Iiiiii.« Jetzt ritzte etwas über den Eisenbeschlag, direkt über der schweren Klinke. Von nun an beobachtete der Streiter sie – doch nichts geschah. Die zwei Armaren konnten die Feinde dahinter geradezu spüren. Nur zu gerne hätte Arn die Tür aufgeschlossen, um nachzusehen, was sich dahinter verbarg.

Nichts schien sich mehr zu regen in der Höhle. Nur das unaufhörliche Prasseln des Regens und die donnernden Laute des Nachthimmels durchbrachen die Ruhe der Finsternis.

Äußerst gefasst horchend, bemerkte er auf einmal die erregten Handbewegungen von Pietr, welche zum Schloss außerhalb seines Sichtfeldes deuteten, worauf des Streiters Augen ohne Kopfbewegung bis zur angerosteten Klinke rollten. Sie ruhte überraschenderweise in Abwärtsstellung, bis sie sich bald langsam in aller Stille wieder hob. In der Waagerechten verharrte das Eisen dann, bis es auf einen Schlag dutzende Male mit aggressiven Bewegungen auf- und abgehebelt wurde. Und als die unheimliche Handlung aufhörte, konnte man eine Stimme hören – zu leise, um sie zu verstehen. Vorerst dachte Arn, mehrere Männer unterhielten sich miteinander, doch je länger er angestrengt zuhörte, desto mehr war er überzeugt, dass nur ein einziger Mensch flüsterte. Die Worte wurden immer deutlicher ausgesprochen. Nur ein halber Zollstock trennte ihn vom Feind. Seltsamerweise äußerst präzise drangen jene Laute von der anderen Seite des Tores zum Kämpfer durch, als wüsste der Unbekannte, wo er stand.

»Ich rieche dich – Mensch«, ächzte eine kratzige Stimme. Ein schauerliches Gefühl durchfuhr den Kämpfer.

Pietr hörte aus wenigen Armlängen Entfernung sichtlich nichts von all dem.

»Du riechst nicht wie deine abgeschlachteten Freunde … gllplhh … du kennst keine Furcht?« Die Aussprache des Unbekannten klang immer teuflischer und das würgende Kichern boshaft. Der Kämpfer schwieg währenddessen. »Aber es wird dir nichts nützen … gllillhh … du und deine erbärmlichen Freunde werden alle sterben.«

»Ein Großmaul hinter schützenden Mauern, was? Ihr seid alle gleich. Redegewandt, aber lästig und schwach«, sprach Arn ziemlich gelassen. Pietr sah mittlerweile zum Kämpfer herüber, als hätte dieser soeben das bestgehütete Geheimnis gelüftet. »Mit wem sprichst du?«

»Wööööö – wö!« Augenblicklich nach dem Erklingen des Schlachthorns entwichen Laute von regem Treiben der Grotte. Steine wurden bewegt, Metall klimperte, dumpfe sowie krachende Schläge hallten nach draußen, undeutliche Befehle wurden geschrien und es hörte sich an, als errichteten die Feinde etwas hinter dem Zugang. Rasch bedeutete er dem Hauptmann, ihm zu folgen. Aus einigen Mannslängen Entfernung erläuterte der Streiter sodann seinen Plan, derweil er angesammelten Rotz in die Nasenhöhle zurückschniefte und mit ernster Miene fragte: »Habt ihr hier Pech, Öl und Töpfe?«

»Sicherlich.« Pietr zeigte auf einen steinernen Schuppen hinter der Schmiede und fuhr fort: »Pech wird demnächst gefertigt und Öl liegt in der Waffenkammer – ganz zuhinterst.«

»Gut! Holt alle Töpfe und Amphoren – auch jene aus den Vorratskammern und dem Speisesaal. Die einen füllt ihr mit Pech und die anderen mit Öl.« Pietr nickte zustimmend und rannte sogleich in Richtung Schmiede. Arn eilte zur Waffenkammer, in der sich gut sechzig Mann zum Kampf rüsteten. Nebst ihren Schwertern und Schilden griffen sie zusätzlich zu Waffen wie Morgensternen oder Wurfmessern. Einige schulterten zusammengeschnürte Speerbündel, um sie anschließend auf den Verteidigungswall zu bringen. Andere hängten sich flink mit Pfeilen gefüllte Köcher um die Brust, packten Bögen und Schießhandschuhe und verließen zügig die große Kammer, um ankommenden Armarern Platz zu bieten.

Arn hielt nach dem Öl Ausschau, während er durch den hell erleuchteten Raum schritt. Ihm gefielen die zügigen Vorbereitungen der Soldaten. Jeder Handgriff saß. Jeder wusste, was zu tun war. Man achtete aufeinander und jeder Einzelne war bestrebt, keine Zeit zu verschwenden. Auf der anderen Seite des Raumes neben einer zweiten Tür erblickte er die Amphoren. Sie wurden in tragbaren Holzgestellen gelagert. In jedem der insgesamt fünfzehn Gestelle standen je eine Handvoll Karaffen aus Tonerde, die am Brettboden mit Einkerbungen aufrechtgehalten wurden. Auf der Vorder- und Rückseite waren zum Schutz der fragilen Gefäße waagrechte Stützhölzer angebracht und den schlanken Hals umgab ein lösbares Seil, welches an einer Seite nur mit einem Haken befestigt war. Diese Vorrichtung verhinderte das Umfallen der Amphore zusätzlich, ermöglichte aber ein rasches Herausnehmen des wertvollen Rohstoffs.

In diesem Moment betrat Pietr den Raum und half ihm umgehend beim Tragen der Amphore. Sie schleppten eine nach der anderen in den strömenden Regen hinaus und platzierten die Gestelle in gleichmäßigen Abständen auf das großflächige Felsplateau. Danach zogen sie jeden Krug aus der Halterung, legten ihn auf den steinernen Untergrund und verstauten die Holzrahmen wieder in die Rüstkammer zurück.

»Wenn wir sie jetzt ausgießen, wird das Öl mit dem Regen zu stark verwässert«, erklärte Arn. »Dem ist so, also werden wir sie mit Feuerpfeilen beschießen, sobald unsere Feinde das Tor durchbrochen haben«, erläuterte der Hauptmann mit schadenfrohem Blick auf die tödlichen Brandgefäße. Sein Gegenüber nickte brummend und fügte hinzu: »Die Lichter der Blitze könnten die Amphoren sichtbar machen. Wir brauchen Steine sowie Pflanzen als Tarnung.« Pietr rief auf die Anweisung hin einige Krieger zusammen, welche die Umgebung nach Büschen, Moosen und Steinen absuchen sollten. Und indessen einige Männer das nahe Gebiet um die Festung durchforsteten, horchte der Streiter weiterhin am dunklen Tor, um den Fortschritt der Feinde feststellen zu können oder bestenfalls Schlachtpläne zu erhaschen.

Der Hauptmann erkundigte sich mittlerweile nach den Vorbereitungen auf dem Wall und präsentierte seinen Männern Anweisungen zum Vorgehen der bevorstehenden Schlacht. Kriegs- und Brandpfeile lagen zu Tausenden in den Köchern und in den dafür vorgesehenen Fässern bereit. Heißes Pech blubberte in Stahlbehältern vor sich hin, aufgestellt hinter Zinnen, direkt über Toren und Türen – den Schwachstellen der Festung. Um die Hitze lange zu erhalten, deckten sie den schwarzen Tod mit Stahldeckeln ab. Wasser, vorrätige Grütze, Eingemachtes aus Obst und Gemüse wurden in Fässern und Kisten auf der Verteidigungslinie verteilt. Einige sprachen Gebete oder küssten Erinnerungsstücke ihrer Liebsten. Ehemänner, Väter, Großväter und Söhne standen schon bald unruhig in Reih und Glied auf dem kalten Gemäuer. Ungewissheit plagte die einen, Kampfeslust befeuerte den Mut anderer.

Die teils vollbeladenen Schubkarren schob man in Eile auf den Platz, um das Grünzeug rasch und so natürlich wie möglich auf die Amphoren zu verteilen. Sand, Kiesel wie auch größere Steine vollendeten die Amphoren-Fallen zu getarnten Verstecken. Die Dunkelheit tat ihr Übriges.

Vierhundert Augen waren nun auf den halbrunden Schatten vor ihnen gerichtet. Jener Ort, welcher seinem Namen zu dieser Stunde mehr als gerecht wurde – das dunkle Tor. Düster lag es beinahe verborgen in den Klauen der Nacht. Und immer dann, wenn ein zischender Blitz durch die eisige Luft peitschte und weißes Licht die Umgebung erhellte und die schweren Regentropfen aufglänzen ließ, gab es die Sicht frei für einen Augenblick der Anspannung. Aber nur schemenhaft erkannten die Krieger rostige Eisenbeschläge, durchnässte Holzstrukturen oder die Umrisse der massiven Pforte. Ihre angestrengten Blicke suchten in den Momenten rasch und gründlich nach eingeschlagenen Stellen, ehe die Schatten erneut das Licht verschluckten. Doch da ließ sich noch ein anderer schwarzer Fleck am Rande des Tores erkennen. Arn horchte noch immer. Außer dem furchtlosen Krieger war niemand dort unten – unmittelbar vor dem Feind, pitschnass und fröstelnd.

Um Mitternacht, als ein gewaltiger Blitz ohrenbetäubend in einen nahgelegenen Felsen schlug, ein krachendes Donnergetöse die Herzen der Menschen erschaudern ließ, erspähte Pietr in der Ferne das Gesicht des Streiters – er blickte ihm direkt in die Augen.

Das Unwetter über den Eisenbergen spitzte sich noch weiter zu. Ein heftiger Sturm fegte jetzt über die Festungsmauern hinweg. Armariens Flaggen peitschten im Wind wild umher, verschlossene Läden und Türen ratterten. Gewaltige Wassermassen ergossen sich wie eine Flut über das Land.

Pietr wartete angespannt auf die nächsten Lichter, derweil er jene Stelle nicht aus den Augen verlor, an der er Arn das letzte Mal gesehen hatte. Und dann endlich schossen etliche dicht aufeinanderfolgende Blitze vom Himmel herab. Der mit Pfützen übersäte Vorhof flackerte in einem Wechsel von Dunkel und Hell auf. Pietr starrte rachsüchtig durch die Aussparung seines Helmes, die Zähne zusammengebissen, den Speerschaft fest umklammert.

»Zisch!« Man erkannte im grellen Schein nur noch, wie sich der Streiter aus der knienden Haltung erhob und sein kriegerisches Antlitz vom Tor wegdrehte. Dann wurde es erneut dunkel. Ein darauffolgendes Licht verriet aber sogleich, dass er nun verschwunden war. Sofort wanderte Pietrs scharfer Blick über die kantige Zinne nach unten, er im letzten Moment eine rennende breitschultrige Gestalt erfasste.

Die massive Tür vom nahestehenden Turm wurde hörbar aufgerissen und mit einem Knall zugeschlagen. Arns schnaubender Atem hallte vom alten Gemäuer, bis er aus der obersten

Pforte in den Wall hinaussprang und den Verteidigungsring entlang hetzte. Völlig durchnässt stellte er sich neben Pietr, welcher nicht den Ankommenden betrachtete, sondern unablässig auf die nahe Gefahr sah. Keuchend sprach der Streiter sodann: »Sie sind da – es ist Zeit für die Ansprache, Hauptmann.« Ohne ein Wort schritt Pietr in schwerer Rüstung davon.

Als er zum ersten Mann trat, hob er seinen Arm und klopfte auf den Harnisch des Kriegers. »Männer!«, rief er. »Es ist nicht wichtig, ob wir überleben oder sterben! Wichtig ist nur, wie wir kämpfen!« Während Pietr gegen die stürmischen Naturgewalten mit brüllenden Worten ankämpfte, marschierte er kampfeslustig von einem Soldaten zum nächsten, klopfte ermutigend auf deren eiserne Schulterplatten, packte fest ihre kalten Oberarmschienen oder griff freundschaftlich an die durchnässten Nacken seiner Untergebenen. Ohne jegliche Ausnahme blickte man sich tief in die von mattem Stahl umrandeten Augen, die beinahe verborgen in Schatten getaucht ruhten – allesamt Kampfgefährten zu dieser Stunde.

Einige bissen die Zähne zusammen, als der Befehlshaber vorbeischritt, wenige schienen bereits jetzt dem Tode ehrfürchtig entgegenzutreten, da sich in ihren Gesichtern keinerlei Lebenszeichen rührte. Viele nickten stolz – eine Gebärde der Bereitschaft und des Respekts unter seinesgleichen.

»Es ist unwichtig, wer unsere Feinde sind! Es ist unwichtig, wie viele es sind! In Erinnerung bleiben werden unsere Taten – hier und jetzt! Männer!« Pietrs Stimme dröhnte durch die eisige Luft in die Ohren der gepanzerten Krieger, gleichzeitig sie vom Wind schwerelos fortgetragen, immer stiller werdend über schroffes Gestein wehend in die Ferne rückte, bis es in unentdeckten Gebirgsschluchten verstummte.

Weitere Lichtblitze folgten und offenbarten plötzlich stellenweise kleinere Schlitze sowie Löcher im dunklen Tor.

»Es liegt nun an uns, diese Bastarde zu vernichten – schicken wir sie zurück in die Hölle!« Der Befehlshaber blieb nun erhobenen Hauptes stehen, ehe das Heer aus voller Kehle brüllte: »Honoris imperium!«

»Imperium honoris!«

Je mehr Zerstörung an der massiven Pforte zu erkennen war, desto nervöser wurden die Soldaten. Sie begannen, die Beine auszuschütteln, neigten unruhig die Köpfe zur Seite, pusteten aufgeregt warme Luft aus ihren geöffneten Mündern oder ballten die Fäuste. Man tauschte finstere Blicke aus. Langjährige Kameraden verständigten sich mit letzten Gebärden untereinander.

Mit schweren Äxten und Hämmern wurden die Öffnungen größer und größer geschlagen. So manches erkannte man durch die dichte Regenwand, nichtsdestotrotz lagen Feinheiten im Verborgenen.

Als bald zwei kopfgroße Löcher im rußigen Holz klafften, befahl Arn einem Dutzend Bogenschützen, Pfeile anzulegen. Sofort wurden die Bögen bis zum Äußersten gespannt. »Los!« Die Geschosse sausten in einem Augenblick der Erhellung mit hoher Geschwindigkeit über den weiten Platz in die Öffnungen hinein. Vom Feind war anschließend weder etwas zu hören noch zu sehen – weitere Hiebe und Schläge blieben aus. Ohne zu zögern, legten die Männer geschickt neue Pfeile an und hoben ihre Bögen. »Los!« Auf den Befehl hin wurden die strammen Sehnen mit schnurrenden Geräuschen nach hinten gezogen, die Ziele mit geübten Augen anvisiert, die Fernwaffe flink ausgerichtet und sodann abgefeuert. Die meisten Pfeile surrten ein zweites Mal in die Öffnungen hinein. Nur wenige verfehlten das Ziel, wobei sie tief in die feuchten Fasern des Tores drangen oder krachend auf Eisen schlugen.

»Wööööö – wö!« Als Gegenreaktion erklangen aus dem Schlund des Berges die gedämpften Laute des Kriegshornes, ehe ein gewaltiger Schlag gegen das Tor preschte, worauf es sich kurzzeitig krachend und quietschend nach außen wölbte.

»Pfeile los!«

Als Antwort darauf ging ein zweiter Stoß auf das Tor nieder, der noch größeren Schaden als der vorherige verursachte. Eisenbeschläge verbogen sich, Holzbalken rissen ein und rostige Nieten wurden herausgeschlagen.

»Wartet!« Arn hielt mit dem Beschießen inne, da er durch die bereits abgeschossenen Pfeile keine nennenswerte Wirkung vermutete.

»Wie können diese Bastarde in dieser Dunkelheit arbeiten?!«, rief einer der Soldaten erzürnt. Eine Rückmeldung auf diese Frage blieb aus, weshalb der Streiter das Wort ergriff: »Armaren!«, brüllte er. Viele drehten sich zu ihm hin, um der erfahrenen, rauen Stimme zu horchen. »Vor euch steht ein Feind, der in Finsternis und tödlicher Angst lebte! Ein Feind, der jeden Tag fror und gegen Hunger kämpfen musste! Sie werden nichts zu verlieren haben!« Sein respekteinflößender Blick wanderte die Zinnen entlang von einem Krieger zum nächsten. »Jeder Ort ist schöner als jener, an dem sie lebten! Sie werden besser sehen als wir! Sie werden besser hören als wir und sie riechen besser als wir! Doch dies wird ihnen nichts nützen! Also schickt sie zurück ins Elend!« Arns unbändiger Zorn durchfuhr die Gemüter der Menschen wie ein gewaltiger Blitzschlag und ließ zweihundert Krieger losbrüllen: »Honoris imperium!« Der Schlachtruf verlieh den Männern ungeheuren Mut – und einigen Herzen gar Kampfeslust.

»Krachzz!«

»Wartet!«

»Krachzz!«

»Wartet!«

»Krachzz!«

Das dunkle Tor war beinahe zerstört. Nur noch zwei angerissene Eisenbeschläge hielten es zusammen. »Spannen!« Auf den Befehl hin wurden etliche Bögen gleichzeitig vorgehalten, die Arme unter großem Kraftaufwand nach hinten gezogen, die Sehnen schnurrten unter der Last und die Wurfarme bogen sich. Ein Moment der Stille kehrte ein.

»Krachzz!«

»Pfeile los!« Indessen noch Bruchstücke krachend nach außen und zur Seite geschleudert wurden, zischten die Pfeile bereits durch den weiten Durchgang, ehe sie im Berg verschwanden. Und als augenblicklich danach ein ohrenbetäubender Donner über die Köpfe der Armaren rollte, peitschte es vom Himmel herab: Ein nächster mächtiger Blitz schlug unweit der Festung ein und ließ weißes Licht über der Festung erstrahlen. Arn erkannte nun schemenhaft den vorderen stumpfen Teil eines Rammbocks, welcher zu seiner Verwunderung bläulich zu schimmern schien. Rasch befahl er einigen Männern, Feuerpfeile in die Höhlenmitte abzuschießen, um jenen Bereich dort hinten zu erhellen. Unmittelbar flackerten die ersten Feuerbälle durch die Luft, prallten im Zielgebiet in alle Himmelsrichtungen ab und blieben mit kleinen, lodernden Flammen auf dem Boden und einer Art erhöhtem metallenen Gerüst liegen. Das Kriegsgerät war unbemannt – vom Feind keine Spur. Es geschah lange nichts.

Dann hörte Arn marschierende Schritte, die sich ihm näherten. Es war Pietr, der neben ihm stehen blieb und sich dem Gegner offensichtlich überlegen fühlte: »Warten sie auf unsere Verstärkung oder haben sie die Hosen gestrichen voll?« Der Streiter atmete mit offenem Mund, derweil er zum Hauptmann schielte. »Sie warten, um unsere Geduld herauszufordern, oder darauf, dass wir unbedacht unsere Pfeile ins Nichts schießen oder an Kampfgeist verlieren – unser Feind ist klug.« Pietr wollte daraufhin wieder gehen, ehe er ihm den Rücken kehrte, als der Kämpfer zu den Bruchstücken blickend fragte: »Diese Festung – diente sie nur als Wachposten für die Gefangenen oder erfüllten die hohen Mauern noch andere Zwecke?« Seine Worte klangen so, als hätte er eine Vermutung.

Pietr blieb für einen Augenblick wie angewurzelt stehen, machte kehrt und begann, zu erzählen: »Vor sehr langer Zeit, so erzählt man sich, war diese Festung die Pforte zur neuen Welt. So nannten unsere Vorfahren jenes verborgene Reich hinter den bekannten Grenzen von Armarien.« An der Art und Weise, wie der Hauptmann erzählte, merkte Arn, dass er es für ein Märchen hielt. »Aber schau dich tagsüber um.« Pietr schweifte mit seinem gepanzerten Haupt durch die Gegend. »So weit das Auge reicht, nur Stein. Hier oben gibt es nichts außer den Tod. Bergketten reihen sich an Bergketten. Hat man die einen überwunden, erschöpft und schier verhungert, versperren noch höhere Gipfel als die vorigen den Weg – wenn man all die Felsstürze bis dahin überhaupt überleben kann. Ansonsten tragen dich die Beine garantiert in eine der unzähligen Gesteinsspalten hinein. Da kann es passieren, dass man in einen so tiefen Abgrund fällt, bis die Feuersbrunst der Hölle den Leib verbrennt.« Pietrs Faszination vermischte sich mit Ungläubigkeit, obwohl die Ungläubigkeit am Ende sichtlich überwog. Mit den Händen begleitend setzte er die Erzählung fort: »Doch nicht das dunkle Tor war es, welches die Linie zwischen Armarien und der neuen Welt markiert haben soll, sondern ein uraltes Mauerwerk aus längst vergangenen Tagen. Es bildet die Rückwand einer unserer Vorratskammern, zuhinterst an der Ostflanke der Festung gelegen. Sie ist äußerst baufällig und müsste schon längst erneuert ...«

»Wööööö – wö!« Düstere Laute unterbrachen die Worte des Hauptmanns.

»Lasst sie hervorkriechen! Sie werden bald sterben!«, brüllte Arn in die Nacht hinaus, sich von Pietr abwendend, indessen der Hauptmann hinter die Reihen seiner Männer marschierte und ihnen weitere Befehle zurief.

Es regnete noch immer in Strömen, jedoch hatten sich mittlerweile einige Wolkenfelder aufgelöst und gaben nun die Sicht frei auf den sichelförmigen Mond. Eine unheimliche Stimmung legte sich sodann über das Land. Wo kurz zuvor noch gleißende Zacken unbändig vom Himmel zuckten, wurde die Nacht nun still. Die Donner verhallten und rückten unbemerkt in die Ferne.

Die spitzen Flammen der liegenden Feuerpfeile schrumpften immer mehr, ehe eine nach der anderen erlosch. Was übrigblieb, war das rötliche Glimmen der heißen Eisenstacheln, von denen hauchdünne Rauchschwaden emporstiegen.

Wie aus dem Nichts plärrte eine Stimme aus dem steinigen Schlund heraus: »Haa – kaa – duum!« Sofort folgte ein Chor von Schlachtrufen. Furchterregend hallte es von den nackten Felsen zu den armarischen Reihen empor. Die Rufe ihrer Feinde klangen äußerst befremdlich – so unwirklich. Sie glichen eher hasserfülltem Todesgeschrei, welches durchzogen mit jammernden sowie kläglichen Tönen war.

Das Kriegsgerät schien sich in diesem Augenblick träge in Bewegung zu setzen. Unter seiner schweren Last knarrte und quietschte es vor sich hin, als es immer weiter in den vom Mond erhellten Platz vordrang und seine wahre Gestalt offenbarte. Den Augen der Krieger bot sich eine ungewohnte Szenerie dar. Denn das rollende Ungetüm war tatsächlich ein hölzerner Rammbock, verhüllt von schützenden Eisenplatten mit ausgefrästen Schießscharten an den Flanken, hinter denen kaum erkennbare feindliche Gestalten schlichen. Aus dem Vorderteil des wuchtigen Stammes ragten kantige Steine heraus, die dort in das Holz eingearbeitet festgezurrt ruhten und aus denen mittig gelegen blaues Gestein schimmerte.

Plötzlich schallten Pietrs Befehle über die Verteidigungslinien hinweg, worauf dutzende Pfeile in die Schatten der Felsen hagelten – dort, wo nur vermutet werden konnte, dass sich gegnerische Einheiten aufhielten. Als die spitzen Geschosse am Zielort eintrafen, scheppert es gewaltig, ehe vereinzeltes Wehklagen und krächzendes Gejammer ertönten. Des Hauptmannes Bogenschützen legten rasch neue Pfeile an die Sehnen, warteten aber geduldig, bis neue Anweisungen eintrafen.

Arn beobachtete unterdessen aufmerksam, wann die Feinde in die Reichweite der Ölfallen gelangen würden. »Nur noch wenige Schritte«, dachte er und gab den mit Brandpfeilen ausgerüsteten Männern bereits das Zeichen, sich bereitzuhalten.

Ein ausgedehnter Schatten tauchte neben dem rollenden Rammbock aus der Dunkelheit auf. Die Einzelheiten waren aus dieser Entfernung kaum zu erkennen. Der Streiter kniff die Augen zusammen, konnte aber nur raten, was sich da vorwärtsbewegte. Doch schon bald rückten die Umrisse langsam ins blasse Licht des Mondes. Und genau das, was er befürchtet hatte, schritt ins Licht – ein dichter Schildwall, bestehend aus hohen, in die Breite gebogenen, eckigen Schilden, dessen Eisenfront komplett geschwärzt aussah. Die erste Reihe richtete sie gegen die Festungsmauer und die zweite, wie auch alle darauffolgenden Reihen hoben die Schilde wie ein flaches Dach gen Himmel. Feinde am Rande der Formation schützten die Seiten.

Selbst erfahrenste Krieger schluckten, als sie die nahezu perfekt geschlossene Truppe erblickten. Nur sehr schmale Öffnungen waren darin zu erkennen, abgesehen davon, dass man bis zu diesem Zeitpunkt keinen einzigen Menschen, geschweige denn einen Teil eines Körpers ausmachen konnte. Es hätten sich geradezu Geister darunter befinden können. Armariens Feinde marschierten langsam. Sie behielten konsequent dieselbe schleppende Geschwindigkeit bei wie ihr bedrohliches Kriegsgerät.

»Haa – kaa – duum!«, kreischte erneut eine Stimme, worauf unmittelbar eine Horde brüllende Laute von sich gab und darauffolgend das Schlachthorn erklang: »Wöööö – wö!«

Die erste getarnte Amphore glitt nun ungesehen unter den schwerfälligen Rammbock. Andere standen kurz davor, vom marschierenden Heer angestoßen zu werden. Arn verfluchte die langen Schilde, die beinahe bis zum Boden reichten und somit die Bogenschützen regelrecht dazu zwangen, vorzeitig zu schießen. Ansonsten hätten sie die Gefäße sicherlich bemerkt oder aber sie würden einfach in der Menschenmasse verschwinden. »Jetzt oder nie«, murmelte der Stratege in die schwarze Horde starrend, ehe er sich zu den wartenden Schützen umdrehte. »Anzünden!« Eilig tauchten die Männer ihre Brandpfeile in die brennenden Metallschalen vor ihnen, worauf das Gemisch aus Pech, Schwefel und Salpeter zischend aufflackerte. »Die hinteren Amphoren!« Die Fernwaffen wurden gespannt. »Los!« Etliche Fingerkuppen lösten sich von den gespannten Sehnen, welche peitschend nach vorne schnellten. Eingekerbte Pfeilschäfte verließen sodann schwach wippend die aus Eibenholz gefertigten Griffstücke, infolgedessen angesammeltes Regenwasser aufgrund der Vibrationen von den Wurfarmen geschleudert wurde, flammende Spitzen kaum wahrnehmbar jenen prasselnden Niederschlag durchschnitten und am Ende laut scheppernd Tonhüllen durchstießen. Eimerweise Öl entzündete sich hörbar knisternd mitsamt mannshohen Stichflammen, die explosionsartig emporschossen und pilzförmige Gebilde verursachten. An diesen Stellen wichen die Feinde erschrocken zurück, strauchelten zur Seite oder sprangen gar nach vorne, um nicht zu verbrennen.

Ohne mit der Wimper zu zucken, beschoss Armariens Kriegerschar die nun klaffenden Lücken im Wall. Einer der Pfeile durchbohrte die Schädeldecke eines Angreifers, worauf er regungslos nach hinten fiel. Dem nächsten zerschmetterte eines der Geschosse den Nasenknochen und drang anschließend tief in die Augenhöhle hinein – auch er sackte sofort zu Boden. Dem Übernächsten trafen gleich vier Pfeile in Brust und Bauch. Streifschüsse rissen Hautflächen in Fetzen und donnerten sodann in die dahinter Stehenden. Muskel- und Sehnengewebe wurde durchbohrt wie durchschnitten, Knochen zertrümmert, Knorpel von der rauen Gewalt zerschlagen, Fleisch von heißen Feuern verkohlt. Erbarmungslos wurden die Gestalten dort unten niedergestreckt und in ihrem eigenen Blut liegen gelassen. Einige humpelten oder krochen Schutz suchend umher, wurden von den Bogenschützen aber sofort weiter beschossen. Schreie hallten über den weiten Platz in die Ohren der Armaren. Unter jammernden und schluchzenden Lauten rückte das Heer gewandt einige Schritte rückwärts, um nach krächzenden Befehlen den Schildwall rasch wieder zu schließen. Auch der Rammbock blieb stehen.

»Honoris imperium!«, schrie Pietr aus Leibeskräften. »Imperium honoris!«, erklang es ohrenbetäubend von zweihundert Soldaten im Chor. In ihren Stimmen lag Überlegenheit und Stolz. Nur Arn stand als einziger stillschweigend zwischen zwei Zinnen inmitten sich freuenden Kriegern.

Für einen erfahrenen Kämpfer wie ihn war es entscheidend, dem Gegner in diesem Moment unerschrockene Macht zu demonstrieren – jedoch war es zu früh, um Freude zu zeigen. Denn Freude gehörte nicht in eine Schlacht. Es waren nämlich ebendiese Gefühle, welche die Soldaten achtlos und angreifbar werden ließen.

Kopfschüttelnd beobachtete der Streiter, wie Soldaten einander feiernd auf die Schultern klopften, sich gar vom Feind abwandten oder mit gesenkten Waffen lobende Worte austauschten. So, als hätten sie bereits den Sieg errungen – »Törichtes Pack«, knurrte Arn.

Nur wenige hatten den Tod gefunden, im Vergleich dazu, wie viele noch lebten oder wie viele womöglich noch in den Höhlengängen harrten. Jene Angreifer, die man zu Gesicht bekam, sowie jene Körper, welche weit unter ihnen im Starkregen auf kaltem Stein starben, trugen nur spärliche Rüstungsteile aus Leder und Metall. Einige von ihnen waren gar nur mit primitiven Lendenschurzen bekleidet. Ihre Gesichter, teils entstellte Häupter, wirkten blass und grässlich.

Dem Furchtlosen wurde ebenfalls klar, welche geschickten Überlegungen ihre Feinde in puncto Angriffsstrategie verfolgten. Denn sie wussten ziemlich genau, was sie hinter dem dunklen Tor zu erwarten hatten. Arn vermutete, man hatte den Gefangenen keine Augenbinden angezogen, als man sie hierherschleppte – ein tödlicher Fehler. Außerdem ließen deren Kriegsherren schwere, undurchdringliche Schilde anstatt robuste Rüstungen anfertigen. Schwalle aus Geschossen hatten auf offenem Feld gegen dichte Schildmauern nur eine geringe Schadenswirkung, während hingegen selbst die widerstandsfähigsten Rüstungen nachteilig für Leib und Leben gewesen wären. Und beides wäre zum Tragen zu ermüdend gewesen. Allerdings konnten sie sich mit jenem eisernen Dach über ihren Köpfen nahezu gefahrlos nähern. Die gefüllten Amphoren waren bloß eine gelungene Falle, bei der einige zu Tode gekommen waren. Ein Überraschungseffekt. Nun aber wusste der Feind Bescheid.

Doch was Arns Aufmerksamkeit schlagartig auf sich zog und ihn sogleich in Rage versetzte, war ein Geschöpf, dessen leblosen Leib er erst jetzt bemerkte. Die tote Gestalt lag bereits ziemlich nahe an der Mauer, derweil das fettige Fleisch unter feinen Flammen brutzelte. Ihre grässliche Erscheinung ähnelte jener wütenden Horde, welche vor vielen Wintern die Königskutsche überfallen, die Königin Ivay und ihren neugeborenen Sohn Thordir entführt und des Streiters Männer den Krähen überlassen hatte. Ihre unverkennbare, ledrig wirkende Haut, welche von teils schuppigen Stellen wie einer Krankheit überzogen wurde, als wären ihre Leiber aufgrund mangelnder Feuchtigkeit ausgetrocknet, waren grässlich anzusehen. Noch dazu waren manche Gliedmaßen übersät mit rundlichen Blasen oder eitrigen Geschwülsten.

Aber wie eine Schar ihresgleichen damals aus dem Berg entfliehen konnte, um in jenem Wald über die Königstreuen herzufallen, blieb für Arn ein Rätsel. Nichtsdestotrotz erfreute es sein Gemüt, ihre durchschossenen Leiber auf und neben brennenden Flammen zu sehen.

»Still jetzt!«, brüllte des Streiters raue Kehle in die tobende Menge.

»Ghenna!«, kläffte fast gleichzeitig eine unheimliche Stimme aus der Finsternis.

Vorerst rührte sich nichts in den Reihen der Feinde, doch plötzlich zeigte einer der Armaren aufgeregt mit dem Finger an den Rand des Walls. Zu erkennen war ein kleines gelbes Licht, welches durch eine schmale Öffnung des Eisendachs schimmerte. Dann entzündete sich daneben ein zweites, ein drittes und es folgten in Kürze viele weitere innerhalb des undurchdringlichen Würfels.

»Sur!« Auf diesen lauten Ruf hin wurde jeder zweite Schild der vordersten Reihe krachend zur Seite geschoben, worauf aus den Öffnungen Feuerbolzen herausschossen, deren Ziel die intakten Amphoren waren. Tonstücke splitterten zu Tausenden durch die Luft und Flammen zischten explosionsartig empor. Ein See aus lodernden Feuern bot sich nun den Augen der Krieger dar. Pietrs Schützen schickten sofort einen Pfeilhagel, doch die schwarze Mauer wurde eilends verschlossen – die Pfeile knallten wirkungslos dagegen. Die Höhlenmenschen ließen nun ihre vorderen und seitlichen Schilde sichtlich ruhen.

«Was sollen wir tun, Hauptmann?«, fragte einer der Soldaten ungeduldig.

»Sie warten, bis die Feuer erloschen sind – wir tun dasselbe«, antwortete Arn mit kühnen Worten und blickte sogleich über die Schulter. »Soldat.« Der angesprochene Braunbärtige, welcher eine Reihe hinter Arn stand, nickte und marschierte eilends zu seinem Anführer nach vorne. »Jawohl?«

»Jeder zweite Mann deiner Reihe holt sich Speise und Trank. Danach wird gewechselt – rasch.«

»Wird gemacht.« Nickend machte er kehrt.

Wie von einem gewaltigen Trichter aus Felsen und Mauern floss das Wasser in unzähligen Rinnsalen den Stein hinab, ehe es sich auf dem Plateau zu immer tieferen Pfützen sammelte und es sich mit weiteren Wasserläufen verband, wodurch ein regelrechter See heranwuchs. Brennendes Öl verteilte sich schleppend auf dessen Oberflächen und erschuf allmählich ein gelbes Inferno aus Feuer und Hitze. Dabei krachte es hie und da von noch unbeschädigten Töpfen, die entzündet unter Druck zerbarsten.

Der Feind verharrte an Ort und Stelle, da er sich auf einer unbemerkten Anhöhe befand, wo das sanfte Gefälle zur Burgmauer hin abfiel. Somit entgingen sie der heißen Feuersbrunst, die sich sichelförmig vor ihnen ausbreitete. Arn beobachtete jedoch, dass in der Nähe des Rammbocks noch nicht entzündetes Öl schwamm und langsam in seine Richtung trieb. Er wusste auch, dass sich noch mindestens eine der Amphoren unter dem Ungetüm befinden musste. »Brandpfeile bereit machen«, sprach er in ruhigem Tonfall, sich zu seinen Soldaten umkehrend.

Wenn ein Befehl wie dieser aus taktischen Gründen nicht für alle hörbar erteilt wurde, unterstrich der Hauptmann diesen auch stets mit einem Handzeichen, ehe man die Anweisungen von Mann zu Mann rasch weiter kundtat.

»Schießt unter den Rammbock. Dort liegt noch eine kleine Überraschung für die Bastarde. Los!« Die Pfeile sausten mit hoher Geschwindigkeit durch die Scharten, über das brennende Gewässer hinweg unter das Kriegsgerät in die Schatten. Nichts geschah außer einem gellenden Aufschrei eines Feindes. Kaum hatten die Pfeile ihre Sehnen verlassen, wurden eilig neue in die Fernwaffen eingelegt, angezündet, gespannt, gezielt und abgefeuert. Jedoch brachte auch der zweite Versuch keinen Erfolg, worauf Arn zweifelte, ob die Amphore noch dort war. Jedoch kaum misslungen, da jagte ein dritter Schwall Pfeile hinein – abgeschossen von Pietrs Männern. Gleich zwei Gefäße wurden dabei zertrümmert. Explosionsartig stachen spitze Flammen zwischen hölzernen Verstrebungen empor und entzündeten die Öllache, welche mittlerweile beide Vorderräder umschlang. Hinter einer am Kriegsgerät befestigten eisernen Vorrichtung geriet die ärmliche Kleidung eines Feindes in Brand – »Huuaahhh!«, schrie eine schrille Stimme wie am Spieß. Einen Augenblick später rannte ein in Vollbrand Geratener orientierungslos aus der Deckung heraus, strampelte und heulte unter unsäglichen Qualen. Doch seine Bewegungen wurden bald träge und er watete nur noch langsam durch die Wassermassen, bis er regungslos stehen blieb, auf die Knie plumpste und bauchwärts ins Wasser platschte. Zischend erlosch die teils angekohlte Haut, indessen der emporragende Rücken weiter flackerte.

Den Feind schien es nicht zu kümmern, dass das Kriegsgerät an einigen Stellen Feuer gefangen hatte. Alle warteten.

Tiefe Nacht lag nun über Armarien, als die Flammen unter ihnen eine nach dem anderen erloschen und das weißliche Licht des Mondes das Schlachtfeld immer mehr in unheimliche Schatten tauchte. Nur das massive Holz des Rammbocks brannte an wenigen Stellen unbekümmert weiter. Der erhoffte Schaden blieb aus.

»Haa – kaa – duum!«, kreischte eine Stimme plötzlich – lauter als je zuvor, so klang es. Furchteinflößende Laute eines düsteren Heeres folgten und das Schlachthorn erklang: »Wööööö – wö!« Knarrend setzte sich das Ungetüm aus Eisen und Holz in Bewegung. Die ruhenden Schilde hoben sich hörbar, ehe die Armee unter adrenalingeladenem Schlachtgebrüll vorwärtsmarschierte. »Huu – ha, huu – ha, huu – ha, huu – ha!« Von nun an schien die Erde unter den Füßen zu beben und die Luft war durchzogen mit hasserfülltem Getöse.

Mit Besorgnis betrachteten die Armaren die stetig wachsende Anzahl ihrer Feinde. Denn aus dem dunklen Schlund strömten ununterbrochen Gestalten, während die Macht der Finsternis mit jedem Schritt näher rückte. Unzählige Krieger quollen wie Eiter aus einem aufgeplatzten Geschwür heraus, schlossen mit schweren Schilden zu den Flanken nach vorne auf und bildeten so eine breitere Angriffslinie.

Pietrs Bogenschützen beschossen unaufhörlich die linke Seite und Arns Männer feuerten auf die rechte. Dutzende starben im stetigen Beschuss. Aber in der Hitze des Gefechts, zwischen schreienden Männern und krachenden Einschlägen, öffnete sich in der Mitte des Heeres unerwartet ein Teil des Schildwalls, aus dem unzählige Bolzen herausgeschleudert wurden. Wie ein Hagelsturm prasselten die spitzen Geschosse über die Mauer und rissen auf einen Schlag etliche Armaren in den Tod. Sie durchstießen so manchen Brustpanzer, verursachten klaffende Fleischwunden darunter und ließen selbst harte Männer aufschreien wie Kinder. Schutzsuchend kauerten die Verletzten hinter den Zinnen, derweil ihnen surrende Bolzen um die Ohren flogen. Einige versuchten mit zittrigen Fingern, die hölzernen Schäfte zu ergreifen, um sie mit zusammengebissenen Zähnen herauszuziehen. Andere ließen den Fremdkörper stecken, rappelten sich wieder auf und kämpften weiter. Neben Pietr schoss ein wuchtiger Hüne wie ein Verrückter Pfeile in die Menge der Angreifer, obwohl bereits drei Bolzen seinen Harnisch durchbohrt hatten.

Arn sah sich geduckt um. In der Nähe presste ein erfahrener Soldat einem Getroffenen seine Handflächen in die Achselhöhle, während er einem anderen befahl, Verbandszeug und Alkohol zu holen. Doch Arn blickte bereits in ein lebloses Gesicht – er war schon tot. Aber der helfende Krieger merkte in der Hast nicht, dass das Leben längst aus dem Körper seines Freundes entwichen war und wie sich eine rote Pfütze darunter weitete und weitete und sich den Weg durch die breiten Fugen der Steinplatten bahnte. Erst als die Mullbinden und Tücher in Eile gebracht wurden, sah er, dass es zu spät war. Mit gesenktem Haupt strich er dann sanft über die Augen seines Waffengefährten, wobei die Fingerkuppen jene schlaffen Lider schlossen, sodass er friedlicher aussah. Der erfahrene Soldat musste ihn gut gekannt haben, da Tränen über seine Wangen kullerten. Mit blutverschmierter Hand wischte er sie ab und hinterließ unwissend eine grässliche Spur im Gesicht zwischen der Aussparung des Helmes. Seine wässrigen Augen versprachen, Rache zu nehmen, und so packte er rasend vor Wut einen Speer und schleuderte ihn mit aller Kraft in die Menge hinein.

Unaufhörlich regnete es Pfeile in die Reihen der Feinde hinab, derweil das gepanzerte Heer unbeirrt voranschritt. Nur noch ein zweites Mal während der Annäherungsphase wurden ihre Schilde kurzzeitig gehoben, um die vom Dunkel der Nacht verborgenen Armbrüste abzufeuern. Doch davon wurden nur wenige verwundet, stattdessen gelang es den Armaren, in die Lücken zu treffen.

Als die Höhlenmenschen schon bald bedrohlich nahe, etwa eine Mannslänge vor dem Wall, stehenblieben, rückte der schwerfällige Rammbock zur nahegelegenen Tür jenes Turmes vor, hinter welcher sich die Treppe befand, die nach oben zum Wehrgang führte. Eine kompakte Einheit von Kriegern schützte dabei die Flanken des Ungetüms.

Arn, der sich eine Baumlänge darüber befand, befahl seinen Männern, das Pech einzusetzen. Sogleich wurden die gefüllten Tontöpfe mit voller Wucht nach unten geworfen und während die brüchigen Gefäße noch krachend an Rüstungen, Eisenplatten oder Holzverstrebungen in hunderte Scherben zerbarsten, feuerten einige Bogenschützen Brandpfeile nach unten, um das heiße Pech zu entzünden. Es musste sehr schnell gehen, da sich die Schützen über die Brustwehr beugen mussten, wodurch sie leichte Ziele waren. Und wieder hallten Schmerzensschreie von den kargen Gemäuern der Festung in die Ohren der Kämpfenden, als die Feuerhölle Haut und Haar der Angreifer verbrühte. Die meisten stürzten sich panisch ins knöcheltiefe Wasser, um den schwarzen Tod irgendwie loszuwerden, welcher sich rasant in das Fleisch bis auf die Knochen fraß. Das kalte Nass versprach zwar teils etwas Linderung, doch während des hektischen Umherwälzens gelangten manche ihrer Gliedmaßen außerhalb der Deckung, die man ohne Gnade zu beschießen versuchte.

Außer den vereinzelten Sterbenden um das Kriegsgerät herum regte sich nichts unter dem gewaltigen Eisendach.

Arn und Pietr konnten nicht erahnen, was die Angreifer als Nächstes planten. So harrten sie mit ihren Männern in der überlegenen Stellung ab, versorgten die Verwundeten mit Schnaps, Näh- und Verbandszeug oder schafften sich einen Überblick über Vorrätiges wie Pfeile.

Doch als länger nichts geschah, der Rammbock ruhte bislang, begann der Streiter, unruhig zu werden. Dann plötzlich sprang er aufgeschreckt auf die Beine, als er gerade einem verletzten Soldaten half, raste zum Treppenturm und eilte die Stufen herab. Was er dort unten antraf, verschlug ihm beinahe den Atem. Ein ellengroßes, kreisrundes Loch klaffte bereits zwischen Holzplanken und Eisenscharnieren. Und in der Öffnung lag der Vorderteil des Rammbocks, welcher seltsame Geräusche von sich gab. Als er eilends nähertrat, bemerkte er sogleich die verkohlten und geschmolzenen Stellen an den Rändern, sodass die mysteriösen Beschädigungen am dunklen Tor nun geklärt waren – nicht aber deren zerstörerischer Ursprung. Mit äußerst verstörtem Gesichtsausdruck wandte sich Arn dem blauen Gestein zu, welches zuvorderst am Holzstamm befestigt, mit ledernden Gürteln umschlungen war.

Rasch zückte er seinen Dolch und hielt ihn vorsichtig an das funkelnde, kristallähnliche Gebilde. Als es zischte, begann die Stahlspitze tatsächlich, zu schmelzen. Vor Schreck zog er die Waffe wieder zurück. Ungläubig betrachtete er den verbogenen Stahl – »Hexerei«, murmelte der Kämpfer leise. Genau in diesem Moment erklangen die unheilvollen Laute des Schlachthorns: »Wööööö – wö!«, worauf der Stamm träge nach hinten gezogen und die Öffnung somit frei wurde. Die Sicht nach draußen wirkte seltsam – auf Augenhöhe mit dem Feind zu stehen.

An der oberen Tür erschienen jetzt einige Soldaten, die sich nach dem Verbleib ihres Hauptmanns erkundigten. Den kriegerischen Gesichtern mitzuteilen, was geschehen war, erübrigte sich, als Arn blitzschnell zur Seite hechten musste, um dem ohrenbetäubenden Stoß auszuweichen, welcher die Pforte in Stücke zerschlug. Nach kurzer Bewusstseinsstörung vom Knall spürte er helfende Hände an Schultern und Armen, die ihn die Stufen hinaufzerrten. Hinter seinem Rücken plärrte eine aggressive Stimme: »Mors se Armars – sterbt jetzt!«

Nahezu im selben Augenblick begann auch draußen, das Heer zu toben: »Haa – kaa – duum! Huu – ha, huu – ha, huu – ha, huu – ha!« Ein Gewirr aus brüllenden Kehlen drang furchtgebietend ins Innere der rundlichen Kammer, ehe die entmutigten Laute von den nahen Wänden verstärkt ertönten. Oben angelangt schrien jene, die ihren Hauptmann gestützt hatten: »Sie sind durchgebrochen!« Einige kamen schon angerannt, da sie die krachenden Geräusche aus dem Turm hören konnten. Die meisten der Männer hatten ihre Bögen hinter den Zinnen gelassen, zückten die Schwerter und ergriffen die Schilde. »Pech – los!«, brüllte der Streiter aus Leibeskräften, sodass ihm die Spucke aus dem Rachen schoss, als er über die Türschwelle auf die Wehrmauer rannte. Doch in diesem Moment, als seine Krieger die gefüllten Gefäße nach unten werfen wollten, brach ein Schwall aus Bolzen über sie herein – abermals riss es viele in den Tod. Er selbst konnte sich mit einem Sprung gerade noch zu Boden retten.

Etliche Amphoren wurden noch in den Händen der Werfer zerschossen, sodass dampfendes Pech über ihre Rüstungen spritzte oder sich über diejenigen ergoss, die zuvor ihren Feinden hiermit Höllenqualen bereitet hatten. Einigen drang das zähflüssige Gemisch aus Öl, Kohle und harzhaltigen Hölzern zwischen die Rüstungsteile auf die Haut. Unter heftigsten Schmerzen versuchten sie dann panisch, ihre Ausrüstung loszuwerden, oder streiften das Pech gar mit bloßen Händen ab. Einer der Bolzen durchtrennte während des Wurfs das Handgelenk eines Soldaten, wobei das Gefäß neben einer Feuerschale landete und den umliegenden Bereich zischend entzündete. Dabei gerieten die Unterschenkel eines nahestehenden Kriegers in Flammen, worauf er fluchtartig in die nahen Wassereimer hüpfte, um schwere Verbrennungen zu verhindern.

Nach dem Bolzenregen näherte sich Arn geduckt einer Zinne und spähte rasch über den Rand in die Tiefe. Er sah den Feind unter sich, wie er bereits in die Festung stürmte. Wie Ratten schlüpften sie einer nach dem anderen durch die Öffnung ins Innere, während dicht daneben Dutzende ihre imposanten Schilde über die Köpfe streckten und so binnen kürzester Zeit eine schützende Schildkuppel bildeten – wie ein gewölbtes Vordach, unter dem sie hindurchschlüpfen konnten. Jeder Armarer, der versuchte, Brandgeschosse abzuwerfen, wurde sogleich von einer Überzahl an Armbrustschützen beschossen. Kurzum – die Höhlenmenschen hielten die Verteidiger mit einer überlegenen Mehrheit in Schach.

Nachdem er sich eine Übersicht verschafft hatte, eilte Arn in gebückter Haltung wieder zurück zum Treppenturm, vorbei an gebeugten, hockenden oder hinkenden Kriegern, um bei der Verteidigung zu helfen. Bis zur oberen Türschwelle war ein heftiges Gerangel in vollem Gange. Eine Traube aus Kriegern versuchte mit aller Kraft, den Feind die Stufen nach unten durch die Öffnung wieder nach draußen zurückzudrängen. Die Menge tobte. Es wurde schrill geschrien, aggressiv gebrüllt und wütend geflucht. Er selbst hatte keinen Platz mehr, um hier mitzukämpfen, weshalb er nach Pietr Ausschau hielt. Er sah sich im Chaos um, indessen ihm der fürchterliche Gestank von verbranntem Menschenfleisch in die Nase stieg. Dazu mischte sich ekliger Geruch von Blut, Pisse und Kot. Lachen aus Blut und Urin wechselten sich ab, in denen regungslose Körper lagen und darauf warteten, von Maden zerfressen zu werden – ein trauriger Anblick. In der Hektik des Gefechts trat man auf ihre Köpfe, stolperte über Arme und Beine oder versuchte, unter Verzweiflung Wunden zusammenzuflicken.

Als Anführer der Königsgarde damals war Arn des Öfteren gefragt worden, wie es sich anfühlte, in eine Schlacht zu ziehen sowie gegen einzelne Gegner zu kämpfen. Und jedes Mal, wenn er dann in die fragenden, zugleich feurigen Augen der unerfahrenen Anwärter blickte, die aufgeregten Gesichter sah, welche allesamt nach Ehre und Ruhm strebten, schossen ihm grausame Erinnerungen durch den Verstand. Solche Dinge, wie er sie an jenem Tag sehen musste, konnte keiner vergessen – sein Leben lang. Momente, die den hartgesottenen Streiter ruhig werden ließen, ehe er sich in Gedanken verlor und kurzzeitig schwieg. Es war diejenige Frage, welche wohl jeder heranwachsende Mann eines Tages aussprach. Auch er war ein aufstrebender Soldat gewesen. Und auch er erwartete Geschichten von Heldentum und glorreichen Kämpfen. Und auch er wurde als Knabe in die brutale Wirklichkeit eingewiesen. Meist erzählte der Breitschultrige immer dasselbe, auch wenn es sein Gemüt stets zerrüttete:

»Aufständische Mienenarbeiter sorgten einst für Tumult, als mehrmalige Felsstürze Todesopfer forderten, die Herrschaft jedoch keine Bemühungen anstellte, mehr Werkstoffe für die Sicherung der Höhlen bereitzustellen. Ich führte jene kleine Truppe an, welche die Pflicht auferlegt bekam, die Bergmänner zu besänftigen. Als wir in Helmshall eintrafen, hatten sie sich im Dorf versammelt und schritten uns mit Spitzhaken und Beilen zornig entgegen. Ich erteilte meinen Soldaten sofort den Befehl, die Waffen stecken zu lassen und vom Pferd abzusteigen, um auf Augenhöhe friedlich zu verhandeln. Die meisten Schürfer beruhigten sich daraufhin, auch wenn sie um ihre verschütteten Freunde sichtlich trauerten. Doch das Oberhaupt der Gruppe, sein Herz war von Hass und Vergeltung bereits zerfressen, griff mit der Spitzhacke ohne jegliche Warnung meinen Gefährten an. Wir kannten uns seit Kindesbeinen an, hatten in den Wäldern Fangen gespielt und den ersten Schnaps heimlich in der Gosse getrunken. Wir waren wie Brüder, bis der Verrücktgewordene ihm mit einem unerwarteten Seitenhieb die Rüstung mitsamt seinem Bauch aufschlitzte. Wir hatten oft zusammen gelacht oder uns über bildschöne Frauen in der Stadt unterhalten. Aber nun klaffte ein entsetzliches Loch in seinem Rumpf. Askan begriff nicht, was passiert war, er stand regungslos da, während seine Gedärme herausflutschten und auf den erdigen Boden plumpsten. Der Mörder ließ schockiert die Hacke aus den Händen gleiten, indessen er und seine Schürfer keinen Mucks von sich gaben. In Rage zog ich mein Schwert und begann ihn in Stücke zu zerteilen.«

Arn fragte dann die Jünglinge, ob sie denn wissen wollten, wo der Unterschied zwischen einem blutigen Aufstand und einer Schlacht lag. Keiner hatte je geantwortet, worauf der Streiter die Erzählung fortsetzte:

»Nach dutzenden Hieben und Stichen, von einem Menschen war nichts mehr zu erkennen, kam ich zu mir. Ich blickte blutüberströmt auf zu den blassen Gesichtern der Erzer und erkannte in ihren Augen, dass der Teufel vor ihnen stand. Einige eilten davon. Einige erbrachen sich und wischten mit zittrigen Fingern die Mahlzeitenreste von den Lippen. Anschließend schaute ich zurück und musste mitansehen, wie die Krieger dabei waren, Askans Eingeweide in die Bauchhöhle zurückzuschieben. Durch ihre blutverschmierten Hände und die rutschigen Gedärmen aber glitten sie immer wieder über ihre Unterarme in den Dreck zurück, indessen grässliche Schreie seine Kehle verließen. Es dauerte so lange, bis er starb ... du wolltest wissen, wie es sich anfühlt – es ist die Hölle.«

Arn zwang sich durch das Elend der Wehrmauer und als er Pietr von Weitem erblickte, rief er ihm mit fuchtelnden Armen zu. Mit einer raschen Handbewegung deutete der Hauptmann am anderen Ende an, dass er ihn gesehen hatte, worauf er sich geduckt auf den Weg zu ihm machte. Immer wieder sausten Bolzen über die Mauer, begleitet von den brüllenden Schlachtrufen der Feinde. »Am besten wir erstellen auf beiden Seiten vom Zugang einen Schildwall«, schlug der Kämpfer herumblickend vor. Pietr nickte keuchend: »Gut, wir nehmen sie in kleinen Gruppierungen in die Mangel, wenn sie herausstürmen.«

»Speere nach vorne – Schützen in die zweite Reihe.«

»Lassen wir ihre Leiber hoch auftürmen.« Daraufhin klopfte Arn dem Hauptmann freundschaftlich auf seinen Brustpanzer und schritt davon. Wie vereinbart trafen sich die kläglichen Dutzend Überlebenden alsbald beim Hauptturm, wo die menschliche Traube mittlerweile dramatisch geschrumpft war, und formatierten sich zu einer strategischen Einheit aus Speer- und Schwertkämpfern, Bogenschützen und den Trägern der Wurfgeschosse. Verletzten Armaren befahl man, das Heer im Auge zu behalten, da es sich verdächtig ruhig verhielt. Jene, die imstande waren, ein Schild zu halten, wurden zwischen den Zinnen positioniert, um die Flanken der beiden Schildwälle zum Platz hin zu schützen.

Während es draußen etwas ruhiger wurde, tobte im Inneren des Turmes eine wüste Schlacht. Im Handgemenge wurde geschlagen, gestochen, gebissen, gehackt, gestoßen und erdrückt.

Wo sich zuvor mehrere Krieger gleichzeitig die Köpfe einschlugen, kämpfte bald nur noch Mann gegen Mann. Denn die Toten stapelten sich auf den Stufen, bis bald kein Durchkommen mehr möglich war. Von oben warfen die Armaren Speere über die Leichen hinweg und von unten schoss man mit Armbrüsten. Die Feinde waren bestrebt, die Toten schnellstmöglich auf den Platz zu schleifen, um voranzukommen, die Armaren setzten hingegen alles daran, jenes Voranschreiten hinauszuzögern. Verwundete brachte man hinter die Angriffslinie und neue Krieger besetzten deren Stelle, bis auch sie verwundet wurden oder starben.

»Leitern!«, schrie ein kauernder Soldat mit ängstlicher Stimme. Arn biss die Zähne zusammen und eilte zornig in die gerufene Richtung nach vorne. Mit Leitern hatte er zwar gerechnet, aber was er vor sich sah, ließ selbst den tollkühnen Streiter erschrocken innehalten.

Unter dem See aus blankem Eisen wurden sie vom dunklen Tor aus bis zur Festung weitergereicht – Sprossenwände.

»Schließt die Pforte! Verteilt euch auf den Wehrgängen!«, brüllte Arn in die verzweifelten Gesichter seiner Untergebenen. Ihr Kampfgeist verblasste allmählich. Ihr Mut schwand dahin. Ein tiefer Seufzer verließ Arns raue Kehle. Nachdenklich senkte er den Kopf. Der Helm lag ihm schwer im Nacken, worauf er ihn schleppend abnahm und ein erfrischender Windstoß seinen verschwitzten Schädel kühlte. Dann schaute er auf und marschierte vor den Männern entlang. Seine Augen wanderten langsam von einem Gesicht zum nächsten und er spürte, wie stolz es ihn machte, solche treuen und tapferen Soldaten anführen zu dürfen.

Aber als ein teuflisches Röhren aus den Tiefen des finsteren Berges die armarischen Gemüter erstarren ließ, schweifte Arns kriegerischer Blick zu den Bruchstücken des dunklen Tores hin, ehe sich die Augen des Helden feuchteten …

Der Autor

Cyrill Wyrsch, geboren 1988 in
Sarnen, begeisterte sich bereits
als Kind für Fantasie- und
Abenteuergeschichten sowie für die
Epoche des Mittelalters. Sein stetiges
Fernweh ließ ihn Dutzende Länder
bereisen – ob zu Fuß durch den
Osten Europas, mit dem Offroader
durch die Weiten Australiens oder mit
dem Kanu durch die Wildnis Kanadas.
Nach einer Lehre in der Baubranche wechselte
er für lange Jahre in den Sicherheitsdienst und
arbeitet heute hauptsächlich als selbstständiger
Ernährungstherapeut. Seine zweite große
Leidenschaft gilt jedoch dem Schreiben.